# 군림천하 2

개정판 1쇄 발행 2012년 5월 14일
개정판 4쇄 발행 2022년 9월 26일

지은이 ㅣ 용대운
발행인 ㅣ 신현호
편집장 ㅣ 이호준
편집 ㅣ 송영규 최종건 정재웅 양동훈 곽원호 조정범 강준석 최성화
편집디자인 ㅣ 한방울
영업 ㅣ 김민원

펴낸곳 ㅣ ㈜ 디앤씨미디어
등록 ㅣ 2002년 4월 25일 제20-260호
주소 ㅣ 서울시 구로구 디지털로 26길 111 JnK디지털타워 503호
전화 ㅣ 02-333-2513(대표)
팩시밀리 ㅣ 02-333-2514
E-mail ㅣ papy_dnc@dncmedia.co.kr
블로그 ㅣ blog.naver.com/gnpdl7

ISBN 978-89-267-1537-6  04810
ISBN 978-89-267-1535-2  (SET)

용대운 대하소설

# 君臨天下

## 군림천하

### 1부 중원의 검[中原之劍]

2

용문풍운(龍門風雲) 편

PAPYRUS
파피루스

目次

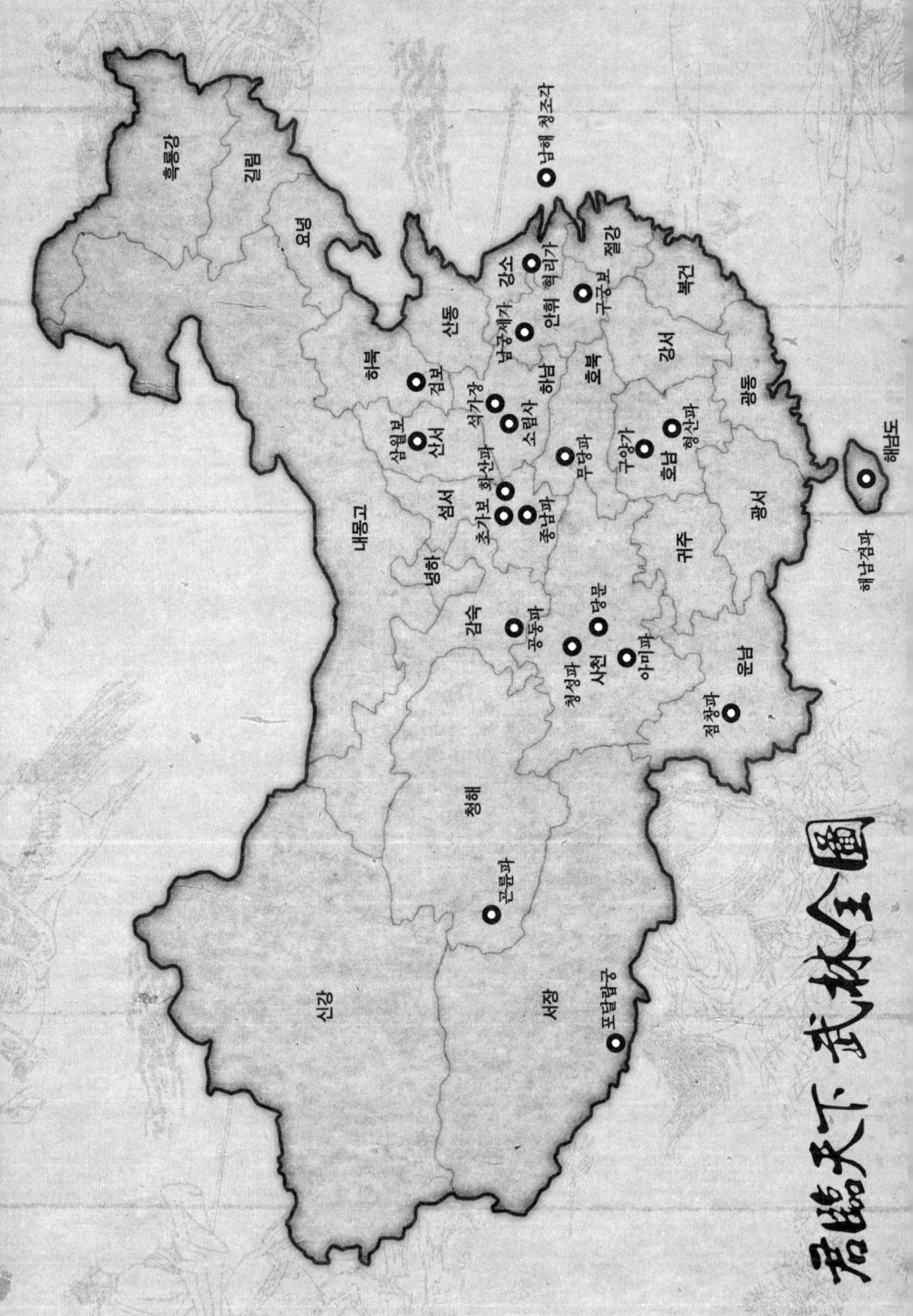

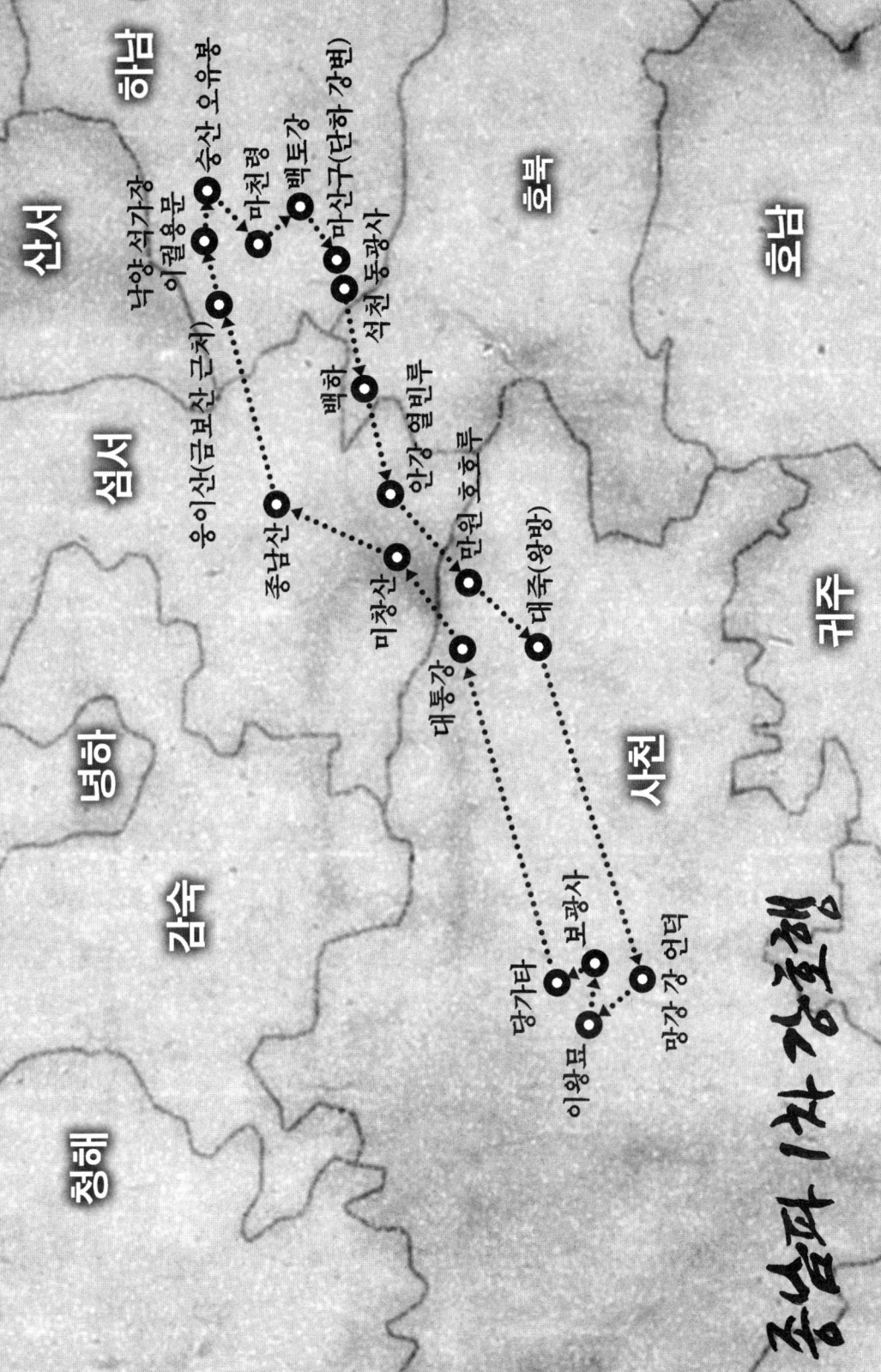

제 12 장
# 이대홍안(二大紅顔)

제12장 이대홍안(二大紅顔)

낙양의 거리는 말로 듣던 것보다 더욱 번화했다.

이 오래된 고도(古都)는 주(周)나라 때 처음 세워진 후로, 동주(東周), 후한(後漢), 북위(北魏), 서진(西晉), 후당(後唐)의 수도였으며, 대운하를 따라 강남에서 수송되는 물자들의 집산지로 크게 번성했다. 그 때문인지 곳곳에 고루거각(高樓巨閣)들이 즐비했고, 거리는 넓고 깨끗했으며, 행인들의 의복은 화려하고 부유해 보였다.

그들이 낙양에 도착했을 때는 마침 오후에 사람이 가장 붐빌 때인지라, 거리는 그야말로 각양각색의 사람들로 넘쳐흐르고 있었다. 상원건과 낙일방은 예전에 낙양에 온 적이 있었지만, 다른 사람들은 처음인지 모두 눈을 크게 뜨고 주위의 풍물을 구경하기에 여념이 없었다.

문득 열심히 지나가는 행인들과 낙양의 성곽을 바라보고 있던 응계성이 낙일방의 어깨를 툭 쳤다.

"네가 낙양에 대해 그렇게 잘 안다니 한 가지만 물어보자."

낙일방은 그가 또 무슨 트집을 잡을지 몰라 걱정부터 일어났다. 하나 여기서 잘못 대꾸했다가는 이번에야말로 호되게 경을 칠게 뻔한지라 감히 싫다는 말도 못하고 엉겁결에 고개를 끄덕이고 말았다.

"그렇게 많이 알진 못하지만…… 물어보세요."

응계성은 히죽 웃었다. 그 웃음을 보자 낙일방의 마음은 급속도로 불안해졌다.

"예로부터 사람들이 낙양을 구륙성(九六城)이라고 불렀다는데, 대체 그 이유가 뭐냐?"

낙일방의 얼굴이 휴지 조각처럼 구겨졌다.

낙양이 구륙성으로도 불린다는 것은 낙일방도 알고 있었다.

하나 낙일방이 낙양을 본 것은 하남성을 떠돌 때 두 번 정도뿐이었다. 그러니 낙양의 명승고적들도 대충 눈으로 한번 훑어본 정도에 불과한 그가 대체 그 내력을 어찌 알고 있겠는가?

"저…… 그건……."

낙일방은 울음이라도 터뜨릴 듯한 표정으로 쩔쩔 매었다. 여기서 모른다고 말하면 응계성의 입에서 당장 알지도 못하면서 떠들었다는 불호령이 터져 나올 게 분명했고, 그렇다고 낙양의 토박이인 석지명이 빤히 지켜보고 있는 앞에서 대충 둘러댈 수도 없어서 그야말로 진퇴양난이었다.

그 모습이 우스운지 상소홍이 입을 가리고 킥킥거렸다.

다행히도 그때 마침 상원건이 나서서 낙일방을 구해 주었다.

"그건 말일세. 낙양성이 처음 지어졌을 때 그 규모가 남북으로 구 화리(九華里; 일 화리는 0.5km), 동서로 육(六) 화리였기 때문일세. 그래서 사람들이 구륙성이라고 부르게 된 것일세."

낙일방은 구세주라도 만난 사람처럼 상원건을 쳐다보며 연신 고맙다는 눈빛을 보냈다.

응계성은 낙일방을 혼내 줄 수 있는 기회를 놓친 게 아쉬운 듯 눈을 찡그렸으나, 상원건에게마저 트집을 잡을 수는 없는지라 알았다는 듯 고개를 끄덕이고 말았다.

"그렇군요. 잘 알았습니다."

석지명이 웃으면서 한마디를 거들었다.

"사실 지금의 낙양은 그보다는 훨씬 넓습니다. 그 뒤로 계속 확장되어 지금은 아마 동서로 이십 화리, 남북으로는 십오 화리쯤 될 겁니다."

이어 그는 손으로 동쪽 방향을 가리켰다.

"원래 처음에 세워진 낙양성은 이곳에서 동쪽으로 삼십 리쯤 떨어진 곳입니다. 병란(兵亂)으로 황폐해지자 수(隋)나라 때 이곳에 다시 성을 지은 거지요."

이어 석지명은 낙양의 유래에 대한 여러 가지 이야기를 해 주었다.

한데 바로 그때였다.

"비켜라!"

갑자기 요란한 호통 소리와 함께 사람들로 북적거렸던 넓은 거리가 반으로 쫘악 갈라졌다.

"뭐, 뭐야?"

사람들이 나직한 욕설을 퍼부으며 길 양옆으로 허겁지겁 물러섰다.

그 사이를 뚫고 한 대의 사두마차(四頭馬車)가 나타났다. 그 사두마차는 눈부신 네 마리의 백마가 이끄는 것으로, 호화스럽기 그지없었다.

마차는 온통 은색(銀色)으로 도배를 하다시피 했는데, 자세히 보니 단순히 은색을 칠한 게 아니라 진짜 순은(純銀)으로 세공을 한 것이었다. 마차의 네 귀퉁이 상단에는 하늘로 솟구치는 용(龍)의 모습이 양각되어 있었고, 용의 몸통이 길게 내려간 하단에는 승천하는 용을 떠받드는 듯한 구름이 선명하게 새겨져 있었다.

그 구름 문양이 어찌나 생생한지 마차 전체가 마치 구름 속을 움직이는 것 같은 착각이 들 정도였다. 게다가 마차의 양쪽 문에 달려 있는 주렴(珠簾)은 순백색의 진주(眞珠)로 만든 것이어서 호화스러움의 극치를 이루었다.

마부석에는 눈부신 백의를 입은 냉막한 표정의 중년인이 앉아 있었다. 백의 중년인은 연신 비키라는 호통을 치면서도 신기(神技)에 가까운 솜씨로 사람들이 북적거리는 인파 속을 헤치며 마차를 몰아갔다.

"제길…… 사람이 이렇게 많은 데서 마차를 몰다니. 뭐 저런 놈들이 다 있어?"

응계성은 마차를 피하느라 뒤로 밀려나는 사람들에 몸이 떠밀리자 고리눈을 부릅뜨며 욕설을 퍼부어 댔다. 진산월을 비롯한 정해와 상원건 등도 모두 길 옆으로 바짝 붙어 마차를 피해야만 했다.

두두두…….

은색 마차는 요란한 굉음을 내며 그들의 앞을 스치듯 지나갔다.

"누구지?"

낙일방이 고개를 갸웃거리며 혼잣말처럼 중얼거렸다.

먼지를 사방으로 날리며 멀어져 가는 은색 마차를 우두커니 보고 있던 석지명이 그 말을 들었는지 불쑥 입을 열었다.

"저건 운문세가의 운룡신거(雲龍神車)요."

낙일방은 물론이고 다른 사람들도 모두 석지명을 바라보았다.

"운문세가라고요?"

"그렇소."

석지명은 모든 사람들의 얼굴에 이상한 표정이 떠올라 있는 것을 보고는 약간 어리둥절한 표정이 되었다.

그때 정해가 불쑥 물었다.

"저 안에 누가 타고 있는지 혹시 아십니까?"

석지명은 고개를 끄덕였다.

"운룡신거는 운문세가에서도 오직 두 종류뿐이라서 짐작하는 건 그리 어렵지 않습니다. 조금 전의 운룡신거는 사두마차이니 아마 소운룡(小雲龍)일 겁니다. 그러니 운문세가의 소가주인 운자추(雲子樞)가 타고 있을 겁니다."

"저것이 소운룡이라면……."

"운문세가의 가주가 타는 것은 대운룡(大雲龍)이라고 하는데,

소문으로 듣기로는 여덟 필의 한혈마(汗血馬)가 이끄는 거대한 것이라고 하더군요. 저도 아직 직접 보지는 못했습니다."

"팔두마차(八頭馬車)라…… 굉장하군요."

정해는 눈을 크게 치켜떴다.

한혈마는 천하에서도 보기 드문 명마 중의 명마로, 멀리 장성 이북(長城以北)에서나 간신히 볼 수 있는 것이었다. 그런 한혈마 여덟 마리가 이끄는 마차라는 것은 상상만 해도 놀라운 일이 아닐 수 없었다.

정해가 다시 물었다.

"운자추는 어떤 인물입니까?"

"듣자하니 운문세가 사상 최고의 기재(奇才)라고 하더군요. 사실 운문세가의 소가주는 모두 세 명인데, 다른 두 사람은 너무 평범해서 운문세가의 명성을 많이 떨어뜨리고 있는 실정입니다. 하지만 운자추는 날 때부터 무학(武學)의 천재로, 지금은 당대의 후기지수(後起之秀) 중에서도 손꼽히는 인물로 알고 있습니다."

석지명의 말은 결코 과장이 아니었다.

진산월 등은 아직 강호를 주유한 적이 거의 없어 미처 알지 못했으나, 운자추의 명성은 섬서성보다는 하남(河南) 일대에 더 널리 퍼져 있어서, 적어도 하남성에서는 그를 모르는 사람이 거의 없었다. 그것은 운자추가 본가가 있는 섬서성보다는 하남성에 더 자주 머물며 그쪽에서 주로 활동했기 때문이었다.

정해는 일전에 만났던 운자개의 모습을 떠올리고는 운자추가 절세의 기재라는 말을 듣자 문득 궁금한 생각이 들었다.

"그를 운자개에 비교하면 어떻습니까?"

석지명은 빙긋 웃었다.

"그 말썽 많고 사고뭉치인 운자개 말입니까? 운자개 따위를 어떻게 감히 운자추와 비교하겠습니까? 설사 백 명의 운자개가 온다 해도 운자추에 비할 수는 없습니다."

"어떻게 같은 형제인데 그렇게 자질이 차이가 나지요?"

"두 사람은 사실 배다른 형제입니다. 어머니가 다르지요."

이어 석지명은 목소리를 낮추어 소곤거렸다.

"운자추는 정실부인의 자식인데 비해 다른 두 형제는 첩에게서 나온 아들들입니다. 그래서 나이는 운자추가 더 어리지만 운문세가의 대공자(大公子)가 될 수 있었던 겁니다."

정해는 새삼스러운 듯 석지명을 바라보았다.

"잘 알았습니다. 그런데 운문세가의 일에 대해 상당히 자세하게 알고 계시는군요."

다른 집안의 혈통(血統)에 대한 내막은 웬만한 사람은 결코 알 수가 없을 것이다.

"강북에 있는 대소문파(大小門派)의 일을 알아두는 것은 장사의 기본이지요. 본가에서는 누구나 하고 있는 일입니다."

석지명은 대수롭지 않은 듯 웃었다. 이어 그는 정해를 보며 약간 머뭇거리다가 입을 열었다.

"그런데 운자개는 어떻게 알고 계십니까?"

운문세가에서 가장 유명한 운자추도 모르는 정해가 별로 알려지지 않은 운자개에 대해 알고 있는 듯하자 궁금함이 치밀었던 것이다.

정해는 일전에 운자개를 만나게 된 경위를 간략하게 설명해 주었다.

그의 말을 듣고 있던 석지명의 얼굴에 한 줄기 고소가 떠올랐다.

"그런 일이 있었군요. 이것 참…… 공교롭게 됐군."

그가 난처한 표정을 짓자 이번에는 정해가 어리둥절하여 물었다.

"왜 그러십니까?"

석지명은 잠시 무언가 생각에 잠긴 듯한 모습이다가 이내 히죽 웃었다.

"별일 아닙니다. 어서 가시죠. 조금만 더 가면 본가가 나옵니다."

이어 정해가 꼬치꼬치 물어볼 것이 두렵기라도 한 듯 한발 앞서 성큼성큼 앞으로 걸어 나갔다. 정해는 의아한 생각이 들어 석지명의 뒷모습을 우두커니 지켜보고 있다가 자신도 그를 따라 몸을 움직였다. 다른 사람들도 의혹이 일었으나 석지명이 저만큼 걸어가자 어쩔 수 없이 그의 뒤를 따라갔다.

석지명의 말대로 낙양의 번화한 거리를 빠져나와 일각쯤 걸어가자 눈앞이 갑자기 탁 트이며 멀리 거대한 장원(莊院) 하나가 시야에 들어왔다.

그 장원은 높고 웅장한 담장으로 둘러쳐져 있어 그 안을 들여다볼 수 없었으나, 담장 너머로 보이는 지붕들의 끝없이 이어진 모습으로 보아 그 장원이 얼마나 넓고 광활한지 충분히 짐작할 수 있었다.

"제가 먼저 가서 아뢰겠습니다."

석지명의 뒤를 졸졸 따라다니던 두 명의 장한 중 한 명이 재빨리 장원을 향해 달려갔다.

가까이 가서 보니 장원은 멀리서 본 것보다 한층 더 거대해 보였다. 담장의 높이는 무려 이 장에 달했고, 길이는 끝도 보이지 않을 정도였다.

입구에서 오 장 떨어진 곳에는 양쪽으로 일 장이 넘는 거대한 석사자상(石獅子像)이 우뚝 서 있었다. 오랜 세월의 풍상을 맞았을 텐데도 석사자상의 형태는 거의 손상이 없어서 부릅뜬 눈과 솟아올라 있는 갈기, 그리고 날카로운 이빨과 으르렁거리는 듯한 모습이 선명하게 드러나 보였다. 그 모습이 어찌나 생생했던지 금시라도 거대한 사자가 포효를 하며 달려들 것만 같았다.

석사자상을 지나니 은은한 자색을 띈 웅장한 문이 압도하는 듯한 기세로 우뚝 서 있었다.

문은 천연(天然)의 진귀한 자단목(紫檀木)을 통째로 잘라 썼는데, 오랜 세월 사람의 손때가 묻어서인지 반질반질 윤이 흐르고 있었다.

문 위에는 높이가 다섯 자나 되고 너비가 이 장은 족히 되는 거대한 현판이 걸려 있었다.

**석가고장(石家故莊).**

현판에 쓰여 있는 용사비등한 글씨는 소박한 듯하면서도 은은

한 기상과 고고한 기품을 함께 지니고 있어서, 보는 사람의 마음에 강렬한 인상을 심어 주는 것이었다. 그 현판을 보고 있자니 자신이 한없이 초라해지는 듯한 느낌이었다.

상원건은 한참 동안이나 그 현판을 올려보고 있다가 자신도 모르게 나직한 탄성을 터뜨렸다.

"정말 잘 쓴 글씨로군."

글씨라면 누구에게도 뒤지지 않는 안목과 흥미를 가지고 있는 정해도 열심히 고개를 끄덕였다.

"힘이 넘치면서도 거칠지 않고, 소박한 듯하면서도 격조가 있으니 가히 천하의 명필(名筆)입니다. 이왕(二王)의 작품이 아닌가요?"

이왕이란 진 대(晉代)의 최고 명필이었던 왕희지(王羲之)와 왕헌지(王獻之) 부자를 가리키는 말이었다.

석지명이 웃으며 입을 열었다.

"비슷하지만 이왕의 것은 아닙니다. 저것은 왕희지의 숙부인 왕이(王廙)의 글씨입니다."

그 말에 정해는 약간 멋쩍은 웃음을 날렸다.

"그렇군요. 어쩐지 왕 우군(王右軍)이 좀처럼 쓰지 않는 예서(隸書)로 쓰여 있다 했더니……."

왕 우군이란 왕희지를 가리키는 말이었다. 왕희지가 한때 우군 장군(右軍將軍)을 지낸 적이 있어서 사람들이 그를 왕 우군이라고 불렀던 것이다.

왕이는 왕희지의 숙부로, 진나라 황실에서는 자타가 공인하는 시문(詩文)의 일인자였다. 왕희지는 어렸을 때 왕이에게서 글씨와 그림을 배웠기 때문에 두 사람의 서체는 유사한 점이 많이 있었다.

왕희지는 해서(楷書)와 행서(行書), 초서(草書)에 두루 능했지만 예서는 좀처럼 쓰지 않았다. 당시의 사람들은 아마도 왕희지가 숙부인 왕이를 존경해서 그의 장기인 예서를 쓰지 않았을 거라고 추측하곤 했었다. 왕희지의 아들인 왕헌지가 예서에 능한 것을 보면 상당히 신빙성이 있는 이야기였다.

석지명은 현판을 가리키며 말을 계속했다.

"저것은 저희 가문의 이십오 대조(二十五代祖)이신 석숭(石崇) 태조부께서 당시 친분이 두터웠던 왕이 선생에게 특별히 부탁해서 만든 것이라고 합니다. 저희 가문의 가보(家寶) 중 하나지요."

석숭은 진나라 시대의 전설적인 거부로, 오늘날 석가장의 토대를 이룬 사람이었다.

전국시대 때부터 내려온 석씨 가문은 한(漢)나라 초기에 만석군(萬石君)으로 알려진 석분(石奮) 때부터 가세가 번창하였으나, 본격적으로 그 부와 명성을 천하에 떨친 것은 석분의 십오 대 후손인 석숭 때 부터였다.

그 후로 석씨 가문은 몇 차례의 부침(浮沈)을 겪으면서도 그 절대적인 부(富)의 왕국을 잘 지켜 나갔다. 그리하여 이제는 천 년이 넘는 장구한 세월 동안 누구도 넘보기 힘든 부를 쌓아 왔던 것이다.

그들이 석가장의 정문 가까이까지 왔을 때 정문 한쪽 구석에 있는 작은 쪽문이 열리며 두 명의 인물이 불쑥 나왔다.

그들은 처음에 달려갔던 석지명의 하인과 다른 한 명의 중년인이었다.

그 중년인은 깨끗한 백삼을 입고 이목구비가 단정한 사십 대 초반의 인물이었다. 검은 수염을 가슴 부근까지 길게 늘어뜨렸는데, 얼굴 표정이나 태도에서 차분하면서도 냉엄한 기색을 느낄 수 있었다.

백삼 중년인은 석지명을 보자 공손하게 인사를 했다.

"잘 다녀오셨습니까, 팔공자(八公子)님."

"하 집사(夏執事) 덕분에 별일은 없었소."

백삼 중년인의 시선은 석지명의 뒤에 서 있는 진산월 등에게로 향했다.

"이분들은……?"

"인사하시오. 종남에서 오신 분들이시오. 저분이 종남파의 이십일 대 장문인이신 진 장문인이시오."

석지명이 자신을 가리키자 진산월은 가볍게 포권을 했다.

"진산월입니다."

백삼 중년인은 조금도 놀라거나 의외라는 표정을 짓지 않고 처음과 다름없는 담담한 표정으로 인사를 했다.

"하종요(夏宗耀)입니다. 본가에 잘 오셨습니다."

석지명이 옆에서 한마디 거들었다.

"하 집사는 본가의 여덟 명 집사 중 오집사(五執事)의 직위를 맡고 있습니다."

집사란 한 집안의 살림을 맡고 있는 사람으로, 아무리 큰 집이라도 대개 한두 명이면 충분하다. 그런데 석가장에는 집사가 여덟 명이나 있는 것으로 보아 그 살림의 규모가 얼마나 거대한지 능히 상상이 가는 일이었다.

사람들을 대하는 하종요의 태도는 침착하면서도 한 점 흐트러짐이 없는 것이어서 석가장의 집사라는 신분에 걸맞은 것이었다. 심지어 그는 강호상에 이름 높은 고수인 상원건을 소개받았을 때도 전혀 표정의 변화가 없었다.

중인들은 하종요의 안내를 받으며 석가장 안으로 들어섰다.

안에서 본 석가장은 밖에서 보던 것과는 또 달랐다.

밖에서는 높게 둘러쳐져 있는 끝없는 담장과 높은 거각(巨閣)들의 화려한 지붕들만이 보여서인지 웅장하고 화려해서 어딘지 모르게 위압적인 분위기를 풍기고 있었다.

그런데 실제로 들어선 석가장은 웅장하기 보다는 아담했고, 화려하기보다는 소박하면서도 은은한 풍취가 흘러나오고 있었다.

특히 눈에 띄는 것은 각양각색의 화원(花園)들이었다. 그야말로 화원 천지(花園天地)라고 불러도 어색하지 않을 정도로 구석구석에 크고 작은 꽃밭들이 산재해 있었다. 수백, 수천 종류의 꽃들이 형형색색의 봉우리를 이루고 있어서 사방에 화향(花香)이 감돌았다.

그 꽃밭 너머로 그리 크지 않으면서도 우아한 이삼 층의 누각(樓閣)들이 처처히 늘어서 있어 그야말로 한 폭의 선경(仙境)을 보는 것 같았다.

지금은 늦가을이라 시기적으로 꽃이 피기 힘든 계절이었으나,

이곳에서는 온갖 종류의 꽃들이 활짝 핀 채 아름다움을 자랑하고 있어, 흡사 이곳만 계절이 멈춰 버린 것 같았다. 개중에는 봄에만 피는 꽃들도 상당히 많아서 자신의 눈을 의심케 할 정도였다.

낙일방은 눈을 크게 뜨고 한참 동안이나 정신없이 화원을 두리번거리다가 나직하게 중얼거렸다.

"무릉도원(武陵桃源)이 따로 없구나……."

정해가 웃으면서 석지명을 바라보았다.

"정말 아름다운 화원입니다. 이 드넓은 화원을 가꾸기가 쉽지 않았을 텐데요."

석지명은 고개를 끄덕였다.

"증조모님 때부터 화원을 꾸미기 시작했습니다. 벌써 백 년 가까이 되었지요."

정해는 깜짝 놀랐다.

"이 화원이 백 년이나 되었단 말입니까?"

"정확히는 구십육 년이 되었습니다. 당시 증조모님께서 일일이 꽃을 심고 물을 주어서 직접 키웠다고 하더군요. 처음에는 이렇게 크지 않았는데 그분이 삼십 년 넘게 하루도 빠지지 않고 계속 꽃을 심어서 종내에는 본가 전체가 온통 꽃밭으로 뒤덮이게 되었습니다."

"아! 삼십 년이나 꽃을 심으셨다니, 정말 대단하신 분이로군요."

"사연이 있었지요. 당시 증조부님께서는 엄청난 바람둥이셨는지라 증조모님은 하루도 속을 끓이지 않는 날이 없었답니다. 그러던 어느 날, 증조부님과 심하게 다투시고는 그다음 날부터 꽃을 심기 시작하셨다고 하더군요."

"꽃을 심으시면서 마음을 달래신 거로군요."

"그러셨던 모양입니다. 아무튼 그 뒤로 증조모님은 화원을 키우는 데만 전력하시고, 증조부님과는 돌아가실 때까지 말 한 마디 안 하셨다고 합니다."

정해의 입가에 고소가 떠올랐다.

"정말 굉장한 분이셨군요."

석지명은 빙긋 웃으며 고개를 끄덕였다.

"여장부라고 할 수 있지요. 그래서 저도 그분을 무척 좋아한답니다."

그 말에 정해는 무언가를 느낀 듯 눈을 반짝 빛냈다.

"혹시 그분이 아직까지 살아 계십니까?"

"하하…… 물론이지요. 증조부님은 벌써 오래전에 돌아가셨지만 그분은 지금도 정정하십니다."

정해는 조심스럽게 물었다.

"증조모님의 연세가……."

"올해로 백십칠 세가 되셨습니다."

그 말에 모든 사람들이 깜짝 놀랐다. 여자의 수명이 남자보다 길다고는 하지만 백이십 살 가까이 사는 경우는 좀처럼 드물기 때문이었다.

정해는 자신도 모르게 불쑥 물었다.

"그분은 지금도 꽃밭을 직접 가꾸십니까?"

"십여 년 전까지도 직접 손을 보셨는데, 아버님께서 극구 말리셔서 지금은 손을 놓으셨습니다."

"아……!"

정해는 거듭 감탄을 금치 못했다.

십여 년 전이라고 해도 그녀는 백 살이 넘도록 화원을 직접 관리했다는 말이 된다. 이 넓은 화원을 관리한다는 것은 젊은 사람이라 하더라도 힘이 들 텐데, 정말 놀라운 일이 아닐 수 없었다.

말을 하는 도중에 그들은 커다란 화원을 두 개나 가로질러 오른쪽 담장 근처에 있는 작은 월동문(月洞門) 쪽으로 향했다. 월동문 안으로 들어서자 작고 아담한 꽃밭과 함께 푸른 지붕의 이 층 누각이 나타났다.

누각 위에는 '청운각(靑雲閣)'이라고 쓰인 현판이 달려 있었다.

석지명이 그 누각을 가리키며 씨익 웃었다.

"여기가 제 거처입니다. 누추한 곳이지만 당분간은 여기서 묵으셔야겠습니다."

정해가 예의바르게 말을 받았다.

"누추하다니 당치 않습니다. 아주 마음에 드는 곳이군요."

말은 그렇게 하면서도 그의 마음속에는 하나의 의문이 떠오르고 있었다.

'우리를 왜 객소(客所)에 데려가지 않고 자신의 거처에 묵게 하는 것일까?'

원래 명문 세가들은 대부분이 손님이 묵을 장소가 따로 있는 법이다.

특히 석가장같이 거대한 곳이라면 하루에도 찾아오는 손님이 적지 않을 것이다. 설마하니 화북 제일의 거부인 석가장에서 손님 맞을 장소가 없어서 석지명이 그들을 자신의 거처로 데리고 왔을 리는 없었다. 그렇다면 석지명은 왜 그들을 이곳으로 데려온 것일까?

정해는 의혹이 일긴 했지만 그렇다고 석지명에게 그것을 직접 물어볼 수가 없어 그냥 마음속으로 접어 두고 말았다.

청운각의 안은 밖에서 보던 것만큼이나 깨끗하고 정갈했다. 천하에 이름 높은 십이지공자의 거처임을 생각한다면 너무 소박해서 단출하다는 느낌이 들기도 했으나, 그 안의 집기와 가구들은 하나같이 너무 화려하지 않으면서도 은은한 품위를 느끼게 하는 것들뿐이었다.

그들은 석지명을 따라 일 층의 대청으로 들어갔다. 대청은 너비가 사오 장쯤 되었는데, 미리 준비를 했는지 그들의 인원수에 맞는 의자가 놓여 있었다.

낙일방은 의자수가 자기들 수와 딱 맞는 것을 보고 신기한 생각이 들어 중얼거렸다.

"우리들이 올 줄을 어떻게 알고 의자를 딱 맞게 준비했지?"

하종요가 그 소리를 들었는지 별거 아니라는 듯 담담한 음성으로 입을 열었다.

"공자님의 하인이 제게 공자님이 손님을 모시고 오신다고 알려 줘서 여러분들을 맞으러 나오기 전에 미리 인원수만큼의 의자를 준비해 두라고 지시를 했습니다."

그 말에 낙일방은 멋쩍게 웃었다.

"그랬군요."

석지명이 웃으며 하종요의 어깨를 두드렸다.

"하 집사는 일처리 하나만큼은 확실한 사람이지요."

이어 그는 하종요와 무언가를 나직하게 속삭인 다음 중인들을 돌아보며 부드러운 음성으로 말했다.

"그럼 여러분들은 잠시 쉬고 계십시오. 저는 아버님께 문안 인사를 드리고 오겠습니다."

석지명과 하종요가 대청 밖으로 나가자 그제야 중인들은 의자에 편하게 앉으며 휴식을 취했다.

문득 상원건이 진산월을 바라보며 불쑥 물었다.

"혹시 그 화원을 보고 무언가 이상한 점을 느끼지 못했소?"

진산월이 무어라고 입을 열기도 전에 낙일방이 어리둥절한 얼굴로 되물었다.

"이상한 점이라뇨? 전 정말 좋다는 느낌밖에는 안 들었는데요."

응계성이 기다렸다는 듯이 그의 머리를 쥐어박았다.

"이놈아, 상 대협이 언제 네게 물어보았느냐?"

낙일방은 아프다는 말도 못하고 머리통을 어루만진 채 인상을 찡그렸다.

그때, 진산월의 담담한 음성이 들려왔다.

"한 가지 눈에 띄는 점이 있기는 합니다만……."

낙일방은 그게 뭐냐고 묻고 싶었지만, 섣불리 입을 열었다가는 응계성에게 다시 얻어맞을 것이 두려워 그의 눈치를 힐끔 살폈다.

다행히 상원건이 때늦지 않게 물어보았다.

"그게 무엇이오?"

"화원에 천하의 모든 종류 꽃들이 다 있었지만, 막상 꼭 있어야할 한 종류만이 없더군요."

그 말에 낙일방은 물론이고 모든 사람들이 호기심 어린 눈으로 그를 응시했다.

"그게 무슨 꽃이오?"

진산월은 침착한 음성으로 대답했다.

"모란(牡丹)입니다."

낙일방이 마침내 참지 못하고 불쑥 물었다.

"모란이 왜 꼭 화원에 있어야 할 꽃이죠?"

정해가 피식 웃으며 그의 머리를 툭 쳤다.

"너는 낙양을 손바닥처럼 환하게 알고 있는 것처럼 까불더니 그것도 모르느냐?"

낙일방은 억울하다는 듯 입술을 삐죽거렸다.

"사형까지 왜 그래요? 내가 언제 낙양을 잘 알고 있다고 했어요? 그냥 친구만 하나 있다고 했지."

"하하…… 친구 같은 건 없어도 낙양에 대해 조금만 알고 있는 사람이라면 누구라도 알 수 있는 일이다. 너 혹시 낙양에서 가장 흔한 꽃이 무엇인지 아느냐?"

낙일방은 입이 퉁퉁 부은 채 퉁명스런 음성으로 쏘아붙였다.

"그걸 내가 어떻게 알아요?"

정해는 어이가 없다는 듯 되물었다.

"정말 몰라? 짐작이라도 해 봐라, 이 밥통아."

"알았어요. 그게 모란이라고 해 두죠. 그런데 그게 어쨌다는 거죠?"

낙일방이 계속 정해에게 시비조로 나오자 진산월이 대신 입을 열었다.

"'낙양모란갑천하(洛陽牡丹甲天下)'라는 말이 있다. 그만큼 낙양에는 모란이 흔하지. 그런데 다른 곳에서도 쉽게 볼 수 있는 모란이 막상 온갖 꽃으로 뒤덮인 석가장의 화원에는 단 하나도 없으니 이상한 일이 아니겠느냐?"

진산월이 자세하게 설명해 주자 낙일방은 계면쩍은 웃음을 흘렸다.

"헤헤…… 그렇군요. 저도 이제 알았어요."

응계성이 심통스럽게 물었다.

"알긴 무엇을 알아? 왜 이곳에 모란이 없는지를 알았단 말이냐?"

낙일방의 얼굴이 여지없이 구겨졌다.

"에이, 응 사형도…… 제가 그것까지 어떻게 알겠어요?"

응계성은 눈을 부라렸다.

"그럼 입 다물고 조용히 있어."

낙일방은 기가 팍 죽어서 아무 소리도 하지 못했다.

상원건이 빙긋 웃으며 말했다.

"역시 진 장문인도 그걸 알아차렸구려. 나는 모란이 없는 그 화원을 보자 문득 한 사람이 떠올랐소."

"그게 누굽니까?"

상원건은 문득 엉뚱한 이야기를 했다.

"백여 년 전에 낙양성에는 천하에 보기 드문 미녀(美女)가 태어났소. 그녀의 용모가 어찌나 아름다웠는지 당시 사람들은 그녀를 경성홍안(傾城紅顏)이라고 불렀다고 하오."

정해가 재빨리 끼어들었다.

"그 이름은 저도 들어 본 적이 있는 것 같습니다. 경성홍안 백모란(白牡丹)은 당시에 강북 제일 미녀(江北第一美女)로 손꼽히고 있었지요."

"자네도 알고 있군. 바로 그 백모란일세."

"그런데 그녀가 이 화원과 무슨 관계가 있다고 생각하십니까?"

"내 말을 들어 보게. 당시 백모란은 수많은 사람의 구애를 물리치고 한 사람과 열애에 빠지고 말았지. 그가 바로 당시의 천하제일 거부(天下第一巨富)였던 석동(石動)일세. 바로 석가장의 전전대(前前代) 가주지."

정해는 두 눈을 총명하게 반짝거렸다.

"그렇다면 그가 바로 석지명, 석 공자의 증조부란 말입니까?"

"그렇지. 석동은 백모란에게 빠져서 아내와 가업(家業)을 등한시하여 한때 천하인(天下人)들의 비웃음을 받기도 했지. 오죽했으면 그가 백모란과 결합한 지 십 년도 되지 않아 석가장의 가세가 급격히 기울어져 하남성에서도 제일 거부 자리를 빼앗겼겠나?"

중인들은 모두 처음 듣는 이야기인지라 흥미 어린 눈으로 상원건을 주시하고 있었다.

상원건은 말을 이었다.

"그대로 갔으면 석가장은 몇 년 지나지 않아 아마 망하고 말았을 걸세. 그때 석가장에서 한 사람이 홀연히 나타나 가문을 다시 부흥시켰다네."

정해가 급히 물었다.

"그가 누굽니까?"

"그가 아니라 그녀일세."

"예? 여자라고요?"

"그렇지. 그녀는 바로 석동에게 버림받았던 그의 부인이었네. 그녀는 유명무실해진 석동을 밀어내고 석가장의 실권(實權)을 장악한 후 단 삼 년 만에 석가장을 과거의 위치로 돌려놓았지."

"아! 정말 대단한 여걸(女傑)이로군요."

"당시 사람들은 그녀를 철혈홍안(鐵血紅顔)이라고 불렀다네. 경성홍안과 반대되는 의미로 말이지. 그래서 당시 무림에서는 '철혈은 가시가 있으나 능히 사람을 살리고, 경성은 아름다우나 결코 오래 있지 못한다.'는 노래 구절이 유행하기도 했었다네."

묵묵히 상원건의 말을 듣고 있던 진산월이 조용한 음성으로 입을 열었다.

"그렇다면 이곳 화원에 모란이 없는 것도 이해가 되는군요."

상원건은 고개를 끄덕였다.

"철혈홍안은 자신을 버린 석동은 물론이고, 그를 유혹한 백모란도 결코 용서하지 않았소. 그래서 그녀는 모란을 보면 백모란이 떠오른다는 이유에서 평생토록 자신의 눈앞에서 단 한 송이의 모란꽃도 피지 못하게 함은 물론이고 모란이 들어간 그림이나 문양도 모두 부수거나 파괴해 버렸다고 하오. 나도 오래전에 이런 이야기를 들었는데, 그 철혈홍안이 아직도 살아 있을 줄은 상상도하지 못했소."

"사람의 집념은 왕왕 그 자신에게 끈질긴 생명력을 주지요. 그녀가 아직까지 살아 있는 것도 그 두 사람에게 복수하고 말겠다는마음이 그녀를 늙지 않게 했기 때문이 아닐까 합니다."

정해가 문득 궁금한 듯 다시 물었다.

"석동과 백모란의 사이는 그 후 어떻게 되었습니까?"

상원건의 입가에 쓸쓸한 미소가 떠올랐다.

"철혈홍안이 석가장을 장악한 후로 그들에 대한 이야기를 아는사람은 아무도 없다네. 하지만 그들이 결코 그전과 같은 행복한관계를 누리지 못했으리라는 것만은 삼척동자라도 쉽게 짐작할수 있지."

한동안 중인들은 각기 다른 상념에 잠겨 있었다.

한참 후에 낙일방이 평소의 그답지 않은 제법 심각한 표정으로입을 열었다.

"그토록 아름다운 화원에 그런 파란만장한 사연이 있는 줄은몰랐어요. 확실히 세상일이란 겉보기와는 많이 다르군요."

응계성이 그를 쏘아보며 냉소를 날렸다.

"그걸 이제 알았느냐? 그러니 네놈도 함부로 아무 여자에게나눈독 들이지 말란 말이다."

낙일방은 질렸다는 듯 고개를 설레설레 내저었다.

"아이구…… 응 사형! 제발 그만 좀 하세요. 이러다가는 소림사에 닿기도 전에 응 사형 등쌀에 쓰러지고 말겠어요."

응계성이 커다란 눈을 부릅뜨며 무어라고 쏘아붙이려 할 때 대청 문이 열리며 석지명의 모습이 나타났다.

제 13 장
도선출재(挑選出財)

## 제13장 도선출재(挑選出財)

"영존(令尊)은 만나 뵈었소?"

석지명이 자리에 앉자 상원건이 빙긋 웃으며 물었다.

석지명의 얼굴에 한 줄기 씁쓸한 미소가 떠올랐다.

"아직 뵙지 못했습니다."

상원건은 어리둥절한 표정이 되었다.

"영존께서 다른 곳에라도 가신 거요?"

"집에 계십니다."

"그런데 왜……."

상원건은 더 물으려다 석지명의 표정이 약간 굳어진 것을 보고는 더 묻지 않았다.

석지명은 잠시 입을 굳게 다물고 있다가, 이내 멋쩍은 웃음을 흘렸다.

"사실은 아버님께 손님이 와 계셔서 조금 기다리다 돌아왔습니다."

상원건은 알았다는 듯 고개를 끄덕였다.

"그랬구려."

하나 그의 마음속으로는 몇 가지 의문이 떠오르고 있었다.

대체 얼마나 중요한 손님이기에 몇 달 만에 아들이 집으로 돌아왔는데도 만나지 않는단 말인가? 그리고 단순히 손님 때문이라면 석지명은 왜 그토록 씁쓸한 표정을 짓고 있는 것일까?

그러고 보니 이상한 일이 한두 가지가 아니었다.

명색이 석가장의 십이지공자 중 하나인 석지명이 호위 무사도 없이, 무공도 모르는 하인 두 사람과 길을 떠난 것부터가 심상치 않은 일이었다.

게다가 그가 모처럼만에 집으로 돌아왔는데도 석가장의 대문은 열리지도 않고 작은 쪽문 하나만 달랑 열렸을 뿐 아니라, 하종요 외에는 달리 그를 환영하려고 나온 사람도 없었다. 대문에서 석지명의 거처인 이곳 청운각에 올 때까지 다른 하인의 모습도 보이지 않았고, 청운각 내에도 흔히 있을 법한 시비(侍婢)조차 없었다.

석지명이 석가장의 공자라는 것을 미리 알고 있지 않았다면, 그를 귀찮은 식객(食客) 중 하나라고 생각해도 전혀 이상할 게 없는 상황이었다. 게다가 이번에는 부친을 만나러 가서 한 시진 가까이나 기다렸다가 허탕을 치고 돌아오다니……

아무리 생각해도 석지명은 석가장 내에서 홀대를 받고 있거나,

그 지위가 그들이 예상한 것보다 훨씬 미약한 것임이 분명했다.

상원건은 이런저런 생각이 많이 들었으나 석지명이 곤란해 할 것 같아 일부러 화제를 돌렸다.

"이 누각은 아주 정갈하면서도 깔끔해서 평소 석 공자의 성격이 얼마나 고아한지 여실히 알 수 있겠구려. 그런데 석 공자는 아직 결혼은 하지 않았소?"

석지명은 가볍게 웃었다.

"벌써 하다니요? 제 위로도 아직 다섯 명이나 순서가 있는걸요."

그 말에 상원건은 호기심이 일었다.

"그렇소? 그렇다면 십이지공자 중에서 혼인을 한 분은 오직 두 사람뿐이란 말이오?"

"예. 첫째 형과 둘째 형만이 가정을 이루었습니다."

석지명의 나이는 대략 보아도 스물두세 살 정도 되어 보였다. 그렇다면 그 위의 다섯 명의 형들은 적게는 스물세 살에서 많게는 서른이 넘은 사람도 있을 것이다.

이십 대 초반이면 결혼을 하여 일가(一家)를 이루는 게 일반적인 경향인 것을 생각한다면 늦어도 한참 늦은 일이 아닐 수 없었다.

"그렇게 늦게 결혼을 하는 이유라도 있소?"

"본가에서는 서른이 넘기 전에는 혼인을 할 수가 없습니다. 가법(家法)으로 정해져 있지요."

석지명의 말에 상원건은 더욱더 흥미가 일어났다.

"그 이유가 무엇인지 알 수 있겠소?"

석지명의 입가에 한 줄기 고소가 떠올랐다.

"그 가법은 제 증조모께서 정하신 것입니다."

석지명은 그렇게만 말하고 더 이상은 자세한 언급을 하려 하지 않았다. 하나 그 말만 듣고도 상원건은 이내 그 내막을 짐작할 수 있었다.

석지명의 증조모라면 바로 그 철혈(鐵血)의 여장부(女丈夫)라 불리는 철혈홍안이었다.

철혈홍안은 자신의 남편을 다른 여인에게 빼앗긴 처절한 과거를 지니고 있었다. 당시 석동의 나이가 대략 이십 대 중후반이었다고 한다.

그렇다면 혹시 철혈홍안은 남자는 서른이 넘어야 비로소 다른 여인에게 한눈을 팔지 않을 거라 생각하여 그런 가법을 만든 게 아닐까?

만약 그렇다면 참으로 가혹한 가법이 아닐 수 없었다. 아무리 자신의 경험을 바탕으로 가법을 만들었다 해도, 개인적인 불행을 잊지 못하고 다른 사람의 인생에 제약을 가한다는 것은 상식적으로 납득하기 힘든 일이었다.

상원건은 석지명의 얼굴에 씁쓸한 표정이 떠올라 있는 것을 보고는 내심 쓴웃음을 지었다.

'화제를 돌린다고 한 것이 오히려 그를 더 난처하게 만든 모양이군.'

그때 갑자기 문밖이 소란해지더니 한 사람이 대청 안으로 불쑥 들어왔다.

"여덟째, 돌아왔느냐?"

커다란 소리로 외치며 성큼성큼 안으로 걸어 들어온 인물은 체구가 우람한 남의인이었다.

남의인이 입고 있는 것은 최고급의 짙은 남색 비단옷이었는데, 황금색 용 문양이 새겨져 있어 옷자락이 펄럭일 때마다 마치 용이 꿈틀거리는 듯한 느낌이 들게 했다. 눈이 날카로운 사람이라면 그 용 문양이 진짜 순금사(純金絲)로 짜인 것임을 알 수 있을 것이다.

비단 옷에 수놓인 순금의 용! 정말 호화스럽고 진귀한 광경이 아닐 수 없었다.

남의인의 나이는 이십 대 후반쯤으로 보였는데, 부리부리한 눈에 큼직한 코, 그리고 당당한 체구를 지니고 있어서 한눈에 보기에도 호쾌한 인상을 느낄 수 있었다.

남의 청년은 대청 안에 의외로 적지 않은 수의 사람들이 있는 것을 발견하고 잠깐 움찔했으나 이내 껄껄 웃으며 석지명에게로 다가갔다.

"으하하…… 몇 달 안 본 사이에 제법 남자다운 티가 나는구나. 그래, 구경은 잘하고 왔느냐?"

석지명은 자리에서 벌떡 일어나 반가운 표정으로 그를 맞았다.

"잘 다녀왔습니다. 형님도 그동안 안녕하셨습니까?"

남의 청년은 하얀 이를 드러내며 활짝 웃었다.

"나야 항상 건강하지. 그게 내 유일한 자랑거리 아니냐? 하하하……."

이어 그는 주위의 중인들을 슬쩍 둘러보며 물었다.

"그런데 이분들은 네 손님들이냐?"

"그렇습니다."

석지명은 중인들에게 남의 청년을 소개시켜 주었다.

"제 다섯째 형님이십니다."

남의 청년은 부리부리한 눈으로 한 차례 중인들을 훑어보다가 정중하게 포권을 했다.

"석광호(石廣昊)라고 합니다."

일행 중 가장 연장자인 상원건이 먼저 인사를 했다.

"반갑소. 농서의 상원건이오."

남의 청년은 눈을 번쩍 빛내며 그를 향해 웃어 보였다.

"감숙성의 이름난 고수인 비룡객 상 대협이셨군요. 상 대협께서 난주(蘭州)에서 대막칠취(大漠七鷲)와 싸워 그들을 물리친 이야기는 오래전부터 익히 들어서 알고 있습니다."

상원건은 고소를 금치 못했다.

"그건 벌써 몇 년 전 일인데 아직도 기억하고 있다니…… 별로 대단한 일도 아니었는데 부끄럽기 그지없구려."

"하하…… 상 대협은 너무 겸손하시군요. 대막칠취는 대막(大漠) 지방에서는 염라대왕보다도 무서운 존재인 대막신응(大漠神鷹)의 제자들로, 오랫동안 악명을 날리던 놈들 아닙니까? 그들을 제거한 상 대협의 행동은 일대 쾌거라 하지 않을 수 없습니다."

상원건은 그가 자꾸 자신을 치켜세워 주자 어색함을 금할 수가 없었다.

사실 그가 대막칠취를 물리친 것은 사실이었으나, 당시에 하마터면 오히려 그들에게 쓰러질 뻔했던 위험천만한 대결이었다. 더구나 대막칠취를 모두 제거한 것도 아니고, 그들 중 세 명만을 간신히 쓰러뜨렸을 뿐이었다. 살아남은 네 명의 대막칠취는 복수를 맹세하며 도망쳤는데, 그 뒤로 어찌 된 일인지 삼 년이 넘도록 전혀 소식이 없어 상원건도 까맣게 잊고 말았던 일이었다.

　상원건은 씁쓸하게 웃을 수밖에 없었다.

　"운이 좋았을 뿐이오. 그보다 석 공자께선 오래된 그 일을 자세히도 알고 계시는구려."

　석지명이 옆에서 웃으면서 입을 열었다.

　"제 다섯째 형님은 장성(長城) 일대의 일은 환하게 꿰뚫고 계십니다. 평소에도 그쪽에 관심이 많으시죠."

　석광호는 그의 어깨를 툭 쳤다.

　"무슨 쓸데없는 소리를. 그보다 어서 다른 분들을 소개시켜 주어라."

　석광호는 석지명의 손님 중 한 사람이 유명한 고수인 상원건임을 알자 다른 사람들의 신분도 몹시 궁금한 듯했다.

　석지명은 진산월과 일행들을 가리켰다.

　"이분은 종남파의 당대 장문인이시고, 다른 분들은 모두 진 장문인의 사제(師弟)들이십니다."

　종남파라는 말에 석광호의 눈이 번쩍하고 빛났다.

　"종남파?"

　그 음성에는 묘한 빛이 담겨 있었다.

진산월은 담담하게 일어나 그를 향해 가볍게 포권을 했다.

"진산월입니다."

"아…… 안녕하십니까?"

석광호는 허겁지겁 인사를 했으나 표정이 영 어색하고 이상했다.

석지명은 그것을 눈치 채고도 무슨 이유에서인지 전혀 내색하지 않은 채 마지막으로 상소홍을 소개시켜 주었다.

"저분은 상 대협의 따님이신 상소홍 소저이십니다."

상소홍과의 인사가 끝나자 석광호는 조금 전의 어색함을 떨쳐버리려는 듯 밝게 웃으며 포권을 했다.

"하하…… 오늘 여러 고인(高人)들을 만나게 되어 정말 반갑습니다. 모처럼 본가에 오셨으니 편히 쉬었다가 가시기 바랍니다."

이어 그는 석지명에게 힐끗 눈짓을 하고는 몸을 돌려 밖으로 걸어 나갔다. 석지명은 중인들에게 양해의 말을 구하고는 그를 따라 나갔다.

중인들은 비록 아무 말도 하지 않았으나 입맛이 영 씁쓸했다.

그들도 바보가 아닌 다음에야 상원건을 대할 때와 자신들을 대할 때의 석광호의 태도가 너무도 달라진 것을 알아차리지 못했을 리가 없었다. 한두 번 당하는 일도 아니었지만, 당할 때마다 기분이 좋지 않은 것은 어쩔 수가 없었다.

문제는 앞으로도 이와 같은 상황이 계속될지 모른다는 점이었다. 무림의 세가도 아닌 석가장에서도 이런 상황이니 나중에 소림사의 대집회에서는 어떤 대접을 받을지 충분히 상상이 가는 일이 아닌가?

장내의 분위기가 무거워질 때, 진산월이 문득 낙일방을 쳐다보며 물었다.

"일방. 낙양에서 제일 볼 만한 곳이 어디냐?"

낙일방은 약간 어리둥절해 있다가 이내 주저하지 않고 입을 열었다.

"동쪽에 있는 백마사(白馬寺)도 볼 만하고 복선사나 관림(關林)도 괜찮지만, 뭐니 뭐니 해도 이궐용문(伊闕龍門)이 최고지요. 거기는 정말 별의별 동굴이 다 있을 뿐만 아니라 해질 무렵에 보는 이수(伊水) 강변의 황혼은 정말 한 폭의 그림을 보는 것 같아요."

그 말을 할 때의 낙일방의 표정은 눈이 별처럼 반짝이고 두 뺨이 불그스름해서 마치 꿈이라도 꾸고 있는 것 같았다.

진산월은 담담하게 웃었다.

"그럼 잠시 후에 용문 구경이나 하러 가자."

낙일방은 눈을 크게 떴다.

"그게 정말이에요?"

"나도 이 기회에 말로만 듣던 용문석굴(龍門石窟)을 보고 싶구나."

낙일방은 신이 나서 하얀 이를 드러내며 어린아이처럼 활짝 웃었다.

"헤헤…… 정말 잘됐어요. 그러면 길 안내는 내가 할게요. 여기서 십여 리쯤 남쪽으로 내려가면 돼요."

다른 사람들도 조금 전의 울석했던 기분을 잊은 듯 모두 실레는 표정으로 입가에 미소를 머금었다.

낙양의 남쪽에 위치한 이궐용문(伊闕龍門)은 예로부터 천하의 명승(名勝)으로 이름이 높았다. 그곳은 북위의 효문제(孝文帝) 때부터 세워진 수많은 석굴(石窟)들이 뚫려 있었고, 황하를 흐르는 이수가 굽이쳐 흐르는 곳이어서 그 경치가 실로 장관을 이루고 있었다.

그들은 모두 이궐용문의 이름만 들었지 대부분은 아직 한 번도 구경하지 못한 상태였다. 때문에 진산월의 말에 들뜬 표정을 숨기지 못하고 있었다. 심지어는 조금 전만 해도 얼굴이 붉게 상기되어 금시라도 폭발할 듯했던 응계성마저도, 어느새 화가 풀어져서 낙일방에게 이궐용문에 대해 꼬치꼬치 묻고 있었다.

상원건은 진산월이 간단한 말 몇 마디로 좌중의 분위기를 바꾸는 것을 보고 새삼 그에 대해 감탄하는 마음이 일었다.

'저자는 겉으로는 그런 것 같지 않은데 의외로 상당히 세심한 구석이 있구나.'

상원건은 길지 않은 시간이었으나 그동안 진산월 일행과 합류하면서 그들을 자세히 관찰할 수 있었다.

그들은 개성이 강하고 강호 경험이 별로 없어 뜻밖의 실수도 곧잘 했으나, 나름대로 장점도 지닌 좋은 인재들이었다. 한 가지 특이한 것은 그들이 장문인인 진산월의 말에 절대 복종을 한다는 것이었다.

성격이 급하고 참을성이 별로 없는 낙일방이나 화가 나면 물불을 가릴 줄 모르는 난폭한 성격의 응계성조차도, 진산월의 말이라면 별다른 거부감 없이 순순히 따르고는 했다. 처음에는 상원건도 그런 모습이 신기하게 느껴졌었는데, 이제는 오히려 희미하게나마 그들 사이의 관계를 짐작할 수 있을 것 같았다.

그들에게 있어 진산월은 단순한 문파의 우두머리가 아니었다.

진산월은 그들의 맏형이며, 안내자였고, 스승이었다. 그들의 마음속에는 진산월에 대한 절대적인 신뢰가 깔려 있는 것이다. 그렇지 않았다면 그들처럼 강한 성격의 젊은 청년들이 그의 말 한 마디 한 마디에 순한 양처럼 고분고분 따르지는 않았을 것이다.

상원건은 그런 점에 있어서 진산월에게 진정으로 감탄하고 있었다.

다른 사람의 신뢰를 받는다는 것은 결코 쉬운 일이 아니었다. 자기 자신이 먼저 남을 믿지 못하면 절대로 남에게 신뢰를 받지 못하는 법이다. 문파의 제자들에게 절대적인 신뢰를 받는 장문인이란 부러운 존재가 아닐 수 없었다.

그들이 이궐용문에 대한 이야기를 주고받고 있을 때 다시 문이 열리며 하인 한 사람이 커다란 쟁반에 다기(茶器)와 함께 차(茶)를 가지고 들어왔다.

그것을 보고 상원건은 마음속으로 안도의 한숨을 내쉬었다.

차를 내온다는 것은 그들을 정식으로 손님으로 인정한다는 뜻이었다. 사실 그들이 청운각에 들어온 지 적지 않은 시간이 흘렀는데도 차가 나오지 않아서 상원건은 내심으로 바늘방석에 앉아 있는 듯한 기분이었다.

진산월 등은 아직 다른 집에 정식으로 초대받은 적이 없어서 미처 깨닫지 못하고 있었지만, 손님이 왔는데도 차를 내오지 않거나 식사 때가 되어도 음식이 장만되지 않는다면 그것은 곧 축객(逐客)하겠다는 뜻이었다.

그런데 비록 상당한 시간이 흐르긴 했으나 차를 내오는 것으로 보아 석가장에서는 어쨌든 그들을 손님으로 인정하기로 결정한 것 같았다. 그들이 석가장의 공자인 석지명의 초대를 받고 왔다는 것을 생각해 본다면 정말 이해가 가지 않을 정도의 푸대접이었으나, 그것은 다시 말하면 석지명의 석가장 내에서의 신분이 얼마나 보잘 것 없는지를 나타내 주고 있는 것이기도 했다.

차를 가져온 하인은 낙수 강변에서 석지명을 수행했던 두 명의 하인 중 한 사람이었다. 대개 차는 시비들이 가져오는 법인지라 남자 하인이 차를 따르는 풍경은 다소 생경한 것이었다.

아무래도 청운각에는 시비가 한 사람도 없는 게 분명했다. 그러지 않고서야 아직까지 단 한 명의 시비도 눈에 띄지 않았을 리가 없었다.

차 맛은 훌륭한 것이었다. 차의 색깔은 청갈색의 은은한 광택이 있었고, 진한 향기가 그윽하게 코끝에 와 닿았다.

상원건은 차를 한 모금 입안에 머금고는 두 눈을 지그시 감은 채 차 맛을 음미하다가 눈을 뜨며 말했다.

"좋은 오룡차(烏龍茶)로군."

낙일방은 자기도 몇 모금 홀짝거리며 고개를 갸웃거렸다.

"맛도 조금 색다른데 이름도 특이하군요. 차 이름이 검은 용[烏龍]이라니……."

상원건은 빙그레 웃으면서 자상하게 설명해 주었다.

"그것에는 유래가 있네. 복건성(福建省)의 구석진 차밭에 몇 그루의 차나무가 있었는데, 언제부터인지 그중 한 나무의 뿌리 근처에 새카만 뱀 한 마리가 살고 있었다네. 그런데 그 뱀이 있는 나무에서 딴 차의 맛과 향기가 가장 좋았지. 그래서 까마귀처럼 검은 뱀의 차라는 의미에서 오룽차라는 이름이 붙게 된 것일세."

"그래요? 그거 참 신기하군요. 검은 뱀에 무슨 색다른 효능이라도 있었나 보죠?"

"하하…… 그럴 리 있나? 내가 말한 건 어디까지나 전설에 불과한 것이고, 사실은 차를 만들다가 갑자기 검은 뱀이 나타나서 사람들이 놀라 도망갔다 잠시 후 돌아와 보니 차에서 아주 독특한 맛이 나게 되었다고 하네. 그래서 오룽차가 탄생된 거지."

낙일방은 눈을 휘둥그레 떴다.

"어떻게 그럴 수 있죠? 그건 아무래도 검은 뱀의 몸에서 특이한 냄새가 배어 나와서……."

정해가 피식 웃으면서 끼어들었다.

"일방, 넌 자꾸 검은 뱀에 기이한 효능이라도 있다고 믿고 싶은 모양인데, 사실은 사람들이 도망간 사이에 차가 발효되어 맛이 조금 변한 것에 불과하다."

낙일방의 얼굴에 한 줄기 실망의 빛이 떠올랐다.

"그럼 차 맛이 변한 것은 검은 뱀과는 전혀 상관없잖아요?"

"전혀 상관이 없다고 할 수 없지. 어쨌든 검은 뱀을 피하려다 그런 맛이 난 것이니……."

"아무튼 검은 뱀하고 차 맛은 아무런 관계가 없는 거잖아요?"

"엄밀히 말하면 그렇다고 할 수 있지."

정해가 웃으면서 고개를 끄덕이자 낙일방은 인상을 찡그렸다.

"에이, 난 또……."

"하하…… 왜 검은 뱀에 무슨 신비한 비밀이라도 숨어 있는 줄 알았느냐?"

낙일방은 입을 삐쭉거린 채 무심코 찻잔을 손가락으로 톡톡 두드렸다. 그런데 의외로 청아하면서도 맑고 영롱한 소리가 나는 것이 아닌가?

낙일방이 찻잔을 유심히 바라보니 은은하면서도 하얀빛을 띤 고급 자기였다.

흥미를 느낀 낙일방이 한 차례 더 찻잔을 두드리려 하자 정해가 가볍게 그를 말렸다.

"그만해라. 그러다 값비싼 자기가 깨지기라도 하면 어쩌겠느냐?"

"이게 비싼 거라구요?"

"보아하니 경덕진(景德鎭)에서 나온 백자(白磁) 같은데, 그거 하나 값이면 네가 삼 년은 죽도록 벌어야 할 거다."

낙일방의 입이 딱 벌어졌다.

"와! 엄청나군요. 그런데 꼭 이런 비싼 찻잔으로 차를 마셔야만 차 맛이 좋아지나요?"

"단순히 비싼 게 문제가 아니라 질이 좋고 우아한 찻잔일수록 차의 색깔을 잘 내주고 신선한 향기를 오래 보존할 수 있어서 좋은 것이다."

낙일방은 열심히 정해의 말을 듣고 있다가 눈을 반짝거렸다.

"찻잔에 그런 묘용이 있을 줄은 몰랐어요. 그럼 이게 세상에서 제일 좋은 찻잔이겠군요."

정해는 고개를 흔들었다.

"찻잔 중에 가장 좋은 것은 강소성(江蘇省) 의흥(宜興)의 자사(紫砂) 도기로 만든 것이다. 그건 진짜 귀해서 같은 무게의 금(金)이나 옥(玉)보다도 더 비싸지."

"아니…… 그걸로 차를 마시면 불로장생(不老長生)이라도 합니까? 왜 그렇게 비싸요?"

"나도 들은 이야기인데, 그 찻잔은 사용하면 할수록 색상이 윤택해지고 찻물이 향기롭고 순해질 뿐 아니라, 몇 년이 지나도 그 안의 찻물 색깔과 맛이 조금도 변함이 없다고 한다."

낙일방은 반신반의하는 표정을 지었다.

"그건 별로 믿어지지 않는데요?"

"그 정도로 효능이 좋고 차 맛이 오래 변하지 않는다는 이야기지. 설마 진짜 몇 년씩 괜찮을 리 있겠느냐?"

"그렇지요? 헤헤…… 아무튼 정 사형은 정말 아는 게 많군요. 어쩌면 뭐든지 그렇게 다 알고 있는 거죠?"

"너도 나처럼 하루에 두 시진 이상씩 책을 읽으면 된다."

두 시진씩이나 책을 읽어야 한다는 말에 낙일방은 찔끔하더니 이내 싱글벙글거리며 웃었다.

"난 그냥 지금처럼 살래요. 모르는 게 있으면 정 사형이 다 알려 줄 텐데요."

정해는 어처구니가 없는지 피식 웃고 말았다.

"그럼 나더러 언제까지나 네 뒤만 따라다니며 네가 모르는 걸 알려 주란 말이냐?"

"사형은 안 따라다녀도 되요. 내가 따라다닐 테니까요. 헤헤……."

정해는 밉지 않게 웃는 낙일방의 머리를 톡톡 두드렸다.

"녀석. 그렇게 약은 척하다가는 언제고 한번 된통 당할 날이 있을 거다."

그때 다시 석지명이 안으로 들어왔다.

석지명은 매우 미안하다는 표정으로 중인들을 향해 사과의 인사를 했다.

"죄송합니다. 형님과 이야기가 조금 길어졌습니다."

진산월은 괜찮다는 듯 그에게 자리를 권했다.

"이쪽으로 앉으시지요."

석지명이 자리에 앉자 진산월은 그에게 차를 따라 주었다. 석지명이 차를 몇 모금 마시자 그제야 진산월은 지나가는 말처럼 그에게 물었다.

"그런데 조금 전의 다섯째 형님은 아호가 어떻게 되십니까?"

석지명은 진산호가 석광호에 대해 물어보자 약간 의아했으나 별생각 없이 대답했다.

"운룡(雲龍)입니다."

운룡이란 구름 속의 용을 말한다.

"무척 낭만적이고 멋진 이름이군요."

석지명은 나직하게 웃으며 고개를 저었다.

"하하…… 그 이름이 지어진 내력을 아신다면 그렇게 말하지 못하실 겁니다."

이어 그는 석광호가 어려서 운룡이라고 불리게 된 사정을 이야기했다.

석광호는 어려서부터 항상 남들 앞에 나서기를 좋아하고 재주를 숨기지 않았다. 때로는 너무 잘난 척을 해서 남들의 반감을 산 적도 적지 않았다. 그래서 석곤은 그에게 구름 속의 용처럼 은인자중(隱忍自重)하라는 의미에서 운룡이라는 아명을 붙여 주었던 것이다.

십이지공자의 대부분은 이런 식으로 실제 성격과는 정반대의 아호를 가지고 있었다.

십이지공자의 둘째인 석철욱(石鐵旭)의 아호는 지우(遲牛)인데, 그것은 석철환의 성격이 너무 급해서 느린 소처럼 매사에 일을 천천히 하라는 의미가 담겨 있었다.

항상 병약했던 일곱째 석대회(石大晦)는 명마(名馬)로 유명한 호(胡)나라의 말처럼 튼튼하게 자라는 뜻에서 호마(胡馬)라는 이름이 붙었고, 행동이 굼뜨고 둔한 넷째 석조린(石晁麟)은 교활한 토끼처럼 약삭빠르게 하라는 뜻에서 교토(狡兎)라고 불리기도 했다.

석지명이 십이지공자의 아호에 대한 내력을 이야기해 주자 중인들은 모두 흥미로운 빛을 감추지 못했다.

하나 상원건의 관심은 전혀 다른 곳에 있었다.

그는 진산월이 갑자기 석지명을 향해 먼저 이야기를 건넨 것에 주목하고 있었다. 진산월은 좀처럼 남들에게 먼저 말을 걸거나 나서는 성격이 아니었다. 쉽게 경동하지도 않았고, 실없는 농담이나 의미 없는 허언을 내뱉지도 않았다. 그런 진산월이 석지명에게 먼저 말을 건넨 것은 무언가 곡절이 있음에 분명했다.

그리고 상원건의 짐작은 어김없이 들어맞았다.

석지명이 십이지공자의 아명에 대한 이야기를 대충 끝내자 진산월이 아무렇지도 않은 음성으로 슬쩍 입을 열었던 것이다.

"그런데 제가 듣기로는 석가장의 자식 교육은 무척 엄해서 도선출재(挑選出財)라는 특이한 규칙이 있다고 하던데…… 그게 사실입니까?"

그 말을 듣자 석지명의 얼굴에 한 줄기 낭패스런 빛이 스치고 지나갔다.

상원건 또한 그제야 진산월의 의중을 알아차리고 하마터면 대소를 터뜨릴 뻔했다.

'헛! 도선출재라…… 과연 만만한 인물이 아니군.'

석지명은 한 차례 어색한 헛기침을 토해 내고는 이내 태연한 목소리로 말했다.

"별로 대단한 건 아닙니다. 본가 나름대로의 자녀 양육법이라고나 할까요."

진산월은 입가에 담담한 미소를 머금은 채 석지명의 얼굴을 빤히 쳐다보았다.

"제가 듣기로는 굉장히 독특하고 엄격한 적자생존(適者生存)법이라고 하더군요. 그 도선출재의 관문을 넘지 못하고 석가장에서 방출된 사람들도 꽤 있다고 들었습니다만……."

진산월이 이렇게까지 말하는데 석지명도 더 이상 시치미를 떼고 있을 수만은 없었다.

석지명은 쓴웃음을 지으며 한숨을 토해 냈다.

"진 장문인께서 그런 사실까지 알고 계시니 말씀드리지 않을 수 없군요. 확실히 본가에는 도선출재라는 다소 가혹한 규칙이 있습니다."

낙일방이 궁금함을 참지 못하고 불쑥 물었다.

"도선출재라는 게 대체 무엇입니까?"

석지명은 차를 몇 모금 마신 후 천천히 입을 열었다.

"본가에서는 자식이 스무 살을 넘으면 투자할 대상을 자신이 직접 고르게 합니다."

낙일방은 어리둥절하여 되물었다.

"그게 뭐가 가혹합니까?"

"오 년 동안 투자를 해서 원금(元金)의 세 배 이상을 벌지 못하면 본가의 자식으로 인정해 주지 않습니다."

"자식으로 인정해 주지 않다니요?"

"본가의 재산(財産)을 전혀 배분받을 수 없을뿐더러, 어떠한 권리도 행사할 수 없게 됩니다. 한마디로 이름만 석씨로 남을 뿐, 엄밀한 의미에서 석가장의 후예라고 할 수 없게 되는 거지요."

낙일방은 물론이고 대부분의 사람들은 금시초문인 듯 눈을 크게 떴다.

오 년 동안 원금을 세 배 이상 벌지 못하면 자식 취급을 하지 않다니, 실로 듣도 보도 못한 기문(奇聞)이 아닌가? 더구나 스무 살밖에 안 된 청년에게 세 배 이상 벌 수 있는 투자 대상을 고르라는 것은 너무나 까다로운 일이 아닐 수 없었다.

중인들은 그제야 도선출재가 가혹한 적자생존의 법칙이라는 말을 어렴풋하게나마 이해할 수 있을 것 같았다.

그때 정해가 약간 망설이다가 석지명을 바라보며 조심스러운 음성으로 물었다.

"혹시 석 공자께서는 도선출재의 관문을 지나셨습니까?"

석지명은 조금 울적한 표정으로 고개를 저었다.

"아직 못 지났습니다. 솔직히 저는 투자할 대상조차 찾지 못했습니다."

그제야 상원건은 석지명이 왜 그토록 석가장 내에서 별다른 대우를 받지 못하고 있는지 알 수 있을 것 같았다. 석지명은 아직 도선출재의 관문을 통과하지 못했기 때문에 마땅히 누려야 할 석가장 후손으로서의 권리와 혜택을 전혀 받지 못하고 있었던 것이다.

문득 상원건은 떠오르는 생각이 있어 급히 물었다.

"십이지공자 중 다른 분들의 상황은 어떤지 말해 줄 수 있겠소?"

석지명은 무거운 표정으로 말을 이었다.

"여기까지 말이 나왔는데 무엇을 숨기겠습니까? 사실 제 위의 형님들은 이미 대부분이 도선출재를 통과한 상태입니다. 제 밑으로 네 명의 동생들과 저만 남았지요. 하지만 그중에서도 아직 투자 대상도 찾지 못한 사람은 저밖에 없습니다."

"그렇다면 이번에 석 공자께서 강호를 유람한 것은 단순히 명승고적을 구경하기 위한 것이 아니라 투자 대상을 물색하기 위함이었구려."

"과연 상 대협의 눈은 날카로우십니다."

상원건은 넌지시 물어보았다.

"투자할 대상은 찾았소?"

석지명은 씁쓸하게 고개를 저었다.

"아직 찾지 못했습니다. 강북의 대소(大小) 삼십여 개 문파를 둘러보았는데 마땅한 곳이 없더군요."

상원건이 안광을 번쩍 빛냈다.

"그렇다면 무림의 문파라도 상관없단 말이오?"

"아직 모르셨군요. 도선출재의 대상은 무림의 문파로 한정됩니다. 그래서 더 어려운 거지요."

"그랬구려. 석 공자는 달리 마음에 둔 문파라도 있소?"

석지명은 왠지 잠시 머뭇거렸다. 그는 힐끗 진산월을 쳐다보다가 이내 맥없이 고개를 저었다.

"몇 군데 생각한 곳이 있기는 한데 막상 알아보니 별로 전망이 보이지 않더군요. 그리고 가능성이 농후한 곳은 이미 형님들이 선점(先占)을 하셔서…… 다음 달쯤에 다섯째 형을 따라 장성 부근으로 나가 볼까 합니다."

"장성 부근이라면 삼월보(三月堡)가 가장 유명한데, 그곳은 접촉해 보셨소?"

석지명의 얼굴에 고소가 떠올랐다.

"그곳은 이미 다섯째 형님과 관계가 있습니다."

"그랬구려. 산서(山西)의 오대파(五臺派)는 오랜 전통이 있어서 상당한 저력을 지니고 있는데 그곳은 어떻소?"

"제 동생 중 한 명이 얼마 전에 오대파와 계약을 했다고 하더군요."

상원건은 잠시 생각에 잠겨 있다가 손뼉을 탁 쳤다.

"장성에서 제법 멀기는 하지만 멀리 대막 일대를 석권한 대막철기맹(大漠鐵騎盟)이라면 충분히 공자에게 커다란 도움이 될 수 있을 거요."

석지명은 잠시 침묵했다가 조용한 음성으로 말했다.

"상 대협께서 신경을 써 주시는 것은 고맙습니다만…… 대막철기맹이라면 막내의 외조부 댁이라 제가 끼어들 수 있는 상황이 아닙니다."

상원건은 내심 짐작은 하고 있었지만 석지명이 지금 상당히 다급한 처지에 몰려 있다는 것을 새삼 깨닫게 되었다. 장성 부근에 문파가 어찌 그 세 곳뿐이랴마는 그들과 다른 문파와는 상당한 차이가 있는지라 쉽게 추천할 수가 없었다.

그때 문득 상원건은 한 가지 생각이 떠올랐다.

'막내의 외조부라면…… 석 공자의 외조부도 되지 않겠는가?'

그의 생각을 짐작이라도 한 듯 석지명은 약간 쓸쓸한 음성으로 말을 계속했다.

"제게는 모두 네 분의 어머님이 계신데, 유독 제 어머님만이 무림 세가(武林世家)의 출신(出身)이 아니십니다. 다섯째 형님은 어려서부터 워낙 바깥에 나다니는 걸 좋아해서 어렵지 않게 삼월보와 끈이 닿았지만…… 저는 거의 집에만 틀어박혀 있었던지라 문득 나이가 차서 주위를 돌아보니 쓸 만한 곳은 모두 남들이 차지해 버려서 투자할 상대를 쉽게 찾을 수 없더군요."

석곤에게 네 명의 부인이 있다는 것은 상원건도 금시초문이었다. 하나 석곤 같은 거부라면 명문 세가뿐만 아니라 강호의 유력한 문파에서도 앞을 다투어 사돈을 삼으려고 할 게 뻔한지라 네 명이라는 숫자도 그리 많다고 할 수는 없었다.

"그러면 다섯째 형님과 석 공자는 같은 어머님이시오?"

"그렇습니다. 열두 명의 형제 중 우리 두 사람만이 엄밀한 의미에서 친형제라고 할 수가 있지요."

상원건은 그제야 사정을 알겠다는 듯 동정 어린 눈으로 그를 바라보았다.

"사정이 딱하게 됐구려. 장성 일대는 내 고향인 농서와 가까워서 대충 소식을 알고 있소. 그곳은 삼월보의 세력이 워낙 강해서 여타 다른 세력들은 거의 삼월보에 흡수당했든지 아니면 겨우 명맥만을 이어 갈 정도요. 아마 형님이 도와주신다고 해도 쓸 만한 문파를 찾기란 쉽지 않을 거요."

상원건의 말마따나 삼월보는 장성 부근에서는 이미 자타가 공인하는 최고의 세력을 이루고 있었다. 때문에 무림에서는 그들을 강호에서 오랫동안 명성을 날리고 있는 하북(河北)의 검보(劍堡), 또 요즘 무섭게 세력을 확장하고 있는 섬서의 초가보와 함께 강북삼보(江北三堡)라 부르고 있는 실정이었다.

잠시 장내에는 무거운 침묵이 감돌았다.

낙일방은 아까서부터 무언가 하고 싶은 말이 있어 입이 근질거렸으나 그때마다 정해의 눈짓을 받고는 억지로 눌러 참고 있었다.

그가 무슨 말을 하려는지 알고 있는 사람은 정해뿐이 아니었다. 응계성도 얼굴이 붉게 상기되어 있는 것으로 보아 마음속으로 하고 싶은 말이 있는 게 분명했다.

단지 태연한 사람은 장문인인 진산월과 실내에서도 죽립을 눌러 쓰고 있는 임영옥뿐이었다. 임영옥은 아직 상중인지라 가급적이면 죽립과 삼베로 짠 각반을 벗지 않았다.

상원건은 종남파 제자들의 얼굴에 초조한 표정이 떠올라 있는 것을 보고는 그들의 속마음을 어렵지 않게 짐작할 수 있었다.

상원건 또한 어떤 식으로든 그들을 도와주고 싶었다. 석가장의 후원을 받는다면 종남파의 앞으로 행로(行路)에 커다란 도움이 된다는 것은 불문가지(不問可知)의 일이었다.

하나 그것은 절대로 강권할 수가 없는 것이었다. 사사로운 정에 이끌려 남에게 원치 않는 일을 강요할 수는 없었다. 때문에 상원건은 속으로 쓴웃음을 짓고 있으면서도 석지명에게 종남파가 어떠냐고 추천하지 못하고 있었다.

장내의 분위기가 이상해지자 오히려 당황한 것은 석지명이었다.

석지명은 몇 차례 헛기침을 토하며 진산월을 향해 무어라고 입을 열려다 망설이고는 했다. 하나 마침내 더 이상 참지 못하고 힘겹게 입을 열고야 말았다.

"진 장문인."

진산월은 담담한 눈으로 그를 바라보았다.

"말씀하십시오."

석지명은 다시 머뭇거리다가 딱딱한 미소를 지었다.

"사실 제가 여러분들을 본가에 초대한 것은 도선출재의 대상으로 종남파를 숙고(熟考)해 보기 위해서였습니다."

진산월을 제외한 모든 사람들의 얼굴에 아연 긴장한 빛이 떠올랐다.

특히 낙일방은 옆에서도 알 수 있을 정도로 가쁜 숨을 몰아쉬며 석지명의 입을 뚫어지게 주시하고 있었다. 그가 그토록 간절히 묻고 싶었던 말을 지금 석지명이 하고 있으니 그가 미칠 듯이 흥분하고 초조해 하는 것도 당연한 일이었다.

진산월은 조금도 놀라거나 당황하지 않고 차분한 시선으로 석지명을 응시했다.

"짐작은 하고 있었습니다."

석지명은 눈을 크게 뜨고 새삼스러운 듯 진산월을 응시하다가 멋쩍은 표정을 지었다.

"그러셨군요. 그렇다면 더욱 창피 막심하게 되었습니다. 원래 저는 석 달간이나 하남과 섬서성 일대를 돌아다니다 별 성과를 얻지 못하고 돌아오던 중 집에서 멀지 않은 낙수에서 여러분들을 만나서 '이게 혹시 불가(佛家)에서 말하는 인연(因緣)이 아닌가.' 하는 생각이 들었습니다."

진산월은 묵묵히 그의 말에 귀를 기울였다.

"사실 그때 저는 반쯤 자포자기해서 지푸라기라도 잡는 심정이었습니다. 표현이 이상했다면 용서하십시오. 하지만 종남파라는 이름은 그동안 제가 듣기에는…….”

석지명은 다음 말을 어떻게 해야 할지 몰라 난감한 표정으로 머뭇거렸다.

진산월이 빙긋 웃으며 그의 말을 받았다.

“예전에는 그래도 명문(名門)이었으나 지금은 몰락해 가는 문파라고 들었겠지요.”

석지명은 그가 자기 입으로 그렇게 말할 줄은 몰랐는지 움찔하다가 이내 웃으며 고개를 끄덕였다.

“그렇습니다. 솔직히 말씀드리면 그것보다 조금 더 심한 소리였습니다. 하하…….”

낙일방은 내심 불만에 가득 차서 무어라고 반박을 하고 싶었으나 정해가 옆구리를 쿡 찌르는 바람에 간신히 눌러 참았다. 하나 그는 입을 툭 내민 채 속으로 마구 투덜거렸다.

’제기랄…… 그것보다 더 심한 소리라고? 마음 놓고 떠들라고 해. 머지않아 본 파의 이름이 강호에 휘날릴 때, 그런 말을 한 놈들 얼굴을 꼭 보고 말 테니…….’

석지명은 자신의 실태를 깨달은 듯 이내 웃음을 거두고는 한결 진지해진 음성으로 입을 열었다.

“그런 소문도 있고 해서 저로서도 쉽사리 결정을 내릴 수가 없었습니다. 그래서 우선은 여러분들을 잠시 본가에 모신 후 천천히 생각을 정리해 보려고 했던 거지요.”

진산월은 조용히 그의 말을 듣고 있다가 침착한 표정으로 물었다.

"그런데 지금 그 이야기를 제게 하시는 걸 보니 마음의 결정을 내린 모양이군요."

"그렇습니다."

석지명이 고개를 끄덕이자 중인들은 바짝 긴장하여 그의 입에서 다음에 무슨 말이 나올지 목이 빠져라 기다렸다. 상원건조차도 마치 자기 일처럼 흥분되었으니 다른 사람은 말할 나위도 없었다.

석지명은 중인들의 초조함은 아랑곳없다는 듯 다시 한 모금의 차를 마신 후에야 천천히 입을 열었다.

"조금 전에 다섯째 형과 상의를 하고 나서야 비로소 마음을 굳혔습니다. 이 개월만 두고 보기로 말입니다."

뜻밖의 말에 모두들 어리둥절한 표정이 되었다. 낙일방은 그가 거절하면 어쩌나 하고 바짝 긴장하고 있다가 이 말을 듣자 도저히 참지 못하고 정해의 제지를 무릅쓰고 벌떡 일어나며 소리쳤다.

"대체 그게 무슨 말입니까? 두고 보겠다니……."

정해가 황급히 그의 입을 틀어막으려 했으나 낙일방은 그를 뿌리치며 시뻘겋게 상기된 얼굴로 더욱 크게 소리 질렀다.

"봐요. 정 사형도 들었잖아요? 좋으면 좋은 거고 아니면 아닌 거지. 두고 보겠다니…… 우리가 무슨 물건입니까?"

"일방, 그렇게 소리치지 마라!"

"정 사형은 항상 너무 고분고분해서 탈이에요. 이런 일을 당하고도 화를 내지 않으면 남들이 무시한단 말입니다."

"일방!"

정해가 제발 그만하라는 듯 그의 어깨를 붙잡아 반강제적으로

의자에 끌어앉혔다. 낙일방은 한 차례 더 발작하려다 진산월이 자신을 바라보자 간신히 폭발하려는 화를 눌러 참았다.

진산월은 눈짓으로 낙일방을 제지하고는 담담한 눈으로 석지명을 돌아보았다.

"이 개월만 두고 본다는 말뜻은 무엇입니까?"

"말씀드린 그대로입니다. 여러분들은 이제 곧 소림사로 가실 거지요?"

"그렇습니다."

"들자하니 이번의 소림사 대집회는 강호 무림에서 근래에 볼 수 없었던 성대한 것이라고 하더군요. 이번 집회에서 종남파가 어떠한 활약을 할지 지켜보고 결정할 생각입니다."

"……·……."

"그동안 저는 다섯째 형과 함께 아직 가 보지 못한 장성 일대를 둘러보고 오려 합니다. 그래서 두 달 동안 지켜보겠다고 한 것입니다."

석지명의 말에 중인들은 입을 굳게 다문 채 침묵을 지켰다.

이것은 그야말로 종남파로서는 치욕스럽다고 해도 좋을 제안이었다.

종남파에 투자할지 안 할지, 일종(一種)의 시험을 하겠다는 말이나 다름없지 않는가? 만약 종남파가 이번 소림사의 집회에서 별다른 활약이 없거나, 석지명이 장성 일대에서 마음에 드는 다른 문파라도 발견하게 된다면 종남파로서는 닭 쫓던 개 지붕 쳐다보는 격이 되고 마는 것이다.

이것은 체면을 존중하고 명예를 목숨보다 소중히 여기는 명문 정파의 후손이라면 도저히 참을 수 없는 모욕이나 다름없었다.

종남파 제자들의 얼굴은 대부분 붉게 상기되어 있었다. 낙일방은 물론이고 응계성 또한 참지 못하고 금시라도 분노를 폭발할 것만 같았다. 낙일방과 응계성이 감히 발작하지 않은 것은 석지명의 체면을 생각해서가 아니라 순전히 그들의 앞에 진산월이 있기 때문이었다.

하나 어찌 생각하면 이것은 너무도 당연한 일이었다.

석지명의 말마따나 종남파는 강호상에서 유명무실한 존재로 낙인찍힌 상태였다. 그런 상대를 단지 우연히 지나가다 한번 만났을 뿐인 석지명이 선뜻 자신의 일생을 걸 투자 대상으로 골라 주길 바란다는 것은 너무 지나친 욕심이 아닐 수 없었다.

석지명은 중인들이 분노한 시선으로 자신을 바라보는 것은 신경도 쓰지 않은 듯 오직 진산월만을 응시하고 있었다.

"어떻습니까? 제 제안을 받아들이겠습니까?"

진산월은 한동안 묵묵히 석지명의 시선을 마주 보고 있다가 조용히 고개를 끄덕였다.

"그러겠습니다."

"장문 사형!"

낙일방이 솟구치는 분노와 설움을 참지 못하고 버럭 소리를 질렀다.

하나 진산월은 손을 들어 그를 제지하며 담담한 음성으로 입을 열었다.

"두 달 후에 석 공자의 결정을 기다리겠습니다. 석 공자께서도 나중에 후회하는 일이 없도록 가급적 많은 곳을 알아보시기 바랍니다."

석지명은 기이한 빛이 번뜩이는 눈으로 진산월을 뚫어지게 쳐다보았다. 그러다가 자신의 찻잔에 남은 찻물을 단숨에 들이마시고는 진산월을 향해 정중하게 포권을 했다.

"두 달 후를 기대하고 있겠습니다."

제 14 장
용문석굴(龍門石窟)

제14장 용문석굴(龍門石窟)

"에이! 그때 참지 말고 확 뒤엎었어야 하는 건데……."

석가장을 벗어난 다음에도 낙일방은 화가 가라앉지 않았는지 여전히 씩씩거리고 있었다.

더욱 낙일방의 울화통을 치밀게 하는 것은 그들이 석가장을 벗어나기 직전에 본 광경이었다.

그들이 들어올 때는 그토록 굳건하게 닫혀 있던 석가장의 대문은 왠지 활짝 열려져 있었고, 문 양쪽으로 이십여 명의 석가장 식솔이 도열해 늘어서 있었다. 그리고 그들 사이로 한 대의 호화로운 은색 마차가 그들의 배웅을 받으며 밖으로 나가고 있었다. 그 마차가 그들이 낙양성에 들어왔을 때 보았던 운문세가의 운룡신거임을 확인한 중인들은 모두 입맛이 쓸 수밖에 없었다.

"제길, 이 자식들이 사람 차별을 해도 너무 하는구나. 누구는

환송을 받으며 대문으로 출입하고 누구는 개구멍 같은 쪽문으로 들락거려야 한단 말인가?"

응계성이 참지 못하고 큰 소리로 투덜거렸다.

그 소리를 들었는지 늘어서 있던 석가장 하인 중 몇 사람이 그들을 힐끗 돌아보았으나, 곧 자기들끼리 수군거리고는 안으로 휑하니 들어가 버리고 말았다.

응계성은 하인들마저도 자신을 무시한다고 생각하고 얼굴이 붉으락푸르락하게 변해 금시라도 소매를 걷어 붙이고 그들을 향해 달려갈 기세였다. 정해가 재빨리 그를 붙잡지 않았다면 석가장 대문 앞에서 때 아닌 소동이 벌어지고 말았을 것이다.

"아! 이거 정말 미치겠구나! 여기에 무얼 바라고 온 것은 아니었지만 설마 이런 괄시를 받을 줄은 몰랐다. 그 석지명인지 뭔지 하는 기생오라비 같은 녀석을 따라오는 게 아니었어. 아이구…… 정말 미치겠네."

응계성은 자신의 가슴을 탕탕 치며 울분을 토해 냈다.

응계성의 말은 중인들의 심정을 대변해 주는 것이었다. 정해는 석지명에게 호감을 느끼고 있었기 때문에 마치 자신이 그 대신 죄를 지은 것처럼 풀이 죽어 있었고, 낙일방은 너무나 억울하고 분해서 눈물마저 글썽거렸다.

석가장을 벗어나 낙양성의 번화한 거리로 나올 때까지도 중인들의 표정은 무겁게 굳어 있었다. 상원건은 몇 차례나 그들의 표정을 풀어 주려 했으나 그 자신도 석가장에서의 일에 기분이 언짢아 있었기 때문에 무슨 말로 그들을 달래야 할지 일시지간 떠오르지 않았다.

그때 진산월이 빙긋 웃으며 중인들을 둘러보았다.

"이렇게 상갓집 개처럼 꼬리를 내리고 있는 모습은 모처럼 보는군."

그 말에 응계성과 낙일방의 얼굴이 시뻘겋게 물들었다.

응계성은 통명스럽게 쏘아붙였다.

"상갓집 개라니…… 비유를 해도 어떻게 그런 것에 비유합니까?"

"영락없이 그런 모습이다. 특히 계성, 네 모습이 그중 가장 심하구나. 하하…… 그보다 기분 전환도 할 겸 술과 음식을 사서 용문석굴이나 구경하러 갈까?"

응계성은 막 화를 내려다 진산월의 마지막 말에 귀가 솔깃했는지, 멈칫거리며 낙일방을 쳐다보았다.

"너 빨리 가서 아무 주루나 가서 좋은 술 몇 병하고 잘 구운 오리구이 서너 마리만 사 와라."

낙일방은 '왜 하필 내가 가야 해요?'라고 물어보려다 급히 입을 다물었다.

응계성이 험악한 눈빛으로 쏘아보고 있었던 것이다. 여기서 말한 마디만 잘못하면 솥뚜껑만 한 주먹이 날아올 게 뻔한지라 낙일방은 고분고분 고개를 끄덕였다.

"잽싸게 갔다 오지요."

정해가 피식 웃으며 그의 어깨를 툭 쳤다.

"내가 같이 가지."

두 사람은 어깨를 나란히 한 채 근처의 주루로 달려갔다.

그 모습을 보고 있던 상원건이 웃으며 진산월을 돌아보았다.

"잘 생각했소. 기분 나쁜 일은 빨리 잊어버리는 게 상책(上策)이오."

진산월은 담담한 음성으로 대답했다.

"기분 나쁘기는요. 석 공자 입장에서는 충분히 그럴 수 있지요. 오히려 성급히 결정해서 두고두고 후회하는 것보다는 신중히 고려해서 선택하는 것이 저희들에게도 좋습니다."

"허헛…… 남을 배려해 주는 진 장문인의 그 성격은 정말 마음에 드는구려."

진산월의 입가에 묘한 미소가 떠올랐다.

"배려라니요. 그런 건 아닙니다. 석 공자가 우리를 지켜보는 동안 우리도 석 공자에 대해서 좀 더 관찰할 수 있으니 좋다는 말이지요."

그 말에 상원건은 한 방 먹은 듯한 표정이 되었다.

진산월의 말인즉, 석지명만 자신들을 시험하는 게 아니라 자신들도 석지명이 합작할 만한 상대인지 조사하겠다는 것이 아닌가?

확실히 합작이란 일방적인 한쪽의 의사대로만 진행되는 것이 아니라, 쌍방 간에 치밀한 조사와 준비 끝에 마음이 맞아야만 성사(成事)될 수 있는 것이었다. 그런데도 상원건이 미처 그 생각을 하지 못한 것은 은연중 그의 마음속에 종남파를 비하(卑下)하는 감정이 숨겨져 있었던 것이 아니었을까?

그 정도는 아니었다 하더라도 종남파라면 상대가 누구든 손만 벌리면 냉큼 받아들일 것이라고 생각하고 있었던 것은 사실이었다.

상원건은 내심 고소를 머금을 수밖에 없었다.

'확실히 이자는 보기와는 다르군. 생각하는 바가 남다른 데가 있어.'

상원건은 문득 의아한 생각이 들어 물었다.

"그런데 석 공자를 조사할 수 있는 방법이라도 있소?"

"한 가지 생각한 것이 있긴 합니다만, 지금으로선 확실치 않군요."

진산월은 그 말만을 하고는 더 이상 입을 열지 않았다.

상원건은 몇 마디 더 묻고 싶었으나 진산월이 별로 말하고 싶지 않음을 알아차리고는 자신도 더는 묻지 않았다. 그때 마침 주루로 갔던 정해와 낙일방이 고기와 술을 한 보따리 들고 돌아왔다.

"가시지요, 장문 사형! 나들이 준비가 다 됐습니다."

낙일방은 흥이 나는지 연신 싱글벙글 웃으며 앞장서서 걸음을 옮겼다.

낙일방의 안내를 받으며 십여 리쯤 남쪽으로 내려가자 갑자기 시야가 탁 트이며 널따란 강이 나타났다. 이 강이 바로 이수였다. 이수는 낙수의 지류(支流)로, 유난히 경치가 좋고 아름답기로 유명한 강이었다.

이수의 양안(兩岸)에는 그리 높지 않은 야산이 양쪽으로 솟아 있었는데, 그 두 산이 서로 마주 보고 있는 모습이 마치 궁궐과 같다고 해서 '이궐(伊闕)'이라고도 하였다.

두 야산은 절반 이상이 깎여져 멀리서 보면 마치 거대한 거인이 허연 배를 드러내고 누워 있는 것 같았다. 그 반쯤 드러난 야산의 중턱에 수백 개의 크고 작은 동굴이 무수히 뚫려 있었다. 이것이 바로 천하에 이름 높은 용문석굴이었다.

예로부터 '용문산색(龍門山色)은 낙양팔경(洛陽八景)의 제일'이라고 칭송되어 왔다.

용문석굴은 북위 효문제 때부터 처음 건조되기 시작하였으며, 그 뒤 무려 사백여 년 동안 크고 작은 석굴들이 계속해서 만들어졌다. 지금 이수의 양쪽 산에 있는 석굴의 수는 무려 천삼백오십여 개, 그 안의 불상은 십만(十萬)에 가깝다고 한다.

중인들은 용문석굴의 위용에 압도당해 한동안 정신없이 주위의 이곳저곳을 기웃거리고 있었다. 그러다 그들의 시선은 자연히 용문석굴에서도 가장 커다란 중앙의 석굴로 향했다.

그 석굴은 용문석굴의 중앙 부근에 위치하고 있었으며, 규모가 가장 크면서도 정교하고 아름다워서 한눈에 보기에도 압도적인 것이었다.

상원건은 중인들의 시선이 온통 그 석굴에 쏠려 있는 것을 보고는 빙긋 웃으며 입을 열었다.

"저곳은 봉선사(奉先寺)라고 하는데, 용문석굴 중에서도 가장 유명한 석굴사원이오."

가까이 다가가서 보니 봉선사의 석굴은 더욱 거대했다.

그곳의 한가운데에는 높이가 거의 오 장에 육박하는 엄청난 크기의 비로자나불(毘盧遮那佛)이 있었으며, 그 양옆으로는 각기 가섭(伽葉)과 아난(阿難), 관세음보살, 천왕(天王)의 불상이 늘어서 있었다.

중인들은 모두 비로자나불의 고요하면서도 자애로운 모습에 커다란 감동을 받았다.

하나 낙일방은 그중에서도 우락부락하고 험상궂은 모습의 천왕상(天王像)이 가장 마음에 들었다. 거칠고 사나워 보이는 모습이었지만, 어딘지 모르게 사나이답고 위풍당당한 것이 자신의 취향에 딱 들어맞았던 것이다.

그들이 이렇게 봉선사 불상의 아름다움에 매료되어 있을 때였다.

"휘— 익!"

갑자기 어디선가 날카로운 휘파람 소리가 들려왔다. 그 휘파람 소리는 그리 크지 않았으나 청명하면서도 웅혼(雄魂)한 힘이 담겨 있었다.

중인들은 어리둥절한 얼굴로 주위를 두리번거렸으나 별다른 이상한 점은 보이지 않았다.

그때, 다시 휘파람 소리가 들려왔다.

"휘익!"

이번의 휘파람 소리는 조금 전보다 훨씬 가깝게 들렸다. 아마도 휘파람을 부는 사람이 이쪽을 향해 빠르게 다가오고 있음이 분명했다.

그리고 그때 처음으로 중인들은 무언가 이상한 것을 발견할 수 있었다.

봉선사의 석굴에서 오십여 장쯤 북쪽으로 올라가면 빈양중동

(賓陽中洞)이라는 석굴이 있었다. 빈양중동은 남쪽의 고양동(古陽洞)과 함께 사람들이 가장 많이 드나드는 석굴이었다. 그 빈양중동의 입구에 갑자기 몇 개의 그림자가 어른거리며 나타난 것이다.

그들은 눈부신 백의를 입은 네 명의 청년들이었다. 청년들의 나이는 대략 이십 대 중반쯤으로 보였는데, 하나같이 기개가 헌앙하고 비범해 보이는 모습들이었다.

백의 청년들은 무언가를 찾는지 빠른 동작으로 빈양중동 주위를 샅샅이 수색하고 있었다. 그들의 행동이 절도가 있고 민첩한 것으로 보아, 오랫동안 엄격한 훈련을 받은 인물들임을 어렵지 않게 짐작할 수 있었다.

백의 청년들은 빈양중동에서 별다른 것을 발견하지 못했는지 다시 그 옆의 석동을 뒤지며 조금씩 중인들이 있는 쪽으로 다가오고 있었다.

그때 다시 세 번째로 예의 휘파람 소리가 들려왔다.

"휘이익!"

놀랍게도 이번의 휘파람 소리는 바로 지척에서 들리는 것이었다.

처음에 들려왔던 휘파람 소리가 거의 백여 장 밖에서 울렸던 것을 생각하면 믿어지지 않을 정도로 빠르게 다가온 것이다.

그와 함께 멀지 않은 수림 속에서 무언가 희끗한 그림자 하나가 허공을 훌훌 날아 중인들의 머리를 타넘어 백의 청년들 쪽으로 다가갔다.

중인들이 이상함을 느꼈을 때 이미 그 인영은 십여 장 이상을 움직여 저만큼 앞으로 날아가고 있었다. 그 가공할 신법에 모두들 입을 딱 벌렸다.

백의 청년들도 그 그림자를 발견한 모양이었다.

"출검!"

백의 청년들 중 누군가의 입에서 짤막한 경호성이 터져 나왔다.

차창!

그들은 똑같은 동작으로 일제히 검을 뽑아 든 채 양쪽으로 두 명씩 갈라섰다. 그 동작은 비호가 무색할 정도로 재빠른 것이었다. 앞에 선 두 명의 백의 청년들은 검을 상단(上段)을 겨누고, 뒤의 두 명은 중단(中段)으로 겨눈 채 자신들을 향해 다가오는 괴인영에 맞설 준비를 했다.

그 민첩하고 침착한 대응에 멀리서 지켜보던 상원건은 자신도 모르게 감탄성을 발했다.

"정말 잘 훈련된 검진(劍陣)이군."

그 인영은 무서운 속도로 백의 청년들을 향해 돌진하다가 이 광경을 보았는지 갑자기 허공에서 한 차례 신형을 회전시켰다.

쉬악!

세찬 경기가 사방으로 휘몰아치는 가운데 그 인영은 백의 청년들의 바로 앞에서 내려섰다. 신형을 멈춰 세우기만 했는데도 마치 돌풍이라도 부는 듯한 바람이 휘몰아친 것만 보아도 그 인영이 조금 전 돌진하던 기세가 얼마나 놀라운 것인지 충분히 상상이 가는 일이었다.

"흐흐…… 사상검진(四象劍陣)이라…… 너희들은 운문세가의 사상검수(四象劍手)로구나."

괴인영은 백의 청년들을 쓰윽 훑어보고는 음산한 웃음을 날렸다.

중인들이 놀라 보니 괴인영은 짙은 고동색 장포를 걸치고 머리를 길게 풀어헤친 오십 대 후반의 중노인이었다. 중노인은 얼굴이 말처럼 길고 박박 얽은 곰보였으며, 얄팍한 입술에 턱밑으로는 검은 수염을 기르고 있었다. 전체적으로 몹시 강퍅하고 싸늘한 인상이었다.

중노인을 보자 상원건은 흠칫 놀란 표정이었다.

"엇? 저자는……."

정해가 급히 물었다.

"상 대협께서 아는 사람입니까?"

상원건은 눈쌀을 찌푸리며 고개를 끄덕였다.

"저 노괴물(老怪物)이 어찌 이곳까지 왔을까? 저자는 파동(巴東)의……."

바로 그때였다.

"이얍!"

갑자기 백의 청년들이 낭랑한 호통과 함께 일제히 검을 휘둘렀다. 희뿌연 검광이 중인들의 눈을 어지럽히는 가운데 요란한 쇳소리가 들려왔다.

따땅!

중인들이 놀라 보니 바닥에 손가락만 한 작고 예리한 비도(飛

刀)들이 우수수 떨어져 있었다.

백의 청년들 중 얼굴이 네모나고 두 눈에 총기가 가득한 청년이 중노인을 향해서 버럭 소리를 질렀다.

"혁련삼(赫連森)! 과연 듣던 대로 야비한 수작만 일삼는구나. 하나 이 정도로는 어림없다."

그제야 중인들은 조금 전에 중노인이 그들에게 말을 거는 척하며 사실은 은밀히 비도를 날렸음을 알고 그의 악독함에 혀를 내둘렀다. 그 비도들은 은형인(隱形刃)이라는 암기로, 크기가 어린아이의 손가락보다도 작고 종잇장만큼이나 얇아서 일단 발출되면 제대로 알아보기 힘든 것이었다. 그런데도 창졸간에 그것들을 모두 정확히 떨어뜨린 백의 청년들의 검술은 놀라운 것이라 하지 않을 수 없었다.

정해는 백의 청년이 외친 혁련삼이라는 이름을 듣고 중노인의 정체를 짐작할 수 있었다.

중노인은 파동 지방에서 오랫동안 악명을 자자하게 떨치고 있는 파천노괴(破天老怪) 혁련삼이었다. 혁련삼은 비록 오십 대로 보이나 실제 나이는 거의 칠순에 가까운 노마두(老魔頭)로, 손속이 잔인하고 심성이 악랄해서 모두들 두려워하는 존재였다.

파동 지방에서 제왕처럼 행세하며 악행을 일삼던 혁련삼이 이곳에는 무슨 일로 나타났는지 궁금한 일이 아닐 수 없었다.

혁련삼은 자신이 기습적으로 날린 은형인이 백의 청년들에 의해서 모두 떨어져 내렸는데도 조금도 멋쩍거나 계면쩍어 하는 빛이 없었다.

"흐흐…… 운가 애송이가 제법 신경 써서 가르친 모양이군. 하지만 그 정도 솜씨를 믿고 노부 앞에서 감히 큰소리를 치다니, 죽고 싶어 환장을 한 모양이구나."

혁련삼은 음충맞게 웃으며 느릿느릿 백의 청년들을 향해 다가갔다.

백의 청년들은 조금도 겁을 먹지 않고 오히려 수중의 검을 힘껏 움켜잡은 채 안광을 빛내며 자신들을 향해 다가오고 있는 혁련삼을 쏘아보고 있었다.

그들의 서 있는 자세는 약간 특이했다. 앞의 두 명은 검날을 약간 밑으로 한 채 검을 아랫배 부근에 대고 있었고, 그보다 한 발짝 정도 뒤에 서 있는 두 명은 검을 가슴에 댄 채 검날을 위로 향하게 하고 있었다. 그것은 전형적인 수비형 자세인 포원수일(抱元守一)을 변형시킨 것으로, 포원수일보다도 더욱 엄밀하고 삼엄하며, 반격을 염두에 둔 공격적인 자세였다.

혁련삼도 그것을 알아차렸는지 다가오던 기세가 느려지며 조금씩 눈살을 찌푸리기 시작했다. 그는 한광이 이글거리는 눈으로 백의 청년들의 대형을 뚫어지게 쏘아보다가 갑자기 번개같이 신형을 움직였다.

일단 움직이기 시작하자 그의 몸은 무섭도록 빨랐다. 중인들이 볼 수 있는 것이라고는 한 줄기 갈색 그림자가 무서운 속도로 백의 청년들의 왼쪽으로 돌았다가 오른쪽으로 훌쩍 솟구쳐 오르는 모습뿐이었다.

그 순간, 백의 청년들 중 앞에 있던 두 사람이 뒤로 물러서며 뒤에 있던 두 명의 청년이 좌우(左右)로 흩어져 날아올랐다.

차창!

요란한 검명(劍鳴)과 함께 눈부신 검광이 사방으로 쏘아져 갔다. 검광이 뿜어져 나오는 기세는 그야말로 빠르고 날카로워서 주위가 온통 검광 안에 휩싸이는 듯한 착각이 들 정도였다.

갈색 그림자 속에서 갑자기 십여 줄기의 새하얀 섬광이 폭사해 나왔다.

따땅! 땅!

귀청이 떨어지는 듯한 쇳소리가 울리며 갈색 그림자가 뿜어낸 섬광들이 검광에 부딪쳐 사방으로 튕겨져 나갔다. 하나 그중 몇 개는 엄밀한 검광을 뚫고 안으로 들어갔다.

"흡!"

검광 속에서 신음인지 탄성인지 모를 음성이 흘러나왔다.

다음 순간, 검광이 씻은 듯이 걷히며 장내의 광경이 일목요연하게 들어왔다.

중인들은 눈을 크게 뜨고 앞을 바라보았다.

백의 청년들은 여전히 두 명씩 앞뒤로 선 자세를 유지하고 있었다. 그들의 신형은 처음과 다름없이 안정되고 침착했으나, 우측의 백의 청년만이 왼쪽 팔이 피투성이로 변해 있었다. 조금 전에 검광을 뚫고 들어온 은형인에 왼팔을 격중당한 것이다. 그런데도 백의 청년은 조금도 고통스런 빛을 보이지 않고 여전히 굳건한 자세로 검을 쥔 채 전면을 쏘아보고 있었다.

그들의 이 장여 앞에는 혁련삼이 한 그루 고목처럼 우뚝 서 있었다. 하나 그의 눈빛이 연신 흔들리고 안색이 싸늘하게 굳은 것으로 보아 내심 적지 않은 충격을 받은 것이 분명해 보였다.

사실 조금 전에 혁련삼은 자신의 장기인 오귀투차(五鬼投叉) 수법을 거푸 두 번이나 펼쳐 백의 청년들의 사상검진을 깨려 했다. 그의 오귀투차는 무림에 산재한 수백 종(種)의 암기 수법 중에서도 빠르고 악독하기로 유명한 수법이었다.

그런데 혁련삼이 비마환영신법(飛魔幻影身法)으로 백의 청년들의 이목을 현혹시키며 오귀투차를 연속해서 펼쳤음에도 불구하고 사상검진을 깨지 못하고 겨우 그들 중 한 명의 팔에 경미한 부상을 입힌 것에 그치고 말았던 것이다.

'이 자식들이 정말 만만치 않군. 방해자가 더 몰려오기 전에 이 놈들을 쓸어 버려야 하는데……'

혁련삼은 당혹감을 느끼는 와중에도 마음 한구석이 조급해져서 살심이 크게 일어났다.

백의 청년들은 혁련삼의 안광이 푸르스름하게 변하며 그의 얼굴이 흉신악살(兇神惡殺)처럼 무섭게 일그러지자 그가 흉심이 발동하여 잔인한 살수를 쓰리라는 것을 알고 바짝 긴장하여 공력을 끌어 올린 채 그의 공격에 대비했다. 특히 그들 중 얼굴이 네모난 청년은 날카로운 눈빛을 반짝이며 가끔씩 주위를 힐끔거리고 있었다.

'넷째가 이미 부상을 당해 조금 전처럼 검진을 완벽하게 펼치기 힘들 텐데 큰일 났군. 그나저나 대체 그자는 어디로 숨어 들어간 거지?'

그때 문득 그의 시선이 그들이 있는 빈양중동에서 네 개쯤 떨어진 곳에 있는 어느 석굴로 향했다. 그 석굴의 입구는 유난히 좁았는데, 그 석굴 앞에 거무스름한 것이 떨어져 있는 것이 아닌가?

그것이 검게 말라 버린 핏자국임을 알아본 청년의 눈에 한 줄기 격동의 빛이 스치고 지나갔다.

'저곳이다!'

그 순간, 살광이 이글거리는 눈으로 그들을 쏘아보고 있던 혁련삼의 몸이 허공으로 붕 떠오르더니 맹렬한 속도로 그들을 향해 날아갔다. 그 기세는 조금 전과는 비교할 수도 없을 정도로 빠르고 사나운 것이었다.

네모난 얼굴의 청년은 정신이 번쩍 들어 수중의 장검을 상하(上下)로 그어 대며 외쳤다.

"사상잔섬(四象殘纖)!"

그러자 나머지 세 명의 청년들도 일제히 이에 호응하며 장검을 휘둘러 혁련삼에 맞서 갔다.

파파팍!

거친 칼바람 소리가 연신 터져 나오며 그들의 신형이 희뿌연 검광에 거의 가려져 버렸다.

혁련삼은 두 눈을 무섭게 번뜩인 채로 조금도 주저하지 않고 그 검광 속으로 뛰어들었다. 동시에 그의 양쪽 소매가 금시라도 찢어질 듯 세차게 펄럭거렸다.

콰쾅!

거센 폭음과 욕설이 뒤섞인 고함 소리가 장내를 뒤흔들 듯 마구 터져 나왔다. 그와 함께 보기 드문 치열한 격전이 전개되기 시작했다.

중인들은 싸움이 벌어지는 곳에서 상당히 멀리 떨어져 있음에도 불구하고 그들이 뿜어내는 검광과 경기가 자신들이 있는 곳까지 밀려오자 내심 혀를 내둘렀다.

낙일방은 눈을 휘둥그레 뜨고 백의 청년들과 혁련삼의 대결을 구경하고 있다가 자신도 모르게 탄성을 터뜨렸다.

"정말 굉장하구나."

정해도 눈을 빛내며 열심히 고개를 끄덕였다.

"저 네 명의 청년들이 펼치는 검진도 놀랍지만 그 속을 무풍지대처럼 휩쓸고 다니며 그들을 밀어붙이는 혁련삼의 무공은 정말 무섭군. 역시 파동의 제왕이라는 말이 허언이 아니었구나."

그들 중 태반은 실제로 강호 무림에서 벌어지는 고수들의 치열한 격전을 처음 목격하는 것이었다. 때문에 지금 자신들의 눈앞에서 벌어지고 있는 광경이 더욱 놀랍고 경이롭게 생각되었다.

파파파파팍!

혁련삼은 한 마리 비조처럼 허공을 이리저리 선회하며 질풍노도와 같은 장세(掌勢)를 퍼부어 대고 있었다. 그의 장력은 몹시 유현(幽玄)하면서도 쾌속해서 방비하기가 힘들었다. 그것은 음명장(陰冥掌)이라는 것으로, 은형인과 함께 혁련삼이 비장의 절기로 생각하는 것이었다.

음명장의 위력은 실로 놀라워서 네 명의 백의 청년들은 사상검진으로 맞서고 있었으나, 조금씩 뒤로 몰리고 있는 형편이었다.

눈이 날카로운 사람이라면 그들 중 특히 왼팔에 부상을 입은 청년의 몸이 갈수록 둔해져서 머지않아 검진이 깨어지고 말 거라는 사실을 알아차릴 수 있을 것이다.

혁련삼도 그 사실을 간파했는지 부상을 입은 청년 쪽으로 더욱 날카로운 공세를 집중시키고 있었다.

부상 입은 청년은 금세 손발이 어지러워져서 땀을 비 오듯 흘리며 허둥거렸다. 다른 세 청년들은 그를 도와주고 싶어도 검진의 변화를 무시하고 무작정 몸을 움직였다가는 오히려 검진이 깨어지고 마는지라 그저 안타까운 시선만을 보내고 있을 뿐이었다.

퍼퍼펑!

혁련삼의 오른손에서 번갯불 같은 섬광이 연거푸 세 가닥이나 피어오르자 마침내 부상 입은 청년이 더 이상 견디지 못하고 휘청거리며 뒤로 세 걸음이나 물러서고 말았다. 혁련삼의 수법은 음린삼화(陰燐三火)라는 것으로, 음명장 중에서도 다섯 손가락 안에 꼽히는 무서운 절초였다.

"큭!"

물러서는 청년의 입과 코로 시커먼 핏물이 주르르 흘러내리고 있었다.

다른 세 청년이 깜짝 놀라 황급히 그가 물러선 자리를 메꾸려 했으나 그때는 이미 혁련삼이 광소를 내지르며 그 자리로 뛰어들고 난 후였다.

"크하하하…… 이미 늦었다!"

혁련삼의 비쩍 마른 쌍수(雙手)가 미친 듯이 요동을 치며 벼락

같은 장세를 십여 장이나 폭포수처럼 뿜어냈다. 그 위세는 가히 놀라워서 주위가 온통 장영(掌影) 속에 휘감겨 버리는 듯한 착각이 들었다.

백의 청년들은 그 가공할 광경에 압도되어 미처 검진을 복구하지 못하고 엉거주춤한 자세로 서 있었다. 그들의 몸이 장영에 휩싸여 버리려는 순간, 갑자기 괴이한 파공음과 함께 무언가 새하얀 광채가 허공을 뚫고 혁련삼의 뒤통수를 향해 쏘아져 가는 것이 아닌가?

쉬아악!

그 광채가 날아오는 속도와 위세는 그야말로 무시무시한 것이어서 주위의 공기가 마구 파동 치듯 흔들리고 있었다. 혁련삼은 막 음명장의 절초로 네 명의 백의 청년들을 박살 내려다 괴이한 소성과 함께 무언가가 놀라운 속도로 자신의 머리 뒤로 날아오는 것을 깨닫고 안색이 가볍게 변했다.

혁련삼은 백의 청년들을 향해 퍼붓듯 갈겨 댔던 장력을 회수하며 전력을 다해 미끄러지듯 옆으로 세 걸음을 이동했다. 찰나,

쉬이아악!

무시무시한 파공음과 함께 무언가 새하얀 섬광 같은 것이 그의 관자놀이 부근을 아슬아슬하게 스치고 지나갔다. 그 가공할 위세에 천하의 혁련삼도 머리끝이 쭈뼛해지는 섬뜩함을 느껴야만 했다.

'이게 뭐야?'

혁련삼은 눈을 부릅뜨고 자신의 관자놀이를 스치고 지나간 물

체를 주시했다. 그러고는 이내 얼굴을 흉하게 일그러뜨리고 말았다.

그의 옆을 스치고 지나간 물체는 다름 아닌 하나의 돌멩이였던 것이다.

"어떤 빌어먹을 자식이……."

이를 부드득 갈며 돌멩이가 날아온 곳으로 고개를 돌리던 혁련삼의 몸이 못 박힌 듯 굳어졌다.

언제 나타났는지 그들에게서 십 장여 떨어진 인도(人道) 위에 하나의 마차가 서 있었던 것이다.

그 마차는 네 마리의 백마가 이끄는 호화스럽기 그지없는 은색의 마차였다. 하나 안력이 예리한 사람이라면 그것이 단순한 은색이 아니라 진짜 순은으로 만든 마차임을 알 수 있을 것이다.

네 마리의 한혈마가 이끄는 순은의 마차! 그것은 천하 무림이 아무리 넓다 해도 결코 흔하게 볼 수 있는 것이 아니었다.

"운룡신거……."

혁련삼의 입술을 뚫고 나직한 신음성이 흘러나왔다.

그렇다.

그것은 바로 운룡신거였다. 보다 정확하게 말하면 천하에 오직 두 대 뿐인 운룡신거 중 소운룡이었던 것이다.

그때 다시 그림자가 어른거리며 혁련삼의 손에 하마터면 큰 낭패를 볼 뻔했던 네 명의 백의 청년들이 일제히 신형을 날려 운룡신거의 앞에 내려섰다. 그들은 바닥에 엎드려 부복하며 낭랑한 소리로 외쳤다.

"대공자님을 뵈옵니다!"

마차에는 천연의 진주로 만든 주렴이 매달려 있었다. 그 주렴 안에서 담담하면서도 조용한 음성이 흘러나왔다.

"동중산(董重山)은?"

그 음성은 맑고 차분하면서도 묘한 힘을 담고 있어서, 듣는 사람의 마음에 깊은 인상을 심어주는 것이었다.

네 명의 백의 청년 중 얼굴이 네모난 청년이 공손하게 입을 열었다.

"이 근처에서 행적이 묘연해졌습니다. 그래서 속하들이 석굴을 수색하고 있었는데……."

그의 시선이 힐끗 한쪽에 서 있는 혁련삼을 향했다.

"파천노괴 혁련삼이 나타나는 바람에 수색을 더 진행하지 못했습니다……."

그의 마지막 말은 점차로 나직해져서 들리지 않게 되었다.

상원건은 강호 경험이 풍부한 사람이라서 네모난 얼굴의 청년이 지금 주렴 속 인물에게 전음으로 이야기하고 있다는 것을 알아차렸다.

'용의주도한 인물이군. 그런데 아무도 못 듣게 전음을 보내다니, 설마 찾는 사람의 행방을 발견했단 말인가?'

상원건은 재빠른 눈으로 주위를 둘러보았으나 별다른 이상한 점을 발견할 수 없었다.

한편, 혁련삼은 운룡신거가 나타날 때부터 안색이 딱딱하게 굳어 있다가 네모난 얼굴의 청년이 주렴 속의 인물을 향해 전음을 보내자 눈빛이 날카롭게 번뜩였다. 그도 이미 수십 년간 강호의 물을 먹은 인물인데 어찌 사정을 짐작하지 못하겠는가?

그는 절로 초조한 심정이 되어 두 손을 쥐었다 폈다 하고 있었다.

'제기랄. 좀 더 빨리 손을 썼어야 하는 건데…… 운 대공자까지 나타났으니 낭패로군.'

그는 무심코 주위를 두리번거리다 문득 멀지 않은 석굴 입구에서 이상한 흔적이 있는 것을 발견했다. 한눈에 그것이 말라붙은 핏자국임을 알아차린 혁련삼은 환호성이라도 내지를 것 같은 심정을 억누르며 조심스럽게 그 석굴 쪽으로 다가갔다.

네모난 얼굴의 청년은 주렴을 향해 전음을 보내고 있다가 그 광경을 보고는 마음이 다급해져서 급히 다른 세 청년에게 눈짓을 했다.

세 청년은 벌떡 일어나서 석굴을 향해 몸을 날리려 했다.

그때 주렴 속에서 다시 예의 그 음성이 흘러나왔다.

"혁련 노사, 파동에서 멀리 여기까지 오시느라 수고가 많으셨소."

혁련삼은 막 그 석굴 앞으로 다가서려다 그 음성을 듣자 움찔하여 마차로 시선을 돌렸다. 그의 얼굴에는 조금 전과는 다른 미소가 떠올라 있었다.

"허허…… 수고라니 당치 않네. 그보다 운 대공자야 말로 운문세가에서 편안하게 있지 않고 이곳까지 어인 행차신가?"

강호 부림에서 악명이 자자한 파전노괴 혁련삼이 부드러운 미소를 지으며 온화한 목소리로 말하는 광경은 신기함을 넘어 어색해 보이기조차 했다. 그것만 보아도 혁련삼이 마차 속의 인물을 얼마나 꺼려하고 있는지 충분히 짐작할 수 있었다.

마차 속에서 낭랑한 웃음소리가 흘러나왔다.

"하하…… 이곳은 내 거처에서도 그리 멀지 않아 내가 평소에도 심심치 않게 바람을 쏘이러 나오는 곳이오. 혁련 노사께서 이곳까지 오셨는데 내가 마중을 나오지 않는다면 많은 무림인들이 나를 버릇없다고 꾸짖으려 할 거요."

운문세가의 본가는 섬서성에 있으나, 운자추는 어찌 된 일인지 본가보다는 하남성의 낙양 인근에 거처를 두고 그곳에 주로 머물러 있었다. 그 덕분에 하남성 일대에 운문세가의 영향력이 상당히 퍼지게 되었으니, 어찌 보면 그가 이것을 노리고 그렇게 한 것인지도 몰랐다.

혁련삼은 속으로 욕설을 퍼부었다.

'그러니까 노부가 네놈 앞마당에 쳐들어온 셈이니 순순히 물러나라는 말이냐? 어림없는 소리 마라.'

하나 겉으로는 짐짓 호탕한 웃음을 터뜨렸다.

"허허…… 운 대공자는 농담도 잘하는군. 누가 감히 천하의 운 대공자를 꾸짖을 수 있겠나? 그보다 노부가 미처 모르고 자네의 수하들을 다치게 할 뻔했군그래."

그의 말에 네 명의 백의 청년들은 얼굴이 붉게 상기되며 창피함과 분노가 뒤섞인 눈으로 그를 노려보았다.

마차 속의 인물은 조용하게 웃었다.

"그건 그들의 실력이 모자라서이니 오히려 혁련 노사께서 너무 과하게 손을 쓰지 않은 걸 고맙다고 해야 할 거요. 그런데 혁련 노사께서는 이곳에 다른 볼일이라도 있소?"

혁련삼은 그가 사정을 뻔히 알면서도 아무것도 모르는 척 묻자 내심 어이가 없어 하마터면 실소를 터뜨릴 뻔했다.

'이 녀석이 머리가 비상하고 잔꾀가 많아서 상대하기 까다롭다고 하더니 그 말이 사실이었군. 하지만 오늘은 상대를 잘못 만났다.'

혁련삼은 강호상에서 평생을 굴러먹은 인물답게 겉으로는 조금도 내색하지 않으며 오히려 봄바람같이 부드러운 미소를 머금었다.

"허허…… 나이 먹은 내가 이곳까지 온 이유야 뻔하지 않나? 평소부터 용문석굴의 불상이 효험이 좋다고 하기에 참배를 온 것일세."

"오. 그렇다면 잘되었군요. 용문석굴에서도 가장 불공드리기 좋은 곳은 저 아래의 봉선사요. 내가 사람을 시켜 안내해 드릴 테니 다녀오시도록 하시오."

혁련삼에는 제 딴에는 머리를 굴린다고 한 것이 오히려 상대에게 자신을 쫓아내는 빌미를 제공한 꼴이 되고 말자 얼굴이 붉으락푸르락하게 변하고 말았다.

"허험…… 아니…… 나, 나는 너무 화려한 곳보다는 이곳처럼 수수하고 조용한 곳이 더 마음에 든다네. 운 대공자의 말은 고맙지만 나는 이곳이면 족하니 운 대공자야말로 다른 볼일이 있으면 보도록 하게."

"하하…… 모처럼 먼 길을 오셔서 이런 누추한 곳만 구경하고 가신다면 본가의 체면이 어찌 되겠소? 사양 말고 봉선사로 가시지요."

혁련삼은 점차로 마음이 조급해졌다.

누가 뭐래도 이곳은 운문세가의 영역권이었다. 이곳에서 시간을 끌어 보았자 불리한 것은 자기 자신뿐이었다. 게다가 마차 속의 인물이 무슨 지시를 내렸는지 네 명의 백의 청년들이 조금씩 자신이 목표로 했던 문제의 그 석굴로 다가가고 있는 것이 아닌가?

혁련삼의 성격은 원래 난폭하고 잔인해서 참을성이 거의 없었다. 그가 지금까지 억지로 참았던 것도 운문세가와 정면으로 맞부딪치는 것을 꺼려했기 때문이었다. 하나 사정이 급박하게 돌아가자 그는 마침내 억누르고 있던 성질을 터뜨리고 말았다.

"안 간다면 안 가는 줄 알 것이지 왜 자꾸 귀찮게 구는 거냐?"

그는 버럭 노호성을 내지르며 석굴로 다가서던 백의 청년들을 향해 은형인을 발출해 냈다. 그러고는 그 결과를 확인해 보지도 않고 번개같이 몸을 날려 석굴 속으로 뛰어들었다.

"앗?"

"멈춰라!"

네 명의 백의 청년들은 다급한 경호성을 내지르며 혁련삼을 제지하려 했으나 우선은 그가 쏘아 보낸 은형인을 피하기에 급급해야만 했다. 그들이 몇 차례 신형을 날려 간신히 은형인을 모두 피해 냈을 때는 혁련삼의 모습은 석굴 속으로 사라지고 난 후였다.

"이런 약아빠진 늙은이 같으니라구……."

백의 청년들은 이를 부드득 갈며 그가 사라진 석굴 속으로 뛰어들려했다.

그때 마차 안에서 예의 그 음성이 들려왔다.

"그만두어라."

백의 청년들은 막 몸을 날리려다 황급히 신형을 멈추며 마차를 돌아보았다.

네모난 얼굴의 청년이 재빨리 입을 열었다.

"대공자님, 제가 조금 전에 말씀 드린 대로 저 석굴 앞에 혈흔(血痕)이 있는 것으로 보아 동중산은 틀림없이 저 안에……."

"동중산은 다른 곳에 있다."

마차 안의 음성은 짤막했으나 그 안에 담긴 뜻은 단호했다.

네모난 얼굴의 청년은 움찔하여 급히 입을 다물었다.

"동중산은 잔꾀가 많고 영리하여 비천호리(飛天狐狸)라고까지 불리는 인물이다. 그런 동중산이 허술하게 핏자국을 남겨서 자신의 종적을 쉽사리 발각당할 것 같으냐?"

마차 안의 음성을 듣자 네모난 얼굴의 청년은 얼굴이 변해 급히 물었다.

"그렇다면 대공자님께서는 동중산이 일부러 그 핏자국을 냈다고 보십니까?"

"그렇다. 혁련삼은 쓸데없이 심기(心機)를 낭비한 것이다."

"그렇다면 동중산은 대체 어디에……."

"이곳으로 우리를 유인했으니 자신은 가장 먼 쪽에 가 있겠지."

그 말에 네모난 얼굴의 청년은 퍼뜩 떠오르는 생각이 있는지 황급히 남쪽을 바라보았다. 그들이 지금 있는 곳은 용문석굴의 북쪽 끝이니 이곳에서 가장 먼 쪽이라면 남쪽의 고양동 부근을 가리키는 것이리라.

그때 갑자기 석굴 밖으로 그림자가 어른거리며 조금 전에 석굴로 뛰어들었던 혁련삼의 모습이 나타났다. 그의 얼굴에 한 줄기 낭패 어린 빛이 떠올라 있는 것으로 보아, 마차 안의 인물이 말한 대로 석굴 안에는 아무도 없는 것이 분명했다.

혁련삼은 중인들의 비웃음에 가득 찬 시선을 받자 분노가 치밀어 올랐으나 그것이 모두 자신이 초래한 일인지라 화를 내지도 못하고 거친 숨만 몰아쉬고 있었다. 그러다 무엇을 보았는지 갑자기 눈을 부릅뜨며 더듬거렸다.

"저…… 저놈이……."

제 15 장
용문풍운(龍門風雲)

제15장 용문풍운(龍門風雲)

　백의 청년들은 모두 그가 바라보는 곳으로 시선을 돌렸다.

　다음 순간, 그들의 안색도 일제히 새파랗게 변해 버렸다.

　그들이 보고 있는 반대쪽, 고양동의 옆에 있는 동굴에서 갑자기 하나의 인영이 튀어나와 근처의 숲 속으로 뛰어드는 것이 아닌가?

　그 인영의 동작이 어찌나 빠르고 민첩했던지 한 마리의 날다람쥐를 보는 것 같았다.

　중인들이 영문을 몰라 우두커니 있는 동안에 혁련삼이 폭갈을 터뜨리며 날아올랐다.

　"동중산! 이 쥐새끼 같은 놈! 거기 서 있지 못하겠느냐?"

　그 고함 소리를 듣자 동굴에서 튀어나온 인영은 더욱 빠르게 신형을 날렸다.

펑!

하나 그의 신형이 막 울창한 숲 속으로 뛰어들려는 순간, 폭음이 터지며 그의 몸이 급살 맞은 기러기처럼 허공에서 휘청거리더니 아래로 떨어져 버리는 것이 아닌가? 그 인영은 바닥에 내려선 후에도 몇 발짝이나 뒤로 정신없이 물러선 다음에야 간신히 신형을 안정시킬 수 있었다.

인영은 눈을 부릅뜨며 앞을 노려보았다.

숲 속에서 하나의 인영이 천천히 걸어 나오고 있었다.

그는 백의를 입은 냉막한 표정의 중년인이었다. 오른손에는 하나의 기다란 물건을 들고 있었는데, 그것은 다름 아닌 말채찍이었다.

그 백의 중년인을 보자 낙일방 등은 깜짝 놀랐다. 그 백의 중년인은 바로 운룡신거의 마부석에 앉아 있던 인물이었던 것이다. 운룡신거가 나타났을 때 마부석에서 그의 모습이 보이지 않은 것이 이상하다 싶었는데, 숲 속에 잠복해 있을 줄이야 누구도 예상치 못했던 일이었다.

백의 중년인을 보자 동굴에서 뛰쳐나왔던 인영의 몸이 한 차례 부르르 떨렸다.

"네…… 네놈은……."

백의 중년인은 냉막한 얼굴에 한 차례 차가운 웃음을 머금었다.

"동중산, 너의 얕은 수작으로 다른 사람을 속일 수 있을지는 모르나 대공자님께는 어림없다."

"그…… 그럼 네가 여기 숨어 있었던 것은 운자추의 지시였단 말이냐?"

"이를 말이냐? 대공자께선 이미 네가 무슨 수작을 부릴지 훤히 짐작하고 계셨다."

동굴에서 뛰쳐나온 인영은 그 말에 어이가 없는지 한동안 우두커니 있다가 돌연 광소를 터뜨렸다.

"크하하…… 운문세가 운 대공자의 지략이 하늘을 뒤덮고 무공은 땅을 휩쓴다는 소문을 믿지 않았었는데…… 오늘 이렇게 당하게 될 줄은 몰랐군."

그는 전신에 칠흑 같은 야행복(夜行服)을 입은 삼십 대 중반의 중년인이었다. 이목구비가 제법 수려했고 눈빛이 날카로웠으며, 날렵한 체구에 유난히 긴 팔을 가지고 있었다.

그가 바로 비천호리 동중산이었다. 동중산은 별호 그대로 신법이 빠르고 두뇌가 영특하여 상대하기 까다로운 인물로 알려져 있었다.

동중산은 짐짓 큰 소리로 웃으면서도 힐끗 백의 중년인을 살펴보았으나, 백의 중년인은 차가운 눈빛으로 그를 응시한 채 한 치의 허점도 보이지 않았다. 동중산은 자신이 한 걸음만 내딛어도 금시라도 출수할 듯 백의 중년인이 눈을 번뜩이고 있자 감히 마음대로 몸을 움직이지도 못하고 엉거주춤한 자세로 서 있었다.

바로 그때 허공에서 희끗한 그림자가 어른거리며 천둥 같은 폭갈 소리와 함께 하나의 인영이 떨어져 내렸다.

"네 이놈, 동중산! 감히 노부의 눈을 피해 잔꾀를 부리다니. 각오해라!"

어느 틈에 수십 장을 날아온 혁련삼이 무서운 기세로 동중산을 향해 달려든 것이다.

동중산의 머리가 혁련삼의 음명장에 그대로 격중당하려 할 때 갑자기 동중산의 앞에 있던 백의 중년인의 오른손이 슬쩍 움직였다.

그의 손에서 한 줄기 흑선(黑線)이 꿈틀거리며 혁련삼의 우측 팔을 향해 쏘아져 갔다. 그 속도는 눈부시게 빠르고 매서운 것이었다.

혁련삼은 이대로 계속 손을 내뻗었다가는 비록 동중산의 머리를 가격할 수 있더라도, 백의 중년인이 날려보던 검은 흑선에 자신의 오른팔이 격중되는 것을 피할 수 없다는 것을 알아차리고 급히 오른팔을 제켜 올리며 피했다. 하나 흑선은 계속적으로 그의 오른팔을 따라왔다.

"마부 따위가 감히……!"

혁련삼은 성난 눈으로 버럭 소리를 지르며 쳐들었던 오른팔을 앞으로 쭉 내밀었다. 음명장 특유의 음유하고 독랄한 장력이 백의 중년인의 앞가슴을 향해 미끄러지듯 쏘아져 갔다.

백의 중년인이 슬쩍 오른손을 휘젓자 흑선이 기이하게 회전하며 음명장의 장력을 뚫고 혁련삼에게로 접근했다. 혁련삼은 자신의 음명장이 너무도 수월하게 뚫리자 움찔하여 한 발짝 뒤로 물러남과 동시에 이번에는 쌍장(雙掌)을 흔들었다.

스으으웅!

괴이한 음향과 함께 음명장의 장세가 한층 강력해지며 백의 중년인의 전신을 압박해 들어갔다. 백의 중년인은 그 자리에 못 박힌 듯 우뚝 선 채로 오른 손목만을 몇 차례 움직였다.

흑선은 마치 눈이라도 달린 생물처럼 꿈틀거리며 음명장의 장영과 장영 사이를 교묘하게 뚫고 들어갔다. 그것은 마치 한 마리의 검은 뱀이 울창한 수풀 속을 헤치고 나아가는 듯한 광경이었다.

그것을 보자 혁련삼은 문득 떠오르는 인물이 있어 자신도 모르게 경악성을 토해 냈다.

"흑사편(黑蛇鞭)? 너는 흑사편 곽당(郭幢)이구나……."

어찌나 놀랐는지 그의 음성은 가늘게 떨리고 있었다.

그도 그럴 것이 흑사편 곽당은 장성 일대에서 한 자루 채찍으로 오래전에 혁혁한 명성을 떨치던 고수였던 것이다. 당시 그의 채찍 솜씨는 장성을 넘어 화북 지방까지 알려져 있었는데, 어느 날부터인가 모습을 나타내지 않아 많은 무림인들의 의혹을 사고 있었다.

그런데 그가 설마 일개 마차의 마부가 되어 있을 줄이야…….

혁련삼은 단순히 마부로만 알고 대수롭지 않게 생각했던 백의 중년인이 한때 장성을 호령했던 흑사편 곽당임을 알자 더 이상 그와 싸우고 싶은 마음이 씻은 듯이 사라져 버렸다.

그는 두 차례 장력을 날려 자신을 향해 날아오는 흑사편을 물리친 다음 훌쩍 몸을 날려 뒤로 날아갔다.

그가 전권(戰圈)을 벗어나자 곽당은 더 이상 그를 쫓지 않고 슬쩍 오른손을 한 차례 휘둘렀다. 그러자 그토록 영활하게 움직이던 흑선이 그의 오른 팔뚝으로 돌아오며 자연스레 감기는 것이었다. 정말 자세히 보지 않았다면 그 흑선이 단순한 채찍이 아니라 한 마리의 살아 있는 뱀으로 착각하고 말았을 것이다.

동중산은 두 사람이 싸우는 틈에 몸을 날려 도망치려 했으나 어느새 나타났는지 네 명의 백의 청년들이 에워싸고 있는 바람에 옴짝달싹도 할 수 없었다. 그는 곁눈질로 싸움을 바라보다가 혁련삼이 쫓기듯 물러나는 것을 보고는 가슴이 덜컥 내려앉고 말았다.

'아무래도 오늘 일진은 길보다는 흉(凶)이 많겠구나. 운문세가의 힘이 이토록 강하다면 내가 살아날 길은 없다.'

약삭빠르게 머리를 회전시키며 주위를 두리번거리던 그의 눈에 문득 번쩍하는 안광이 피어올랐다.

멀지 않은 곳에서 자신들을 지켜보고 있는 한 무리의 사람들을 발견했던 것이다.

그들은 바로 진산월 일행이었다.

그들을 보자 동중산은 한 가지 좋은 생각이 떠올랐다. 갑자기 그는 자신들을 에워싸고 있는 네 명의 백의 청년들을 둘러보며 커다란 음성으로 소리쳤다.

"좋다! 운문세가가 이토록 강호의 도의(道義)를 모르고 사람을 핍박하여 살인멸구를 하려 하다니…… 내가 비록 너희들 손에 죽더라도 진실은 언젠가는 강호 무림에 명명백백하게 알려질 것이다!"

네 명의 백의 청년은 동중산이 눈알을 이리저리 굴릴 때부터 그가 무슨 수작을 부리려나 하고 바짝 긴장해 있다가 그가 돌연 고래고래 소리를 내지르자 어이가 없다는 표정들이었다.

동중산은 무언가 억울한 일을 당한 사람처럼 얼굴이 시뻘겋게 상기되어 자신의 가슴을 탕탕 치며 더욱 큰 소리로 떠들어 댔다.

"나 하나쯤 죽인다고 너희들의 치부(恥部)가 숨겨질 수 있다고 생각하면 오산이다. 진실을 직시하는 눈은 저곳에도 있으니 말이다!"

동중산은 진산월 일행이 서 있는 쪽을 손가락으로 가리켰다. 네 명의 백의 청년의 시선이 엉겁결에 그쪽을 향했다. 바로 그 순간, 동중산이 땅을 박차고 허공으로 솟아올라 백의 청년들의 검진을 벗어나며, 근처의 숲을 향해 비스듬히 날아가는 것이 아닌가?

백의 청년들은 우두커니 진산월 일행을 쳐다보고 있다가 갑자기 바람소리와 함께 동중산이 자신들의 포위망을 빠져나가자 그제야 자신들이 그의 꾀임에 넘어간 것을 깨달았다.

하나 그때는 이미 동중산의 신형은 거의 숲 속에 다다르고 있었다.

동중산은 이제 한 번만 더 도약하면 숲 속으로 뛰어들 수 있다는 생각에 안면에 희색이 가득했다. 일단 숲 속으로 들어가기만 하면 제아무리 많은 고수들이 쫓아와도 그는 충분히 달아날 자신이 있었다. 하나 바로 그때, 그는 무언가 차갑고 부드러운 것이 자신의 발목을 휘감는 것을 느꼈다.

그것이 무엇인지 미처 정체를 알아차리기도 전에 그의 몸은 솟구쳐 오르던 방향에서 벗어나 허공을 한 차례 곤두박질쳐 버렸다. 그것은 그의 의사와는 전혀 상관없는 돌발적인 상황이었다.

"헙!"

동중산은 다급한 경호성을 내지르며 공중제비를 하여 바닥에 내려서려 했으나, 그의 왼발이 제대로 따라 주지 않았다.

쿵!

결국 그는 어깨부터 바닥에 틀어박히는 낭패스런 광경을 연출하고야 말았다.

"큭!"

동중산은 얼굴이 흙투성이가 되고 이마가 깨어져 피가 흘러내렸으나, 아픔보다는 경악을 먼저 느껴야 했다. 그가 허겁지겁 자신의 왼쪽 다리를 내려다보니 그의 왼쪽 발목에 검은 동아줄 같은 것이 감겨 있었다. 그것이 바로 곽당의 흑사편임을 발견한 동중산의 안색은 시커멓게 변해 버렸다.

그의 전면에는 어느새 냉막한 표정의 곽당이 우뚝 서 있었다. 곽당의 자연스럽게 내려뜨린 오른쪽 손에는 동중산의 왼쪽 발목을 묶고 있는 흑사편의 반대쪽 가닥이 가볍게 쥐어져 있었다. 그것은 단순히 검고 기다란 채찍일 뿐이었으나, 동중산의 눈에는 그것이 맹독(猛毒)을 지닌 독사(毒蛇)보다도 더욱 무시무시하게 보였다.

동중산은 주위를 둘러보다가 이내 절망 어린 표정을 떠올렸다.

네 명의 백의 청년들은 어느새 다가와 그의 사위(四圍)를 에워싸고 있었다. 그리고 그들의 뒤에는 언제 나타났는지 호화로운 은색 마차 하나가 그린 듯 서 있었다. 바로 운룡신거였다.

혹시나 하고 찾아보았던 혁련삼은 낭패스런 몰골로 십여 장 밖에서 가야 할지 말아야 할지 모르는 표정을 짓고 엉거주춤하게 서 있었다. 어디를 보아도 빠져나갈 곳은 보이지 않았다.

그렇게 절망 어린 눈으로 주위를 두리번거리던 동중산의 눈에 다시 한 가닥 희망의 빛이 떠오른 것은, 이쪽을 향해 다가오고 있는 진산월 일행을 발견하고 난 후였다.

동중산은 갑자기 자신을 에워싸고 있는 운문세가의 고수들을 올려다보며 처절한 모습으로 소리쳤다.

"가슴에 혈한(血恨)을 묻은 채 이대로 쓰러져야 하다니…… 하늘이시어! 정말 너무하십니다!"

그의 얼굴 표정이 어찌나 비장하고 절실했던지 웬만한 사람은 보기만 해도 가슴이 저릴 정도였다. 하나 백의 청년들은 이미 그에게 한 번 당한 적이 있는지라 냉랭한 눈으로 그를 쏘아보고 있을 뿐이었다.

곽당은 여전히 흑사편을 든 채 동중산을 향해 느릿느릿 걸어왔다. 동중산은 왼쪽 발목에 흑사편이 감겨 있어 일어날 엄두도 내지 못하고, 비스듬히 바닥에 누운 채로 자신을 향해 다가오는 곽당을 공포에 질린 얼굴로 바라보며 떨리는 음성으로 더듬거렸다.

"과…… 곽당, 네가 나를 죽인다 해도 내 혼백은 원귀(怨鬼)가 되어 기필코 이 복수를 하고야 말 거다……."

곽당은 차갑고 냉정한 음성으로 중얼거리듯 말했다.

"허튼 수작은 이제 그만하지. 아무리 그래 봐야 너를 위해 손을 내밀어 줄 사람은 없다."

바로 그때였다.

"없긴. 바로 여기에 있는데……."

장난기가 가득 담긴 음성과 함께 하나의 인영이 불쑥 그들에게로 다가왔다.

곽당은 힐끗 그 인영에게로 시선을 돌렸다. 그는 그 인영이 아직도 얼굴에 붉은빛이 가시지 않은 준수한 소년임을 알아차리고는 눈살을 살짝 찌푸렸다.

"지금 그 말은 네가 한 것이냐?"

홍안의 미소년은 히죽 웃었다.

"본 도련님이 아니라면 대체 누구겠소?"

"도련님이라…… 내게 도련님은 천하에서 오직 한 분밖에는 안 계신다."

미소년은 하얀 이를 드러내고 활짝 웃으며 손가락으로 자신의 가슴을 가리켰다.

"그렇소. 그게 바로 나요."

곽당의 눈빛이 싸늘하게 굳어졌다.

"말버릇이 형편없군."

미소년은 조금도 물러서지 않고 마주 쏘아붙였다.

"당신에게는 그것도 과분하지. 일개 마부 주제에 함부로 사람을 능멸하고 해치려 하다니 이것만 보아도 운문세가가 강호인들을 얼마나 업신여기는지 충분히 짐작할 수 있는 일 아니오?"

곽당의 얼굴은 무표정하게 굳어졌다. 하나 그 미간에는 한 줄기 냉혹한 살기가 떠오르고 있었다.

"무례한 놈."

미소년은 비록 겉으로는 태연한 척했으나, 곽당의 얼굴이 살기 등등하게 변해 가자 속으로는 바짝 긴장하여 양손에 공력을 가득 끌어 올리고 있었다.

미소년은 물론 낙일방이었다.

낙일방은 처음부터 사태가 돌아가는 추이를 계속 관심을 가지고 지켜보고 있었다. 그러다 동중산이 그들에게 거의 제압당할 처지에 빠지게 되자 더 이상 참지 못하고 불쑥 그들 사이에 끼어든 것이다.

그가 워낙 갑작스럽게 나섰기 때문에 정해를 비롯한 다른 사람들은 말릴 사이도 없이 그저 멍하니 쳐다보고 있을 수밖에 없었다.

정해는 쓴웃음을 지으며 진산월을 돌아보았다.

"저 녀석이 또 일을 저질러 버렸군요."

진산월이 무어라고 입을 열기도 전에 응계성이 퉁명스런 음성으로 입을 열었다.

"그게 뭐 어때서? 일방이 나서지 않았다면 나라도 뛰어나갔을 것이다."

정해가 어이없다는 표정으로 그를 쳐다보자 응계성은 짙은 눈썹을 꿈틀거리며 눈을 부라렸다.

"왜 그런 눈으로 나를 쳐다보느냐? 운문세가 녀석들이 질이 별로 좋지 않다는 건 너도 알고 있지 않느냐?"

정해는 그 말에는 아무런 대꾸도 하지 않고 입가에 고소를 머금은 채 한 차례 어깨를 으쓱거렸다.

낙일방과 응계성 등은 얼마 전에 운문세가의 운자개와 벌인 시비 때문에 운문세가에 대한 감정이 좋지 못했다.

정해도 물론 운문세가에는 전혀 호감을 가지고 있지 않았다.

하지만 그는 비천호리 동중산이 어떤 인물인지 들어서 알고 있기 때문에 자신들의 눈앞에서 벌어지고 있는 일이 생각만큼 단순하지 않다는 것을 어렴풋이 느끼고 있었다.

동중산은 강호에서도 잔꾀가 많고 심기가 깊기로 유명한 인물이었다. 그는 비록 무공은 이류급에 불과했으나, 워낙 약삭빠르고 강호 경험이 풍부하여 누구도 상대하기를 꺼려하는 존재였다.

지금도 얼핏 보기에는 그가 운문세가의 강압에 일방적으로 당하는 것 같았지만, 사실은 전혀 다른 무언가 복잡한 사정이 담겨 있을지도 몰랐다. 그래서 정해는 좀 더 사태의 추이를 지켜보려고 했었다. 그런데 낙일방이 불문곡직하고 곽당의 앞으로 뛰어드는 바람에 그의 계획이 어긋나고 말았던 것이다.

정해는 약간은 초조하고 약간은 긴장된 시선으로 장내를 주시하고 있었다. 여차하면 자신도 손을 쓸 셈이었다.

사태는 그가 예상한 것보다 훨씬 급박하게 돌아가고 있었다.

곽당은 비록 운룡신거를 모는 마부의 신세였지만, 강호에서의 신분은 대단한 것이었다. 그런 인물이 아직 얼굴에 솜털도 채 가시지 않은 애송이에게 거듭 놀림을 받았으니 어찌 분노하지 않겠는가?

그는 무서운 눈으로 낙일방을 쏘아보다가 오른손을 슬쩍 흔들었다. 그러자 동중산의 몸이 흑사편을 따라 그에게로 질질 끌려왔다. 동중산은 끌려가지 않으려고 필사적으로 발버둥을 쳤으나, 흑사편에 담긴 힘이 어찌나 강력했던지 바동거리면서도 맥없이 끌려오고 있었다.

곽당은 동중산을 자신에게로 끌어당기며 낙일방의 얼굴을 빤히 응시하고 있었다. 그를 구할 수 있으면 구해 보라는 듯한 표정이었다.

낙일방의 얼굴에 붉은빛이 감돌았다. 낙일방은 급한 성격만큼이나 남에게 지기 싫어하는 호승심(好勝心)의 소유자였다. 그는 곽당이 일부러 자신을 유인한다는 것을 알고 있었지만, 그럴수록 더욱 마음을 자제하기 어려웠다.

더구나 곽당은 일부러 아주 천천히 동중산의 몸을 끌어당기고 있어서, 누구라도 그가 지금 낙일방을 향해 도발하고 있다는 것을 알 수 있었다.

정해는 낙일방의 얼굴이 시뻘겋게 변하며 그의 숨이 거칠어지는 것을 보고는 그가 당장이라도 곽당에게 덮쳐 들려 한다는 것을 알아차리고 황급히 그에게 달려왔다.

"일방……!"

하나 이미 때는 늦어 있었다.

"오냐, 본 도련님이 못할 줄 아느냐?"

낙일방이 버럭 폭갈을 터뜨리며 곽당을 향해 달려들었던 것이다.

낙일방은 상대가 강호 무림에 명성이 자자한 고수라는 것을 알고 있었기 때문에 처음부터 자신이 가장 자신하는 장괘장권구식 중의 천성탈두를 펼쳐 곽당의 옆구리를 노리고 들어갔다.

낙일방의 공격은 빠르고 상당한 위력이 있어 보였다. 그동안 장괘장권구식에 나름대로 적지 않은 노력을 기울였음이 분명했다.

곽당은 낙일방이 공격해 오기를 기다리고 있기는 했지만 의외로 그의 공세가 날카로운 것을 보고는 눈빛이 더욱 차갑게 번뜩였다. 그는 여전히 오른손으로는 동중산을 자신에게로 끌어오며 왼손을 낙일방 쪽으로 쭈욱 내밀었다.

쉬악!

한 줄기 소성과 함께 그의 손이 낙일방의 천성탈두 초식 사이를 교묘하게 뚫고 들어왔다. 천성탈두는 원래 빠르고 강맹한 위력을 지니고 있는 반면에 변화가 적고 단조로운 것이 흠이었다.

낙일방은 곽당이 간단하게 자신의 공세를 파해(破解)하고 들어오자 약이 바짝 올랐다.

그는 안색을 붉게 물들이며 훌쩍 옆으로 반 보 이동하여 곽당의 손을 피함과 동시에 두 팔을 활짝 펼치며 곽당의 앞가슴을 향해 뛰어들었다. 얼핏 보기에는 무모하리만치 과감한 이 초식은 홍안척령이라는 것으로, 장쾌장권구식 중에서도 위력이 뛰어난 절초였다.

"흐흐…… 과연 한 수가 있군. 하나 그것으로는 어림없지."

곽당의 입에서 냉랭한 웃음이 흘러나왔다.

갑자기 허공을 스치고 지나갔던 그의 좌수가 기이하게 선회하며 낙일방의 관자놀이를 향해 다가왔다. 낙일방은 막 홍안척령으로 곽당의 상반신을 공격하려다가 무언가 빠르고 날카로운 것이 자신의 뒤통수 쪽에서 날아오자 움찔하여 고개를 옆으로 비틀었다.

팟!

아슬아슬하게 곽당의 왼손이 낙일방의 관자놀이 바로 아랫부분을 스치고 지나갔다. 낙일방은 가슴이 섬뜩했으나 조금도 물러서지 않고 계속 홍안척령의 식으로 곽당의 앞가슴을 가격해 들어갔다.

그때 곽당은 오른손으로는 흑사편을 잡고 있고, 왼손은 막 낙일방의 관자놀이를 스치고 지나간 상태인지라 가슴 쪽이 훤하게 노출되어 있었던 것이다.

그런데 그 광경을 보자 이제껏 담담한 눈으로 장내를 주시하고 있던 진산월의 안색이 홱 변했다.

"발밑을 조심해라!"

낙일방은 막 무방비 상태로 벌어져 있는 곽당의 가슴을 후려치려다 진산월의 다급한 음성을 듣자 깜짝 놀라 힐끗 아래를 내려다보았다. 그의 발아래에서 무언가 시커먼 것이 그를 향해 맹렬한 속도로 솟구쳐 오르고 있었다.

그것이 무엇인지 알아차리기도 전에 낙일방은 사력을 다해 뒤로 몸을 젖혔다.

파아아…….

가슴이 시원해지며 그의 가슴팍 부근 옷자락이 갈가리 찢겨져 버렸다. 낙일방은 뒤로 두 바퀴나 공중제비를 한 다음에야 간신히 신형을 안정시킬 수 있었다.

그가 자신의 가슴을 내려다보니 옷자락이 모두 찢겨져 가슴팍이 훤하게 드러나 있었다. 뿐만 아니라, 여기저기에 적지 않은 핏자국도 내비쳤다.

낙일방은 자신의 동작이 조금만 굼떴어도 핏자국 몇 개가 아니라 아예 가슴팍이 그대로 갈라지고 말았을 거라는 사실을 깨닫고는 등에서 식은땀이 주르르 흘러내렸다.

'대체 조금 전의 그것이 무엇이기에……'

낙일방은 자신의 발밑에서 솟구쳐 오른 시커먼 것의 정체를 알기 위해 곽당 쪽을 쳐다보았다. 그러고는 이내 눈을 크게 치켜뜨고 말았다.

곽당의 오른손에는 여전히 흑사편이 쥐어져 있었다. 그런데 그 흑사편의 끝이 양쪽으로 갈라져 있는 것이 아닌가?

갈라진 흑사편의 한쪽 끝에는 동중산의 왼쪽 발목이 묶여 있었지만, 다른 한쪽은 허공에서 가늘게 흔들거리고 있었다. 조금 전에 낙일방의 가슴을 스치고 지나갔던 검은 그림자의 정체는 바로 흑사편의 갈라진 다른 한쪽 부분이었던 것이다.

사실 흑사편은 하나가 아니라 두 개로 나뉘어져 있었다. 그것이 곽당의 손동작에 의해서 하나로 합쳐져 사용되기도 하고 때로는 두 개로 분리되어 움직이기도 하는 것이다. 곽당이 조금 전에 사용한 초식은 쌍두사(雙頭蛇)라는 것으로, 곽당이 장성일대에서 횡행(橫行)할 때 그의 이 쌍두사 초식에 얼마나 많은 고수들이 영문도 모르고 비명횡사했는지 모른다.

낙일방이 우두커니 서 있는 동안에 진산월이 천천히 앞으로 걸어 나왔다.

그는 담담한 눈길로 곽당을 응시했다.

"쌍두사는 너무 음독(陰毒)하고 잔인해서 강호에서는 사용하기 못하게 되어 있다고 들었소. 당년에 귀하가 강호에서 소리 없이 사라진 이유도 그 때문이 아니오?"

곽당은 애송이인 낙일방이 자신의 쌍두사 초식을 피한 것에 내심 경악을 금치 못하고 있다가, 난데없이 커다란 체구의 청년이 불쑥 나서서 입을 열자 눈살을 찌푸린 채 그를 쏘아보았다.

"용케도 그 사실을 알고 있구나."

진산월의 표정이나 음성은 온화하고 부드러워서 조금도 화를 내는 것 같지 않았다. 하나 그의 말속에는 날카로운 가시가 담겨 있었다.

"강호에서 금기시(禁忌視) 되는 초식을 나이 어린 소년에게 태연히 사용하는 것을 보니 당신이 왜 그 실력으로 남의 마부 노릇밖에 못하고 있는지 그 이유를 알겠소."

곽당의 얼굴이 철갑을 두른 듯 딱딱하게 굳어졌다.

그것은 그에게는 들추고 싶지 않은 수치스러운 일이었다. 석년에 곽당은 잔인한 손속으로 많은 원한을 맺어 피해 다니는 신세가 되었다.

결국 그가 몸을 의탁한 곳은 운문세가였다. 운문세가의 가주는 그를 받아 주는 조건으로 그에게 소운룡을 끄는 마부의 직을 맡겼으며, 곽당은 어쩔 수 없이 그 조건을 받아들이는 수밖에 없었다. 그나마 소운룡의 주인인 운자추가 당대의 손꼽히는 기재라는 사실이 유일하게 곽당을 위안케 하는 것이었다.

그런데 이제 정체도 모르는 새파랗게 젊은 청년에게서 그 뼈아픈 기억을 되살리는 말을 듣게 되자 곽당은 마음속으로 불같은 살심이 솟구쳐 올랐다.

그는 두 눈을 시퍼렇게 번뜩이며 진산월을 무섭게 쏘아보았다.

"너희들은 누구냐?"

진산월은 그의 무시무시한 눈빛을 받고도 조금도 표정의 변화가 없었다.

"당신의 그 도련님을 불러오면 말해 주겠소."

곽당은 이를 부드득 갈았다.

"이놈 저놈 할 것 없이 모조리 간덩이가 부은 놈들이로군."

그의 어깨가 한 차례 들썩거렸다. 진산월을 향해서 손을 쓰려고 한 것이 분명했다.

하나 곽당은 그를 향해 출수(出手)하지 않았다.

때마침 운자추의 음성이 들려왔던 것이다.

"나는 여기에 있소."

운룡신거는 어느새 그들의 지척에까지 도달해 있었다. 운룡신거의 양옆으로 네 명의 백의 청년들이 마차를 호위하듯 양쪽으로 두 명씩 갈라서 있었다.

진산월은 담담한 시선으로 운룡신거의 주렴을 쳐다보았다. 주렴 안에 한 명의 인영이 앉아 있는 모습이 희미하게 보이긴 했으나, 아무리 안력을 돋우어도 그 이상은 알아볼 수가 없었다.

마차 속의 인물은 진산월이 자신을 빤히 쳐다보고 있는 것을 알았는지 가볍게 웃었다.

"하하…… 이 주렴은 천산(天山)의 특수한 곤옥(昆玉)과 빙잠사(氷蠶絲)를 교대로 꼬아 만든 것이라서 안에서는 밖을 훤히 볼 수 있지만, 밖에는 도저히 안을 들여다볼 수가 없소."

진산월은 빙그레 미소 지으며 고개를 끄덕였다.

"정말 귀한 주렴이구려. 확실히 나는 도저히 귀하의 모습을 알아볼 수가 없었소."

마차 속의 인물은 진산월의 침착한 모습이 의외였는지 잠시 침묵을 지키다가 다시 입을 열었다.

"내가 이렇게 왔으니 이제 정체를 말해 주지 않겠소?"

진산월의 입가에는 여전히 담담한 미소가 떠올라 있었다.

"한번 알아맞혀 보시오."

"나는 점쟁이도 아닌데 귀하가 누구인지 어떻게 알 수 있겠소?"

"생각해 보면 알 수 있을 거요."

진산월이 말한 의도를 파악하려는지 마차 속에서 다시 약간의 침묵이 이어졌다. 그러다 갑자기 무슨 생각이 들었는지 짤막한 탄성이 흘러나왔다.

"아! 이제 알겠군. 당신들은 종남에서 오지 않았소?"

"그렇소."

마차 속에서 다시 나직한 웃음소리가 들려왔다.

"하하…… 며칠 전에 운자개가 당신들을 만났다는 말을 들은 적이 있지. 그 말을 듣고 호기심이 일었는데 이렇게 만나게 되다니. 이것도 인연인가 보군."

마차 속의 인물은 운자추였다. 운자개는 그의 형이 분명한데도 그는 형의 이름을 아무런 스스럼없이 그냥 불렀다. 그리고 그것을 들은 백의 청년들과 곽당도 전혀 이상해 하지 않았다.

진산월은 일전에 석지명에게서 운자추가 비록 나이는 더 어리지만 정실의 자식이라 실질적인 운문세가의 대공자 노릇을 하고 있다는 말을 들은 적이 있었다. 그런데 지금 상황을 보니 운자추는 단순히 지위뿐 아니라 혈통적으로도 운자개나 다른 사람을 형제로 인정하는 것 같지 않았다.

그렇지 않았다면 자신의 형 이름을 남들 앞에서 태연히 부르지는 않았을 것이다.

운자추의 모습은 주렴에 가려 보이지 않았으나 진산월은 주렴을 뚫고 한 줄기 예리한 안광이 자신의 얼굴을 뚫어지게 주시하고 있는 것을 깨달았다. 그 눈빛은 한동안 그의 얼굴과 전신을 구석구석 살핀 다음에야 천천히 거두어졌다.

주렴 속에서 운자추의 음성이 들려왔다.

"당신이 바로 당대의 종남파 장문인인 진산월이오?"

진산월은 서슴없이 고개를 끄덕였다.

"그렇소."

종남파 장문인이라는 말에 냉막한 얼굴로 옆에 서 있던 곽당의 몸이 한 차례 움찔거렸다.

비록 종남파가 지금은 잊혀져 가는 문파라고는 하나, 한때는 대강남북(大江南北)에 명성을 진동시키던 명문 정파였다. 그런 문파의 장문인이 이토록 젊은 청년이리라고는 누구도 상상치 못했던 일이었다.

다른 네 명의 백의 청년들도 새삼스러운 눈으로 진산월을 쳐다보고 있었다.

진산월은 체구가 크고 얼굴이 순해서 첫 인상이 조금 둔해 보였다. 게다가 별로 말이 많은 성격도 아니었고 좀처럼 화를 내거나 남들 앞에 나서지 않아서 처음 보는 사람들은 그를 평범한 청년으로 착각하기 일쑤였다.

운자추는 잠시 침음하다가 다시 입을 열었다.

"당신에 대한 소문을 들은 적이 있소."

진산월은 뜻밖인 듯 눈을 조금 크게 떴다.

"그렇소?"

그는 운자추가 자신의 이름을 알고 있다는 것에도 어느 정도 놀라고 있었는데, 그가 자신에 대한 소문을 들었다고 하자 더욱 호기심이 일었다.

"들자하니 당신은 먹는 걸 좋아해서 툭하면 주방에 들어가 직접 음식을 만들기도 한다더군. 그게 사실이오?"

진산월은 고개를 끄덕였다.

"사실이오."

"또한 당신은 남들과 싸우는 걸 별로 좋아하지 않아 몇 년 동안 정식으로 비무다운 비무를 한 적이 없다고 들었소. 그것도 사실이오?"

"확실히 나는 올해 들어 남과 비무를 한 기억이 없소."

"게다가 당신은 천성이 게으르고 성격이 느긋해서 좀처럼 화를 내는 법이 없다고 하오. 그래서 사람들은 당신을 나보살이라고 부르기도 한다고 들었소."

진산월은 빙긋 웃었다.

"나보살이라…… 그런 말을 들은 것도 같군."

들고 있던 곽당과 네 명의 백의 청년들은 진산월이 천연덕스럽게 고개를 끄덕이자 어이가 없다는 표정들이었다. 운자추가 말한 것은 하나같이 장점보다는 단점에 가까운 것들로, 일파의 우두머리에게는 전혀 어울리지 않는 행태들이었다. 그런데도 진산월은 조금도 부끄러워하거나 부인하지 않고 태연하게 그것을 모두 시인한 것이다.

운자추는 잠시 입을 다물었다가 다시 말을 계속했다.

"하지만 당신에게는 한 가지 좋은 점도 있다고 들었소."

진산월의 입가에 희미한 미소가 떠올랐다.

"먹을 것을 밝히고 남과 싸우기 싫어하며 게으른 내게도 좋은 점이 있는 줄은 미처 몰랐구려. 그게 무엇이오?"

"그것은 자신이 입 밖으로 내뱉은 말은 반드시 지킨다는 것이오. 다시 말해서 당신은 어떤 일이 있어도 신용(信用)이 있다는 말이오."

"신용이라…… 듣기는 좋지만 왠지 부담스러운 말이로군. 그런데 나에 대해 그렇게 자세히 알고 있는 그 사람이 누구인지 말해 줄 수 있겠소?"

이번에는 운자추의 웃음소리가 들렸다.

"한번 알아맞혀 보시오."

진산월은 눈을 반짝 빛냈다.

"생각해 보면 알아낼 수 있는 인물이란 말이겠군?"

"하하…… 확실히 당신과는 말하기가 쉽군. 물론 그렇소."

진산월은 더 생각할 것도 없이 그 사람이 누구인지 짐작할 수 있었다. 방금 운자추가 말한 것은 그와 오랫동안 동고동락(同苦同樂)한 사형제들이 아니면 알 수 없는 사항들이었다. 그러니 신목 오호 악자화 외에 달리 누가 있겠는가?

진산월은 잠시 침음하다가 담담한 음성으로 입을 열었다.

"운문세가가 신목령과 밀접한 관계라는 것은 이미 어느 정도 짐작하고 있었소. 그건 그렇고, 나도 당신에 대해서 몇 가지 들은 소문이 있소."

운자추는 흥미롭다는 듯 물었다.

"그렇소? 어떤 소문이오?"

남들이 자신을 무어라고 평가하는지는 누구라도 궁금해 하는 사항이 아닐 수 없었다. 운자추같이 자타가 뛰어나다고 공인하는 인물은 더더욱 그러했다.

진산월은 서슴없이 말했다.

"당신은 어려서부터 두뇌가 명석하고 무공에 대한 재질이 탁월하여 열세 살이 되기 이전에 이미 운문세가의 모든 가전 무공을 완벽하게 익혔다고 하더군."

"사실이오."

"그 후로 다섯 명의 무림 기인(奇人)들에게서 사사(師事)하여 몇 년 전부터는 그들조차 능가했다고 들었소."

운자추는 낭랑한 웃음을 터뜨렸다.

"하하…… 그것도 틀린 말은 아니오. 나는 오절(五絶)을 능가한 지 이미 오래되었소."

오절이란 운자추를 가르친 다섯 명의 전대 기인(前代奇人)들을 지칭하는 말이었다. 하나 그들이 정확히 누구인지는 자세히 아는 사람은 거의 없었다. 다만 그들 개개인의 무공과 실력이 능히 강호의 한 지방을 주름잡을 수 있는 탁월한 것이라는 소문만이 무성할 뿐이었다.

진산월은 차분한 표정으로 말을 계속했다.

"게다가 당신은 성격적으로 치밀해서 이제까지 단 한 번도 실수를 해 본 적이 없다고 하더군."

"확실히 나는 지금까지 일을 잘못 처리해 본 기억이 없소."

"더구나 당신은 인물됨이 준수하고 당대에 보기 드문 미남자라 사람들이 당신을 옥면무적(玉面無敵)이라고 부른다고 들었소."

"그런 이름을 들은 것도 같군. 그 밖에도 또 있소?"

"한 가지가 더 있소."

"그게 무엇이오?"

진산월은 운룡신거의 주렴을 응시하며 분명한 음성으로 말했다.

"당신은 너무 자만심이 강하고 자신의 능력을 과신하기 때문에 언제고 한번 큰 낭패를 볼 거라고 하더군."

그 말을 듣는 순간, 곽당과 네 명의 백의 청년들의 안색이 일제히 변했다.

"네놈이 감히 공자님을 능멸하다니……."

곽당은 금시라도 진산월을 향해 달려들 듯한 기세였다.

그것을 보고 정해와 응계성 등도 앞으로 뛰쳐나오려 했다.

그때 운자추의 침착한 음성이 들려왔다.

"곽당, 무례를 범하지 마라."

곽당은 그 음성을 듣자 즉시 날리려던 몸을 멈추며 고개를 수그렸다.

"죄송합니다."

운자추의 음성 하나에 강호의 이름난 고수인 흑사편 곽당이 꼬리를 내린 개처럼 얌전해지는 것을 보자 중인들은 묘한 기분이 들었다. 말 한마디에 곽당 같은 사람을 주눅 들게 만드는 운자추의 능력이란 과연 어느 정도일까?

주렴 속에서 운자추의 음성이 다시 들려왔다.

"진 장문인의 말씀은 나에 대한 따끔한 충고로 받아들이겠소."

진산월은 빙긋 미소 지었다.

"그렇게 생각해 주니 내가 오히려 미안하구려. 강호의 소문은 왕왕 와전(訛傳)되기 마련이니 운 공자는 너무 신경 쓰지 마시오."

운자추의 목소리는 조금 전보다는 한층 냉정해져 있었다.

"오늘 일은 저자와 본가 사이의 지극히 개인적인 문제요. 그러니 진 장문인은 더 이상 이번 일에 개입하지 말기를 바라오."

그때 아직도 곽당의 흑사편에 한쪽 발이 묶여 있던 동중산이 안색이 변하며 버럭 소리를 질렀다.

"그건 거짓말이오! 나는 정말 억울하오. 운문세가에서 나를 강제로 핍박한 거요!"

"이 자식이, 아직도 정신을 못 차렸군."

곽낭이 차삽게 중얼거리며 오른손을 슬쩍 휘둘렀다. 그러자 동중산의 발목을 휘감고 있는 흑사편이 더욱 조여들며 동중산의 몸을 바닥에서 몇 번 구르게 했다.

"으…… 윽…… 이, 이런다고 내가 굴복할 것 같으냐?"

동중산은 온몸이 흙투성이가 되고 발목이 부러질 듯 아파 왔으나 계속 고래고래 소리를 질렀다. 그로서는 그야말로 죽느냐 사느냐 하는 기로(岐路)에 서 있는지라 더 이상 물러설 곳이 없는 상태였다.

곽당이 분기탱천하여 그의 몸을 한 차례 더 세차게 바닥에 내동댕이치려 할 때였다.

"제기랄. 강호의 고수라는 놈이 사람을 묶어 놓고 패려 하다니…… 그러고도 네가 무림인이란 말이냐?"

난데없이 사나운 폭갈 소리가 터져 나왔다.

곽당의 눈빛이 살벌하게 변했다.

"어느 놈이 함부로 주둥아리를 놀리느냐?"

진산월의 뒤에서 응계성이 씩씩거리며 걸어 나왔다.

"바로 나다."

응계성은 아까부터 곽당의 행태가 못마땅했던 데다 곽당이 동중산을 바닥에 쓰러뜨린 채 괴롭히는 모습을 보자 더 이상 참지 못하고 앞으로 나선 것이다.

제 16 장
흑편백검(黑鞭白劍)

제16장 흑편백검(黑鞭白劍)

곽당은 살기가 번들거리는 눈으로 응계성을 노려보았다.

"네놈은 누구냐?"

응계성은 가슴을 탕탕 치며 종이 울리듯 커다란 소리로 외쳤다.

"대종남파의 이십일 대 제자 응계성이 바로 본 나리시다."

곽당의 입가에 싸늘한 미소가 떠올랐다.

"어떤 미친놈인가 했더니 흑살조 독고황을 쓰러뜨린 응계성이란 후레자식이었구나."

응계성의 고리눈이 부릅떠지며 거친 콧바람이 흘러나왔다.

"후레자식은 고수랍시고 사람을 함부로 깔보는 네놈이 바로 후레자식이다!"

"흐흐…… 운 좋게도 독고황을 쓰러뜨렸다고 하늘 높은 줄을 모르는군. 곧 주둥아리를 함부로 놀린 것을 뼈저리게 후회하게 될 것이다.”

곽당은 천천히 응계성에게로 다가왔다. 응계성은 조금도 기가 죽거나 물러서지 않고 수중의 장검을 힘껏 움켜쥐며 성큼 한 걸음 앞으로 내딛었다. 장내에 일촉즉발의 팽팽한 긴장감이 감돌았다.

그때 갑자기 마차 안에서 운자추의 음성이 들려왔다.

“진 장문인, 내가 한 가지 제안을 하겠소.”

진산월은 마차를 돌아보았다.

“말해 보시오.”

“저 두 사람의 맹렬한 기세를 보니 당장이라도 한바탕 몸을 풀지 않으면 견디지 못할 것 같구려. 저들의 승패로 오늘 일을 결정한다면 우리가 서로 쓸데없는 심력(心力)을 소모할 필요도 없고, 저들도 가슴속의 울화를 해소할 수 있으니 일석이조가 아니겠소?”

진산월은 뜻밖의 말에 눈을 반짝 빛냈다.

“운 공자의 말씀은 저들이 싸워 이기는 쪽의 뜻대로 하자는 것이오?”

“바로 그렇소. 만약 곽당이 진다면 진 장문인이 이번 일에 개입하는 것을 말리지 않을 뿐 아니라, 동중산도 순순히 인도해 주겠소. 하지만 곽당이 이긴다면…….”

“우리가 순순히 물러서야 되겠군.”

운자개는 나직하게 웃었다.

“하하…… 바로 그렇소. 내 제안이 어떻소?”

진산월은 운자추가 타고 있는 운룡신거의 주렴을 응시하며 생각에 잠겨 있었다.

정해가 옆으로 다가와 나직하게 소곤거렸다.

"저건 운자추의 계략입니다. 응 사형의 무공으로 곽당을 당해 낼 수는 없을 겁니다."

진산월은 묵묵히 고개를 끄덕였다.

정해는 힐끗 동중산을 쳐다보다가 다시 입을 열었다.

"운자추의 말로 미루어 볼 때 이번 일이 운문세가의 개인적인 문제는 아님이 분명합니다. 더구나 파천노괴 혁련삼까지 가세한 것으로 보아 의외로 막중한 사안(事案)일 수도 있는데, 상대가 유리한 쪽으로 따라갈 필요는 없다고 봅니다."

진산월은 다시 고개를 끄덕였다. 그러고는 담담한 음성으로 말했다.

"네 말은 모두 옳다. 하지만 강호에서 활동하다 보면 때때로 알면서도 물러서지 말아야 할 때가 있는 법이다."

"……!"

"내게는 이번 일의 성패보다는 응계성이 더욱 중요하다."

진산월은 비록 자세하게 말하지는 않았으나, 정해는 문득 떠오르는 생각이 있었다.

운자추의 제안은 장내에 있는 모든 사람들이 들어서 알고 있었다. 그런 상태에서 진산월이 그의 제안을 거절한다면 사람들은 응계성이 곽당을 당해 내지 못하기 때문이라고 생각할 것이다.

승패와는 상관없이 그것만으로도 응계성은 적지 않은 충격을 받을 것이며, 다른 사람도 아닌 자신의 문파의 장문인이 자신을 믿지 못하는 것에 굴욕감을 느낄 것이다. 싸워서 패하는 것보다 싸우지도 못하고 물러서는 것이 응계성에게는 더욱 커다란 수치이며 치욕이 될 것이다.

정해는 고개를 수그리며 물러났다.

"제 생각이 짧았나 봅니다."

"계성은 그렇게 약한 사람이 아니니 너무 걱정하지 마라."

진산월은 그의 어깨를 한번 두드려 주고는 운룡신거를 향해 입을 열었다.

"운 공자의 제안을 수락하겠소. 그리고 나도 한 가지 제안이 있는데 들어주시겠소?"

"말씀하시오."

"계성이 진다면 물론 우리는 이번 일에 전혀 개입하지 않을 뿐 아니라 앞으로 운문세가가 하는 일에는 무조건 양보하겠소."

그 말에 종남파 인물들의 안색이 모두 변했다.

운문세가의 일에 무조건 양보하겠다는 말은 결국 운문세가에 굴복한다는 뜻이었다. 그것은 앞으로의 강호 행보에 커다란 제약이 될 것이며, 자칫하면 종남파 자체의 안위를 위협하는 일이 될지도 몰랐다.

운자추 또한 그의 말이 의외였는지 잠시 침음하다가 물었다.

"만일 곽당이 진다면?"

진산월의 음성은 담담하고 차분했다.

"우리가 동중산을 데리고 무사히 이곳을 벗어날 수 있도록 힘써 주시오."

종남파 고수들의 얼굴이 일그러졌다.

진산월이 내건 조건은 너무 일방적이었다. 주는 것에 비해 받는 것이 너무나 형편없었던 것이다.

그런데 운자추는 그렇게 생각하는 것 같지 않았다.

운룡신거에서 흘러나오는 그의 음성은 묘한 빛을 담고 있었다.

"진 장문인도 알고 있었소?"

진산월은 고개를 끄덕였다.

"그렇소."

중인들은 그들이 무슨 말을 하는지 몰라 어리둥절한 빛이 되었다.

그때 문득 상원건은 무슨 생각이 들었는지 황급히 주위를 두리번거렸다. 그러고는 이내 몸을 굳혔다.

용문석굴의 구석구석에서 자신들 외에도 수많은 눈길들이 숨어 있음을 알아차렸던 것이다.

'이럴 수가…… 언제 이토록 많은 고수들이 몰려들었단 말인가?'

비록 모습을 드러내지는 않았으나 적어도 이십 명 이상의 고수들이 숨어 있는 것이 분명했다. 그가 감지할 수 없을 정도의 고수들도 포함한다면 그 수는 더 불어날지도 몰랐다.

그제야 상원건은 진산월의 요구 조건이 결코 불리한 것이 아니라는 것을 깨달았다.

그들은 모두 동중산을 노리고 몰려든 인물임이 분명했다. 만약에 응계성이 승리하여 진산월 일행이 동중산을 건네받았다면 이곳에 몰려 있는 모든 고수들의 표적이 되었을 것이다. 그리고 그것은 종남파의 강호행에 있어 심대한 위협이 될 것이 뻔했다.

운자추의 음성이 다시 들려왔다.

"진 장문인의 제안을 수락하겠소."

진산월은 알았다는 듯 고개를 끄덕이고는 응계성을 돌아보았다.

"준비는 되었느냐?"

응계성은 무언가 약간 불만이 있는 듯 얼굴이 퉁퉁 부어 있었다. 그는 힐끗 곽당을 쳐다보더니 진산월을 향해 퉁명스런 어조로 입을 열었다.

"왜 그런 쓸데없는 조건을 내걸었소?"

진산월은 그의 말뜻을 알고 있으면서도 천연덕스럽게 물었다.

"무얼 말이냐?"

"져도 내가 지고 이겨도 내가 이기는 건데, 왜 저놈들에게 양보한다느니 도와달라느니 하느냐 말이오?"

진산월은 빙긋 웃었다.

"그럼 너는 곽당을 이길 자신이 없는 모양이구나."

응계성의 짙은 눈썹이 세차게 꿈틀거리며 얼굴에 붉은 기가 떠올랐다.

"누가 자신 없다고 했소? 장문 사형은 가끔 가다가 사람 속을 뒤집어 놓을 때가 있단 말이오."

"그럼 걱정할 게 없지 않느냐? 네가 이기면 우리로서는 여러모로 편한 일이 될 테니까 말이다."

"하지만 만에 하나라도……."

진산월은 돌연 정색을 했다.

"계성, 만약이란 없다. 너는 무조건 이겨야 한다."

응계성은 몸을 움찔거렸다.

진산월은 그를 주시하며 나직하면서도 침착한 음성으로 입을 열었다.

"너도 알고 있겠지만 이곳에는 이미 많은 사람들의 눈이 지켜보고 있다. 이런 자리에서 종남파의 고수가 운문세가의 일개 마부조차도 당해 내지 못한다면 본 파의 강호 출행(江湖出行)은 아무런 의미가 없다. 차라리 종남으로 돌아가 무공이나 닦고 있는 게 더 낫겠지."

응계성은 입술을 굳게 다문 채 낯빛이 여러 차례 변했다.

"때로는 물러설 수 없는 자리가 있다. 지금이 바로 그런 때다. 따라서 너는 반드시 이겨야 하는 것이다."

응계성의 관자놀이 부근에 힘줄이 불거져 나오며 눈꼬리가 실룩거렸다. 응계성은 한 차례 날카로운 눈으로 진산월을 돌아보다가 무뚝뚝한 음성으로 중얼거리듯 말했다.

"내가 언제 진다고 했소? 장문 사형은 다 좋은데 가끔 아녀자처럼 너무 걱정이 많은 게 탈이오."

그는 찬바람이 나도록 휑하니 몸을 돌렸다.

"나 때문에 본 파의 강호행이 방해받는 일은 없을 테니 염려 마시오."

그는 그 말을 끝으로 곽당을 향해서 곧장 앞으로 걸어 나갔다.

그의 뒷모습을 주시하고 있던 진산월의 옆으로 정해가 다가왔
다.

정해의 얼굴에는 걱정스런 빛이 가득했다.

"웅 사형이 곽당을 당해 낼 수 있을까요?"

진산월은 담담한 음성으로 말했다.

"계성이 말했지 않느냐? 염려 말라고."

"하지만……."

진산월의 입가에는 비록 엷은 미소가 떠올라 있었지만 눈빛은
어느 때보다 깊게 가라앉아 있었다.

"계성은 성격이 불같고 난폭한 면이 있지만 자존심이 강해서
자기 때문에 남에게 피해가 돌아가는 것을 죽기보다도 싫어하지."

"……!"

"다시 말해서 어깨에 드리워진 책임이 무거울수록 실력을 발휘
하는 체질이란 말이다. 그는 잘해 낼 수 있을 거다."

정해는 그제야 진산월이 어째서 운자추에게 무리한 조건을 내
걸었는지 알 수 있었다.

진산월은 정상적인 상태에서는 응계성이 곽당을 당해 낼 수 없
다고 생각하고 그를 분발시키기 위해 위험한 도박을 감행한 것이
다.

그 점은 정해로서도 충분히 수긍할 수 있었다. 다만 한 가지 걱
정되는 것은 진산월의 도박이 성공했을 때에 비해서 실패했을 때
잃어버리는 것이 너무도 크다는 점이었다.

'이제는 정말 웅 사형을 믿을 수밖에 없게 되었군.'

정해는 속으로 중얼거리며 나직한 한숨을 내쉬었다.

그때 갑자기 고함 소리가 터져 나왔다.

그리고 싸움이 시작되었다. 곽당과 응계성이 불문곡직하고 서로를 향해서 덤벼들었던 것이다.

응계성은 처음부터 종남파의 절학인 천하삼십육검을 펼쳤다. 그로서는 아무래도 자신이 곽당보다는 한 수 뒤쳐진다고 생각했기 때문에 처음부터 절초를 펼치지 않으면 당해 내기 힘들 거라고 생각한 모양이었다.

곽당은 흑사편으로 휘감고 있던 동중산의 몸을 이미 백의 청년들에게 인계한 후였다. 한결 홀가분해진 그는 응계성이 자신을 향해 펼친 검법이 예상보다 날카롭고 예리한 것을 보면서도 입가에 음독한 미소를 그려 내고 있었다.

'흐흐…… 하룻강아지 같은 놈! 곧 나를 건드린 것이 얼마나 큰 실수였는지 뼈저리게 느끼도록 해 주겠다.'

곽당은 조금도 피하지 않고 응계성이 펼쳐 낸 검영(劍影) 속으로 뛰어들며 흑사편을 휘둘렀다.

원래 채찍같이 기다란 병기를 사용하는 사람은 멀리 떨어져 싸울수록 유리했다. 하나 곽당은 흑사편에 대해 평생을 연구했기 때문에 자유자재로 수발(收發)할 수 있는 경지에까지 이르러 있었다. 다시 말해서 거리의 길고 짧음은 그에게 아무런 의미가 없다는 것이다.

지금도 응계성에게로 바짝 다가가며 휘두른 그의 흑사편은 마치 독 오른 독사처럼 기이하게 꿈틀거리며 응계성의 목을 휘감아

가고 있었다.

응계성은 자신이 펼친 천하성진의 초식을 곽당이 무풍지대처럼 간단하게 뚫고 들어오자 내심 크게 놀랐다. 그는 황급히 옆으로 두 걸음 비켜서며 곽당의 흑사편을 피하려 했다.

하나 곽당의 흑사편은 마치 살아 있는 생명체처럼 허공에서 방향을 바꾸어 응계성의 목을 향해 계속 다가오고 있었다. 원래 채찍으로 목을 노리는 것은 고수가 실력이 아주 떨어지는 하수(下手)에게나 사용하는 수법이었다. 채찍으로 목을 휘감는다는 것은 실력 차이가 월등하지 않고서는 불가능했기 때문이다.

그런데도 곽당이 계속적으로 자신의 목 부위만을 노리고 들어오자 응계성은 불쑥 오기가 발동했다.

'좋다, 이놈. 한번 해 보자는 거지?'

그는 다시 옆으로 몸을 피하는 척하다가 곽당의 흑사편이 방향을 바꿀 때 느닷없이 앞으로 곧장 쏘아져 가며 천하도도 초식으로 곽당의 목을 노렸다. 이에는 이로 대항하겠다는 응계성식 대항 전술이었다.

곽당은 응계성의 무공을 자신보다 몇 수 아래로 보았기 때문에 무심코 그가 움직이는 대로 흑사편을 이동시키다가 그가 갑자기 자신의 앞으로 다가오며 예리한 검초를 펼치자 움찔 놀랐다.

'이 녀석이?'

곽당은 냉랭한 코웃음을 치며 오른 손목을 슬쩍 흔들었다. 그러자 저만큼 가 있던 흑사편의 끝이 빠르게 선회하며 응계성의 뒤통수를 향해 무서운 속도로 다가가는 것이 아닌가?

응계성은 막 곽당을 향해 검을 내찌르고 있다가 무언가 차갑고 예리한 기운이 자신의 뒤쪽으로 다가서는 느낌에 머리칼이 곤두섰다.

'이게 뭐야?'

그는 황급히 몸을 비틀었다.

팟!

순간 흑사편이 아슬아슬하게 그의 목덜미 옆을 스치고 지나갔다. 그 바람에 응계성의 목 부위가 살짝 갈라지며 핏물이 내비쳤다. 비록 정통으로 가격당하지는 않았으나 너무 가까운 거리를 스치고 지나갔기 때문에 살갗이 벗겨지고 말았던 것이다.

응계성은 목 부위가 후끈거리고 칼로 베이는 듯한 통증이 느껴지자 겁을 먹기는커녕 오히려 불같은 투지가 끓어올랐다.

"이놈!"

그는 벼락같은 폭갈을 터뜨리며 곽당을 향해 더욱 빠르게 돌진해 들어갔다.

곽당은 목에서 피를 흘린 응계성이 선불 맞은 멧돼지처럼 더욱 광폭한 기세로 덤벼들자 내심 어이가 없었다.

'뭐 이런 놈이 다 있지?'

하나 그는 강호에서 횡행할 때 눈도 깜박이지 않고 수많은 사람을 살해한 냉혹한 인물이었다. 응계성이 사납게 덤벼들면 덤벼들수록 곽당의 눈빛은 얼음장처럼 차가워지며 살기로 번들거렸다.

그의 흑사편이 지금까지와는 비교도 할 수 없을 만큼 빠르고 민첩하게 움직이기 시작했다.

쉬악!

허공을 가르는 예리한 바람소리가 응계성의 귓전을 쉴 사이 없이 강타했다. 응계성은 곽당에게 가까이 접근하려 했으나 그의 흑사편이 워낙 무서운 속도로 날아드는 바람에 도저히 더 이상 전진할 수가 없었다. 그는 천하삼십육검의 검초를 펼쳐 곽당의 흑사편에 맞서 나갔으나 시간이 흐를수록 뒤로 정신없이 밀리고 있었다.

곽당은 일전에 응계성이 상대했던 독고황보다도 오히려 몇 단계 뛰어난 고수였다. 그가 흑사편을 한 번 휘두를 때마다 응계성의 몸은 금시라도 갈가리 찢어질 듯 위기에 처하고는 했다.

이 광경을 지켜보고 있던 종남파의 고수들은 표정이 무거워졌다. 아무리 보아도 응계성의 실력으로 곽당을 이긴다는 것은 불가능해 보였던 것이다.

강호에 처음 출도한 응계성이 이미 오랫동안 무서운 살명(殺名)을 날리고 있던 곽당을 이기리라는 기대 자체가 어쩌면 너무 무모한 것이었는지도 몰랐다.

낙일방은 초조하고 불안한 표정으로 주먹을 불끈 쥔 채 눈도 깜박이지 않고 장내의 광경을 주시하고 있었다. 그의 어깨가 연신 움찔움찔하는 것으로 보아 금시라도 격전장으로 뛰어들기라도 할 듯한 기세였다.

쫘악!

다시 무시무시한 파공음과 함께 곽당의 흑사편이 응계성의 뒷등을 훑듯이 스쳐 지나가며 응계성의 등 뒤 옷이 갈가리 찢겨져 맨살이 송두리째 드러났다. 흑사편이 한 치만 더 가까이 다가왔더라면 응계성의 등은 걸레짝처럼 피투성이가 되고 말았을 것이다.

"익……."

낙일방이 이를 악물며 앞으로 나서려 했다. 그때 하나의 손이 그의 어깨를 가만히 붙잡았다. 낙일방이 고개를 돌아보니 그 손의 주인은 다름 아닌 진산월이었다.

"장문 사형……."

낙일방은 무언가 억울한 일을 당한 것처럼 붉게 상기된 얼굴로 거친 숨을 몰아쉬었다.

진산월은 그의 마음을 안다는 듯 그의 어깨를 가볍게 두드려 주었다.

"싸움은 이제부터 시작이다. 강호의 싸움이 어떤 것인지 눈을 똑바로 뜨고 잘 지켜보아라."

과연 진산월의 말대로 싸움은 한층 더 치열해지고 거칠어졌다.

응계성은 등 뒤가 넝마조각처럼 찢겨져 나가자 겁을 집어먹기는커녕 한층 더 맹렬하게 덤벼들었다. 가슴속에 내재해 있던 난폭한 성질이 폭발하고 만 것이다. 하나 곽당은 단순히 성질을 부린다고 해서 물리칠 수 있는 상대가 아니었다.

그런 면에서 본다면 곽당은 무공뿐 아니라 대적(對敵) 경험에 있어 독고황보다 훨씬 더 뛰어난 인물이었다. 그는 응계성의 물불을 안 가리는 공격에도 조금도 위축되지 않고 냉정하고 침착하게 실력을 발휘하고 있었다.

응계성은 미친 사람처럼 정신없이 천하삼십육검의 절초들을 펼치며 덤벼들었으나 시간이 갈수록 뒤로 조금씩 몰리고 있었다.

응계성의 전신은 이미 흐르는 땀으로 범벅이 되어 옷이 몸에 찰싹 달라붙어 있었다. 그의 입과 코에서는 연신 뜨거운 김이 흘러나오고 있었고, 머리는 절반이나 풀어헤쳐져 낭패스러운 모습이었다.

응계성은 이런 상태로 조금만 더 흐르면, 곽당의 흑사편이 일으키는 위세에 완전히 휘말려 제대로 반격 한번 해 보지 못하고 패퇴하고 말리라는 것을 깨달았다.

자신이 진다는 것도 억울하고 분했지만, 자신 때문에 종남파가 강호에 출도하자마자 남들 앞에서 모욕을 당해야 한다는 생각이 그를 거의 미치게 만들었다.

'이대로 당할 수는 없다…… 이대로 맥없이 당할 수는…….'

응계성은 피가 나도록 입술을 깨물었다.

다음 순간, 그는 갑자기 자신을 향해서 날아오는 흑사편을 향해 곧장 정면으로 마주 달려갔다. 그것은 마치 불을 본 나방이 스스로의 몸을 불에 태우려고 달려드는 것과 같았다.

"앗?"

종남파 문인(門人)들의 입에서 경악성이 터져 나왔다.

흑사편은 한 치의 착오도 없이 매섭게 꿈틀거리며 응계성의 목덜미를 휘감아 왔다. 그 순간, 응계성은 왼손을 앞으로 쭉 내밀어 흑사편을 움켜잡음과 동시에 오른손의 장검으로 곽당의 목덜미를 찔러 갔다.

쫘아악!

비단폭이 갈라지는 듯한 음향과 함께 응계성의 왼쪽 팔뚝이 흑사편에 칭칭 감기며 시뻘건 핏물이 뿜어져 나왔다. 흑사편이 팔뚝의 피부를 뚫고 들어가며 그의 왼팔을 갈가리 찢어 놓았던 것이다.

웅계성은 눈앞이 아득할 정도로 고통스러웠으나 오히려 눈을 부릅뜨며 더욱 맹렬하게 곽당의 목덜미를 향해 검을 내찔러 갔다.

"미친놈! 이런 약은 수작 따위로 나를 상대하려 하다니……."

곽당은 눈꼬리를 꿈틀거리며 입가에 냉랭한 미소를 떠올렸다. 그는 슬쩍 목을 옆으로 움직여 웅계성의 검을 피하며 흑사편을 앞으로 잡아당겼다.

그러자 피투성이로 변한 웅계성의 왼팔에 감겨 있던 흑사편의 끝부분이 갑자기 두 개로 갈라지며 그의 목을 휘감아 오는 것이 아닌가? 바로 악독하기로 유명한 쌍두사의 초식이 다시 펼쳐진 것이다.

그것은 너무도 순식간에 벌어진 일인지라 웅계성의 검이 헛되이 허공을 찌르고 지나갔을 때는 이미 흑사편의 갈라진 반대쪽 머리는 웅계성의 목에 거의 도달해 있었다. 누가 보기에도 웅계성의 목은 흑사편에 그대로 휘감겨 버리고 말 것 같았다.

바로 그때였다.

갑자기 웅계성은 허공을 찌르고 지나간 검을 그대로 놓으며 검을 들었던 오른손으로 자신의 목을 감아오는 흑사편의 머리를 덥석 움켜잡았다. 그의 오른손이 한 마리 검은 뱀에 칭칭 감긴 듯한 형상을 이루며 금세 붉은 피를 흘려 내고 있었다.

곽당은 그가 설마 양쪽 손을 희생하며 자신의 흑사편 두 조각을 모두 잡으리라고는 생각지 못했는지 몸을 움찔했다. 그 순간 웅계성은 피투성이로 변한 양쪽 손에 흑사편 두 가닥을 감은 채로 그의 가슴을 향해 뛰어들었다.

쾅!

곽당이 미처 피할 사이도 없이 응계성의 왼쪽 어깨가 곽당의 앞가슴을 사정없이 가격했다.

"욱!"

곽당의 몸이 휘청거리며 두 눈에 경악과 고통의 빛이 떠올랐다.

하나 그가 채 정신을 가다듬기도 전에 응계성은 다시 양쪽 팔꿈치로 그의 겨드랑이 부분을 맹렬하게 찍어 왔다. 곽당은 황급히 몸을 비틀어 피하려 했으나 두 사람의 거리가 너무 가까워 완벽하게 피하지 못하고 왼쪽 겨드랑이를 격중당하고 말았다.

우두둑!

갈비뼈 부러지는 소리와 함께 곽당의 허리가 앞으로 수그러졌다.

응계성의 팔꿈치가 겨드랑이에 깊숙이 꽂히는 순간 곽당은 창으로 옆구리를 관통당하는 듯한 충격에 입을 딱 벌렸다. 응계성은 다시 흑사편이 감겨 있는 두 팔로 그의 목을 끌어안았다. 피에 묻은 흑사편이 응계성의 두 팔과 곽당의 목을 함께 조이고 있었다.

"크윽!"

곽당의 입에서 답답한 신음성이 흘러나오는 순간, 응계성은 그의 목을 끌어안으며 무릎으로 있는 힘껏 그의 아래턱을 강타해 버렸다.

쾅!

마치 쇠망치로 벽을 부수는 듯한 소리가 흘러나왔다.

곽당은 몸이 허공으로 반쯤 붕 떴다가 허물어지듯 앞으로 고꾸라지고 말았다. 이미 그의 아래턱은 흐물흐물해져서 부서진 이빨과 잘려진 혀 조각이 시뻘건 선혈과 함께 꾸역꾸역 흘러나오고 있었다.

하나 응계성은 아직도 성이 차지 않는지 다시 반대쪽 무릎으로 쓰러지는 그의 얼굴을 가격했다.

퍽! 퍽!

응계성은 마치 미친 사람처럼 곽당의 목을 끌어안은 채 양쪽 무릎으로 그의 얼굴과 앞가슴을 몇 번이고 가격하고 있었다.

그때 하나의 그림자가 빠르게 그의 뒤로 다가왔다.

"됐어요, 사형. 끝났어요."

낙일방은 그의 몸을 힘껏 끌어안았다.

응계성은 벌겋게 핏발이 선 눈으로 그를 돌아보았다. 낙일방은 그가 훌쩍 도망가기라도 할까 봐 두려운지 그의 몸을 꼬옥 끌어안으며 그의 귀에 대고 소리쳤다.

"사형이 이겼어요. 정말 멋지게 해치웠다구요."

응계성의 입과 코에서는 시커먼 핏물이 뚝뚝 떨어지고 있었다. 응계성은 그런 채로 낙일방을 노려보며 거친 숨을 몰아쉬었다.

"이제 끝났다고? 내가 이겼다고?"

낙일방은 눈물이 그렁그렁한 얼굴로 그의 등을 안으며 고개를 끄덕였다.

"그래요. 정말 사형다운 솜씨였어요."

응계성은 그의 말이 들리지 않는지 양손에 여전히 흑사편을 감은 채로 넋 나간 사람처럼 중얼거렸다.

"내가 이겼단 말이지? 난 지지 않았어……."

"그래요. 사형은……."

응계성은 얼굴을 일그러뜨리더니 서서히 뒤로 쓰러지기 시작했다.

"그런데 팔이 너무 아프군……."

낙일방은 황급히 그의 몸을 부둥켜안았다. 응계성은 정신을 잃으면서도 끊임없이 중얼거리고 있었다.

"난 지지 않았어. 난 지지 않아…… 절대로 지지 않아……."

그의 몸은 곧 축 늘어져 버렸다.

낙일방은 아직도 곽당의 목을 휘감고 있는 응계성의 팔을 풀고 그의 팔에 감겨 있는 흑사편을 벗겨 냈다. 흑사편이 풀어지며 드러난 응계성의 팔은 도저히 눈을 뜨고 볼 수 없을 정도로 처참한 모습이었다.

그의 양쪽 팔은 넝마 조각이나 다름없었다. 가공할 위력을 지닌 흑사편을 맨손으로 움켜잡은 바람에 피부가 갈가리 찢겨졌을 뿐 아니라 뼈가 드러날 정도로 심각한 상처를 입고 있었다.

이런 상태로 곽당 같은 고수를 쓰러뜨렸다는 것이 믿어지지 않을 정도였다.

상원건이 황급히 다가와 응계성의 양쪽 소매를 뜯은 후 상처에 금창약(金瘡藥)을 꺼내 바르기 시작했다. 응계성은 기절한 와중에도 상처에 금창약이 닿자 고통스러운지 몸을 비틀며 신음을 토해 냈다.

"으음……."

상원건은 한숨을 내쉬었다.

진산월의 말대로 응계성은 최후의 순간까지도 그들의 기대를 저버리지 않았다.

하나 그의 방법은 너무도 무모한 것이었다.

응계성은 병기의 싸움으로는 도저히 곽당을 당해 낼 수 없다고 생각하고 자신의 양팔을 희생하여 육박전을 전개한 것이다. 곽당이 비록 강호에 오랫동안 명성을 날린 고수라고 하나 흑사편이 아닌 맨손으로 남과 접근전을 펼쳐 본 경험은 거의 없는 상태였다. 따라서 그는 응계성의 팔꿈치와 무릎 공격을 당해 내지 못하고 쓰러지고 만 것이다.

상원건이 힐끗 돌아보니 곽당의 모습은 응계성보다 훨씬 더 참혹했다.

곽당은 갈비뼈가 부러지고, 목을 제압당한 상태에서 아래턱과 앞가슴을 응계성의 무릎에 거푸 가격당해서 턱이 부서지고 가슴뼈가 함몰된 상태였다. 운문세가의 네 명의 백의 청년들이 황급히 그의 상처를 지혈하고 뼈를 맞추고 있었으나, 설사 살아난다 해도 결코 예전의 모습을 되찾지 못하리라는 것은 너무도 분명한 사실이었다.

장내에는 일순 무거운 침묵이 감돌았다.

승리를 거둔 종남파의 고수들도 응계성의 부상 때문에 무거운 표정들이었고, 운문세가 측에서는 침통한 분위기가 감돌고 있었다.

진산월은 응계성의 상세를 살피고 있는 상원건을 향해 물었다.

"계성의 팔은 어떻습니까? 정상으로 돌아올 수 있겠습니까?"

상원건은 응계성의 팔을 요리조리 살펴보고는 진산월을 올려다보며 히죽 웃었다.

"세상에 이토록 무모하고 난폭한 싸움은 아직 본 적이 없었소. 진 장문인의 사제는 정말 거친 사람이오. 하지만 운이 좋게도 팔의 신경은 상하지 않았소. 피육(皮肉)이 갈라지고 뼈에 금이 갔지만, 잘만 치료한다면 다시 예전처럼 검을 잡을 수 있을 거요."

진산월은 담담한 표정으로 고개를 끄덕였다.

"다행이군요."

그는 그 말만을 내뱉고는 몸을 돌려 버렸다.

상소홍은 그의 모습이 너무나 매정한 것 같아 자신도 모르게 입술을 삐죽거렸다.

'쳇. 자기 때문에 사제가 저 꼴이 되었는데 기껏 한다는 말이 저 말 뿐이야? 보기에는 그렇지 않았는데 정말 못된 사람이군.'

하나 그녀는 알지 못할 것이다.

장내에서 응계성의 상세를 가장 염려하는 사람이 바로 진산월이며, 그의 마음이 지금 얼마나 초조하고 가슴 아픈지를……

단지 진산월은 그런 마음을 겉으로 내색하는 성격이 아니었으며, 문파의 보다 나은 미래를 위해서라면 응계성의 희생을 기꺼이 감수할 각오를 지니고 있었을 뿐이었다.

진산월은 천천히 운룡신거를 향해 다가갔다.

"이번 내기는 우리가 이긴 것 같구려."

운룡신거에서는 한동안 아무런 대답도 흘러나오지 않았다.

천하의 운자추도 사태가 이런 결말을 맞게 되리라고는 상상치 못했음이 분명했다.

한참 후에 흘러나온 운자추의 음성은 다소 냉랭한 빛을 담고 있었다.

"과연 종남파가 십여 년 만에 다시 강호에 모습을 드러낸다 싶었는데 그 이유가 있었군. 하지만 그런 식으로 강호의 일을 처리한다면 얼마 못 가 종남파에는 남아 있는 사람이 없을 거요."

진산월은 조용히 웃었다.

"우리에게는 우리 나름의 방식이 있소. 굳이 귀하가 염려해 줄 필요는 없는 거요."

"물론 그렇겠지. 아무튼 오늘 일은 당신이 이겼소."

"그럼 동중산을 내주시오."

운자추는 짤막하게 소리쳤다.

"소일(少日). 그를 그들에게 넘겨주어라."

그러자 백의 청년들 중 가장 나이가 많은 청년이 허리를 조아리고는 동중산을 끌고 왔다. 동중산은 혈도가 짚인 채로 눈알만 뒤룩뒤룩 굴리고 있었다.

진산월이 정해에게 눈짓을 하자 정해는 앞으로 다가와서 백의 청년의 손에서 동중산을 건네받았다. 백의 청년은 분노와 살기가 범벅된 눈으로 진산월과 정해를 쏘아보다가 동중산을 휙 던지듯 정해에게 넘겨주고는 휑하니 몸을 돌려 운룡신거로 돌아가 버렸다.

정해는 동중산을 옆구리에 끼고 진산월에게로 다가와서 나직한 음성으로 물었다.

"이자를 어떻게 할까요?"

진산월은 묵묵히 동중산을 쳐다보았다. 동중산은 그때까지도 눈알을 이리저리 굴리며 눈치를 살피고 있는 듯한 모습이었다. 진산월이 자신을 빤히 쳐다보자 동중산은 그를 향해 웃어 보이려 했으나 혈도가 짚여 얼굴 표정을 마음대로 바꿀 수가 없었다.

그때 진산월이 갑자기 그를 향해 불쑥 손을 내뻗었다. 동중산은 그가 자신을 해치려는 줄 알고 눈빛이 파르르 떨렸다. 하나 다음 순간, 그는 막혔던 혈도가 풀리며 자신의 몸이 자유스럽게 된 것을 깨닫고 어안이 벙벙해졌다.

그는 좀처럼 실감나지 않는다는 듯 우두커니 있다가 정해가 자신의 몸을 놓자 그제야 바닥에 내려서며 어색한 웃음을 떠올렸다.

"정말 고맙소……."

진산월은 담담한 음성으로 입을 열었다.

"당신은 이제 그만 가 보시오."

그 말에 종남파의 문인들은 물론이고 운문세가의 고수들도 모두 깜짝 놀란 표정들이었다. 동중산도 뜻밖이었는지 눈을 크게 뜨고 멀거니 진산월을 쳐다보았다. 하나 진산월의 얼굴에는 별다른 표정이 떠올라 있지 않아서 그가 지금 무슨 생각을 하고 있는지 도무지 짐작조차 할 수 없었다.

응계성이 악전고투 끝에 간신히 쟁취한 동중산을 진산월이 순순히 놓아주리라고는 누구도 예상치 못한 일이었다.

동중산은 진산월의 의중을 파악하려는 듯 한동안 날카로운 눈으로 진산월을 응시하다가 이내 고개를 갸웃거렸다.

"정말 가도 되겠소?"

"물론이오. 우리는 당신과 어떠한 은원(恩怨)도 없으니 당신을 잡아 둘 이유가 없지 않소?"

말이야 바른 말이었다.

하나 동중산은 자꾸 머뭇거리고 있었다. 그가 지금까지 강호를 살아온 경험으로 비추어 보건데, 이럴 때일수록 무언가 함정이 있거나 자신이 미처 알아채지 못한 은밀한 계략이 숨어 있기 일쑤였다. 하나 아무리 생각해 보아도 별다른 것을 떠올릴 수 없었다.

동중산은 몸을 돌려 떠나려다 다시 진산월을 쳐다보며 물었다.

"정말 후회하지 않을 거요?"

진산월은 희미하게 웃었다.

"당신은 정말 늙은 쥐처럼 의심이 많구려. 안심하고 가 보시오. 후회를 해도 그건 내 일이니, 당신이 걱정할 필요가 없소."

동중산은 자신을 늙은 쥐로 비유하는 진산월의 말에도 화를 내기는커녕 오히려 더욱 미혹에 빠져든 듯한 표정이 되었다.

하나 진산월은 이미 그에게서 몸을 돌려 운룡신거를 향해 돌아서고 있었다.

운자추의 음성이 들려왔다.

"당신은 그가 무엇 때문에 사람들에게 쫓기고 있었는지 아시오?"

진산월은 고개를 저었다.

"알지 못하오."

"그런데도 그를 순순히 보내 주었단 말이오?"

"우리가 아는 것은 단지 그가 자신의 자유의사와는 상관없이 남에게 억압당하고 있었다는 것뿐이오. 만약 그가 남의 물건을 강탈해 갔거나 무림에 해악(害惡)이 되는 나쁜 짓을 저질렀다면 모르지만, 단순히 몸에 기진이보(奇珍異寶)를 가지고 있는 것만으로 그런 일을 당했다면 그것은 강호의 도의에 어긋나는 것이오."

운자추는 냉랭하게 웃었다.

"과연 나보살다운 말이로군. 하지만 그가 지니고 있는 것은 단순한 기진이보가 아니오. 그리고 그가 원주인이었던 것도 아니었소. 당신이 애초부터 물건에 욕심이 없었다면 이런 식으로 일에 끼어든 것은 너무도 경솔한 일이었소."

진산월도 자신들의 행동이 경솔했다는 것은 알고 있었다.

하나 그것은 진산월의 잘못이 아니라 낙일방의 성급함 때문이었다. 그리고 진산월은 이제 와서 굳이 그 점에 대해 변명할 생각은 없었다.

진산월은 한 차례 주위를 둘러보았다.

"이곳의 풍광(風光)은 몹시 마음에 들어서 마음 같아서는 조금 더 구경하고 싶지만, 주위에 눈들이 많아서 거추장스럽구려. 운 공자께서 저들을 잘 타일러 주리라 믿소."

그 말에 중인들은 퍼뜩 정신이 들어 주위를 둘러보았다. 과연 용문석굴의 구석구석에 숨어 있는 많은 고수들의 숨결을 어렵지 않게 느낄 수 있었다. 그 수는 조금 전보다 오히려 늘어난 것 같았다.

게다가 이미 떠난 줄 알았던 혁련삼마저 한쪽에서 날카로운 안광을 뿌리며 그들 쪽을 쏘아보고 있었다.

　언제 나타났는지 혁련삼의 옆에는 머리가 허옇고 얼굴이 붉은 화의 노인(華衣老人)이 우뚝 서 있었다. 화의 노인의 인상은 온화한 학자(學者)의 모습이었으나, 때때로 번뜩이는 눈빛이 흉악하기 이를 데 없는 것으로 보아 겉모습과는 달리 사악한 마음의 소유자임이 분명해 보였다.

　두 사람은 낮은 목소리로 무어라 소곤거리면서 연신 진산월 쪽을 응시하고 있었다.

　정해는 그들이 왜 자신들 쪽을 쳐다보는 걸까 하고 궁금해서 고개를 돌리다가 깜짝 놀랐다. 동중산이 아직도 떠나지 않고 머뭇거리며 진산월의 뒤에 서 있었던 것이다.

　"아니, 당신은 왜 가지 않았소?"

　정해가 불쑥 묻자 중인들의 시선이 모두 동중산에게로 향했다.

　동중산의 얼굴에는 한 차례 쓰디쓴 웃음이 떠올랐다.

　"이걸 일컬어 늑대 입을 나와서 호랑이 품속으로 뛰어든다고 하는 거요."

　"그게 무슨 말이오?"

　"이 주위에는 이미 고수들이 잔뜩 몰려 있어 호시탐탐 나를 노리고 있소. 그러니 내가 이곳을 떠나기만 하면 그들이 굶주린 늑대 떼처럼 몰려들 것이 뻔한데 어찌 떠날 수 있겠소?"

　듣고 보니 과연 일리가 있는 말이었다.

　다른 사람은 몰라도 혁련삼은 절대로 동중산을 포기하지 않을 게 분명했다. 더구나 이번에는 혁련삼의 일행인 듯한 화의 노인마저 가세했으니 그가 순순히 물러서지 않을 것은 불을 보듯 뻔한 일이었다.

그렇다고 언제까지고 무작정 이곳에 눌러 있을 수만도 없었다. 진산월이야 그에게 별다른 욕심이 없다고 해도 운자추는 그를 노리고 있었으니 언제 마음이 변해 그를 다시 빼앗으려 할지 몰랐다.

동중산으로서는 그야말로 진퇴양난(進退兩難)에 빠진 꼴이 되고 말았다.

제 17 장

도룡거사(屠龍居士)

제17장 **도롱거사** *(屠龍居士)*

갑자기 동중산은 진산월을 향해 다가오며 말했다.

"진 장문인. 한 가지 제안할 것이 있소."

진산월은 조금도 놀라거나 당황하지 않고 특유의 침착한 눈으로 그를 바라보았다.

"무엇이오?"

동중산은 비천호리라는 별호답지 않게 약간 머뭇거리다가 힘겹게 입을 열었다.

"진 장문인에게 한 가지 제안할 것이 있는데…… 들어주시겠소?"

진산월은 이미 그가 무슨 말을 하려는지 훤히 알고 있었으나 겉으로는 전혀 내색하지 않고 조용한 음성으로 말했다.

"말씀해 보시오."

"솔직히 지금의 내 능력으로는 이곳을 벗어나고 싶어도 불가능한 일이오. 그래서 말인데……."

동중산은 목소리를 한층 낮추어 진산월에게 소곤거렸다.

"나를 이곳에서 벗어나게 해 준다면 삼분지 일을 드리겠소."

"삼분지 일이라니?"

"그러니까…… 이번 일로 얻게 되는 소득의 삼분지 일을 주겠단 말이오."

"그게 무슨 말씀이오?"

동중산은 멀거니 진산월을 쳐다보았다.

"그렇다면…… 진 장문인께서는 정말로 이번 일의 내막을 전혀 모르고 끼어드셨단 말씀이오?"

"물론이오."

진산월이 태연히 고개를 끄덕이자 동중산은 어처구니가 없는지 반쯤 입을 벌린 채 한동안 멍하니 진산월을 응시하고 있었다.

그는 조금 전에 진산월이 운자추와 하는 대화를 듣기는 했으나, 사실은 진산월이 내막을 알면서도 시치미를 떼고 있다고 생각했던 것이다. 그렇지 않았다면 종남파가 자신 때문에 운문세가를 적으로 만들면서까지 이번 일에 개입하지는 않았을 것이다.

그런데 지금 진산월의 말과 표정을 보니 진정으로 그는 이번 일에 대해 전혀 모르고 있었음이 분명해 보였다. 혹시나 하여 종남파의 다른 고수들의 표정도 슬쩍 살폈으나 그들 또한 의아한 눈으로 자신을 쳐다보고 있을 뿐이었다.

'이런 한심한 작자들이 있나? 하남성 일대를 뒤흔들고 있는 이

런 일도 모르고 있었다니…….'

동중산은 자신의 처지도 잊은 채 오히려 답답하다는 표정을 지었다.

"그것은…… 에…… 말하자면 긴 이야기요. 일단 이곳을 벗어나면 자세히 말씀해 드리겠소."

동중산이 급하게 서두르면 서두를수록 진산월은 느긋한 표정이 되었다.

"어떤 일인지도 모르고 무작정 귀하의 제안을 받아들이란 말이오?"

동중산은 기분 같아서는 꽥 소리라도 지르고 싶었으나 억지로 눌러 참으며 재빠른 음성으로 말했다.

"절대로 종남파에게 손해나는 일은 아니오. 오히려 종남파를 다시 예전의 거대 문파로 키울 수 있는 초석(礎石)을 만들지도 모르는 일이오."

그렇게까지 말했는데도 진산월은 별로 탐탁치 않는 듯한 모습이었다.

"본 파의 부흥을 위해 귀하에게 손을 벌릴 생각은 조금도 없소."

동중산은 절로 마음이 다급해져서 언성이 조금 높아졌다.

"내 말은 절대로 거짓이 아니란 말이오. 정말 이번 일만 잘되면 종남파는……."

"본 파는 남의 도움을 바라지 않소."

진산월의 음성은 비록 크지 않았으나 묘한 위엄을 담고 있었다.

동중산은 급히 입을 다물었다.

하나 그의 머릿속은 몇 배나 빠르게 회전하고 있었다.

'정말 앞뒤가 꽉 막힌 작자로군. 그나저나 이거 큰일 났는걸. 이 자가 도와주지 않으면 도저히 이곳을 벗어 나갈 길이 없는데……'

동중산은 아무리 생각해도 진산월의 도움을 받는 수밖에 다른 방법이 없었다. 하나 진산월은 더 이상 그를 위해 손을 내뻗을 의향이 없는 듯했다.

게다가 막대한 이득이 눈앞에 떨어진다고 하는데도 전혀 반응이 없으니 동중산으로서는 답답하기 이를 데 없는 노릇이었다. 그는 종남파를 다시 부흥시킬 수 있다는 말에도 시큰둥한 표정을 짓고 있는 눈앞의 이 장문인이란 작자가 도대체 어떻게 생겨먹은 위인인지 궁금해 죽을 지경이었다. 마음 같아서는 그의 머리를 해부하여 그 속에 무엇이 들었는지 들여다보고 싶은 심정이었다.

하나 어쨌든 시간은 초조히 흘러가고 뚜렷한 해결책은 보이지 않았다.

그러다 문득 동중산은 한 가지 방법을 생각해 냈다. 그것은 '무림의 여우'라는 동중산만이 떠올릴 수 있는 기발한 방법이었다.

동중산은 갑자기 진지한 표정으로 진산월을 쳐다보았다.

"진 장문인."

진산월은 정신없이 눈을 굴리던 동중산이 돌연 심각한 음성으로 자신을 부르자 이자가 또 무슨 수작을 부리려나 싶어 조용한 음성으로 물었다.

"왜 그러시오?"

동중산은 절체절명의 순간이라도 닥친 사람처럼 표정을 무겁게 굳히며 신중한 음성으로 물었다.

"종남파는 문호(門戶)를 닫았습니까?"

진산월은 고개를 저었다.

"그렇지 않소."

"그렇다면 문하 제자를 받는단 말씀입니까?"

"물론 그렇소. 한데 그건 왜 물으시오?"

동중산은 그 말에는 대답하지 않고 다시 급히 물었다.

"종남파에서 문하 제자를 받는 데 자격 요건이 까다롭습니까?"

"별로 까다로운 건 아니오. 본 파를 위해서 한 몸을 기꺼이 희생할 수 있고, 앞으로 본 파의 명예에 누를 끼치지 않을 각오라면 누구라도 제자가 될 수 있소."

동중산은 손뼉을 탁 쳤다.

"그렇다면 잘됐습니다."

돌연 동중산은 진산월을 향해 넙죽 절을 올리는 것이 아닌가?

"복건성 우계(尤溪) 태생의 소인 동중산은 감히 대종남파의 제자가 되기를 간청하는 바입니다."

진산월은 그가 종남파의 규율에 대해서 물을 때부터 혹시나 하는 마음이 들었다가 그가 막상 자신을 향해 대례(大禮)를 올리자 쓴웃음이 흘러나왔다. 정해를 비롯한 종남파의 고수들도 모두 어처구니가 없는지 서로 얼굴만 쳐다보고 있을 뿐이었다.

동중산은 진산월이 말릴 사이도 없이 잽싸게 삼배(三拜)를 올려 약식으로 배사지례(拜師之禮)를 취한 후 고개를 쳐들고 웃었다.

"헤헤…… 이제 저도 종남파의 제자가 된 것이지요?"

진산월은 고개를 흔들었다.

"그것으로는 안 되오."

"예?"

"본 파의 정식 제자가 되려면 먼저 조사상(祖師像)을 앞에 두고 향을 올려 충성의 서약(誓約)을 한 다음, 사부에게 배사지례를 하고 다시 술잔을 돌려 사문의 다른 어른들에게 가입했음을 인증받아야 하오."

동중산의 얼굴이 휴지 조각처럼 구겨졌다.

"그런 것 말고 유사시에 간편하게 하는 방법은 없습니까?"

진산월은 그를 뚫어지게 주시하다가 천천히 입을 열었다.

"한 가지 방법이 있소."

동중산은 귀가 번쩍 뜨이는지 급히 물었다.

"그게 무엇입니까?"

"약지(藥指)의 끝을 잘라 그 피를 술에 타서 돌려 마시는 것으로 대신 할 수가 있소."

그 말이 끝나기도 전에 동중산은 재빨리 품속으로 손을 집어넣어 작은 술병 하나를 꺼내 들었다. 그러더니 허리춤에서 소도(小刀)를 꺼내 자신의 왼쪽 약지를 살짝 벤 후 그 피를 술병에 따랐다. 피가 다섯 방울쯤 떨어지자 그제야 지혈한 후 술병을 몇 번 흔들더니 진산월을 향해 두 손으로 공손히 술병을 바쳤다.

"장문인께서 먼저 드십시오."

그야말로 번갯불에 콩 구워 먹는 격으로 빠르고 민첩한 행동이 아닐 수 없었다.

진산월은 묵묵히 동중산의 얼굴을 쳐다보고 있었다. 동중산은 고개를 푹 숙인 채 두 손으로 술병을 내밀고 있었다. 그저 진산월의 처분만 바란다는 모습이었다.

　종남파의 모든 제자들은 침을 꿀꺽 삼킨 채 진산월의 다음 행동을 초조히 기다리고 있었다. 문파 제자를 받는 것은 장문인의 고유 권한이기 때문에 다른 누구도 간섭할 수 없었다. 하나 그들의 눈은 어서 빨리 거절하라는 간절한 염원의 빛을 담고 있었다.

　동중산은 강호에서 약삭빠르기로 소문난 인물이었다. 게다가 지금은 많은 무림인들의 표적이 되어 있어서 그야말로 움직이는 화약고(火藥庫)라고 할 수 있는 상태였다. 만에 하나라도 그런 인물을 문하 제자로 받아들이게 된다면 그 뒷감당을 하기란 결코 쉬운 일이 아닐 것이다.

　상원건도 흥미진진한 얼굴로 진산월과 동중산을 번갈아가며 바라보았다. 그는 사태가 이렇게까지 진행되리라고는 전혀 예상치 못하고 있었으나, 아무튼 일이 무척 재미있게 되었다고 생각하고 있었다.

　과연 진산월은 동중산을 받아들일 것인가, 거절할 것인가?

　어느 쪽이든 앞으로의 사태는 전혀 예측할 수 없는 방향으로 흘러갈 것이다.

　그때 진산월이 천천히 입을 열었다.

　"무릎을 꿇으시오."

　그의 음성은 평소와는 달리 무겁고 묵직하게 가라앉아 있었다.

　동중산은 황급히 무릎을 꿇고 머리를 소아렸다. 그러면서도 어전히 두 손으로 술병을 머리 위로 들어 올린 자세로 있었다. 마치 그 자세를 허물어 버리면 진산월이 자신을 종남파의 문하로 받아들이지 않기라도 하는 것처럼 제법 진지한 모습이었다.

진산월의 얼굴에는 엄숙한 빛이 떠올라 있었다. 그는 두 눈을 지그시 감고 입 속으로 무어라고 웅얼거리고는 천천히 눈을 떠 동중산을 내려다보았다. 이어 그는 서슴없이 동중산이 내민 술병을 받아 들었다.

그 광경을 보자 정해는 한숨부터 흘러나왔고, 다른 사람들은 모두 안색이 변해 버렸다.

진산월은 술병을 들어 먼저 동중산의 주위 바닥에 약간 뿌린 다음 한 모금을 들이켰다. 그런 연후에야 비로소 입을 열었다.

"삼고두(三叩頭)를 해라."

동중산은 그가 대뜸 하대를 하자 순간적으로 몸을 움찔거렸으나 순순히 무릎을 꿇은 자세로 양손을 가지런히 머리 위로 모은 채 세 번 머리를 조아렸다.

원래 삼고두란 문파에 가입할 때 조사(祖師)의 위패에 예(禮)를 취하는 것으로, 머리를 바닥에 부딪쳐 소리가 나도록 절을 해야 하기 때문에 그런 이름이 붙게 되었던 것이다. 하나 이곳은 위패도 없고 바닥도 그냥 땅바닥이라 동중산은 머리를 바닥에 살짝 갖다 대는 것으로 삼고두를 대신했다.

그러자 진산월이 한층 엄격한 음성으로 말했다.

"다시 삼고두."

동중산은 힐끗 그를 올려보았다. 진산월은 항상 입가에 부드럽고 온화한 미소를 머금고 있었으나, 지금 동중산을 내려다보는 눈길은 사납고 험악해 보였다. 특히 굳게 다문 입술과 각진 턱이 아래에서 올려다보니 유난히도 강인하게 느껴졌다.

'제길. 이렇게 된 이상……'

동중산은 그의 모습에 찔끔 놀라 마음을 모질게 먹고 바닥에 머리를 세차게 부딪치며 절을 했다.

쿵! 쿵! 쿵!

일부러 그가 더욱 세게 머리를 찧는 바람에 바닥에 머리를 부딪치는 소리가 제법 멀리까지 퍼져 나갔다. 그제야 진산월은 안색이 조금 풀어졌다.

"원래는 스승께 구배지례(九拜之禮)를 올려야 하나, 아직 너의 스승이 정해지지 않았으므로 구배지례는 다음으로 미루겠다."

동중산은 그를 올려다보았다.

"그럼……"

진산월은 담담하면서도 엄격한 표정으로 고개를 끄덕였다.

"이제 너는 본파의 이십이 대(二十二代) 제자가 되었다."

젊은 진산월이 자기보다 훨씬 나이가 많은 동중산에게 하대를 하는 모습은 왠지 어색해 보였다. 동중산도 약간은 계면쩍은지 잠시 머뭇거리다가 물었다.

"장문인께선 몇 대이십니까?"

"나는 종남파의 이십일 대 장문인이다. 조만간 네 사부를 정해 줄 테니 그리 알아라."

동중산의 얼굴이 약간 우거지상으로 변했다. 동중산의 나이는 삼십대 중반이 넘었는데, 진산월의 아래 항렬로 들어가게 되었던 것이다. 진산월뿐 아니라 정해와 낙일방 등 그의 사형제 모두가 그에게는 사숙(師叔)이 되어 버린 것이다.

비록 동중산이 위기에서 벗어나기 위해 임시방편으로 종남파의 제자가 될 생각을 한 것이었으나, 자신보다 훨씬 어린 사숙들을 두게 되었으니 그의 입맛이 쓸 수밖에 없었다.

하나 그것은 당연한 일이었다. 진산월의 사부인 태평검객 임장홍이 살아 있었다면 그의 제자로 들어갈 수도 있었겠으나, 임장홍이 죽고 진산월이 종남파의 가장 웃어른이 된 이상 동중산이 아니라 그보다 더한 사람이라 해도 종남파에 가입하기 위해서는 진산월의 아래 항렬이 되는 수밖에 없었다.

'어쨌든 상관없다. 이곳을 벗어나기만 하면 종남파 따위와는 만날 일도 없으니 배분이야 어찌 되었건 신경 쓸 필요 없겠지.'

동중산은 그렇게 생각하며 눈알을 뒤룩뒤룩 굴렸다.

그때 낙일방과 정해 등이 그를 향해 다가왔다.

낙일방은 그의 얼굴을 요모조모 뜯어보다가 히죽 웃었다.

"늙은 사질(師姪), 축하해."

동중산의 눈꼬리가 꿈틀거리며 하늘 높이 치켜 올라갔다.

'축하한다고? 이런 대가리에 피도 안 마른 자식이 감히 반말을 해?'

하나 그가 채 성을 내기도 전에 이번에는 정해가 그를 향해 미소 지었다.

"아무튼 처음으로 생긴 사질이니 반갑다고 해야겠지. 앞으로 잘해 봅시다.”

정해는 그의 어깨를 툭 두드렸다. 동중산의 얼굴이 몇 차례 붉으락푸르락하게 변했다. 배분이 그들보다 한 배(輩) 뒤지니 그들이 아랫사람 대하듯 하는 것을 감수해야겠지만, 아무리 강호의 여우라 불리는 동중산이라 해도 그것은 결코 쉬운 일이 아니었다.

상원건은 이 광경을 보고 우습기도 하고 한편으로는 걱정이 되기도 했다.

‘저거야말로 제 꾀에 제가 당한 꼴이로군. 그나저나 동중산이 결코 순순히 종남파의 제자로 남아 있으려 하지 않을 텐데, 그가 무슨 생각으로 저자를 받아들였는지 궁금하군.’

상원건이 슬쩍 진산월을 쳐다보자 진산월은 곰곰이 무언가 생각에 잠겨 있는 듯한 모습이었다.

머리가 복잡한지 그는 뒤통수를 긁적거리기도 하고 어깨를 으쓱거리기도 했다. 그때 지금까지 아무런 말이 없던 임영옥이 그를 향해 다가왔다.

“사형.”

진산월은 그녀를 돌아보고는 이내 빙긋 웃었다.

“사매, 걱정이 돼서 그래?”

임영옥은 별빛같이 영롱한 눈으로 그를 빤히 쳐다보다가 거의 알아차릴 수 없을 만큼 살짝 고개를 끄덕였다.

“저자는 결코 본 파가 좋아서 들어온 것이 아니에요. 하지만 사형은 사형대로의 생각이 있겠지요.”

“생각은 무슨. 다만 찾아오겠다는 사람을 거절한다는 것은 전통 있는 문파가 할 짓이 아닌 것 같아서 말이지. 적어도 사부님이었다면 동중산이 아니라 그보다 더한 인물이라도 찾아온 사람을 내쫓지는 않으셨을 거야."

"아버님이라면 물론 그러셨겠죠. 하지만 지금 본 파의 장문인은 사형이에요. 괜히 아버님을 생각해서 문파의 일을 결정할 필요는 없어요."

"나도 알아. 하지만 적어도 군림천하를 목표로 하고 있는 문파라면 동중산 정도의 인물은 충분히 다스릴 수 있어야겠지."

임영옥은 눈을 반짝이며 물었다.

"사형은 정말 저자를 다스릴 자신이 있어요?"

진산월은 빙그레 웃었다.

"그거야 해 봐야 알 일이고…… 아무튼 일단은 이곳을 벗어나는 게 급선무겠지?"

이어 그는 그녀에게 안심하라는 듯 한 차례 더 웃어 주고는 운룡신거로 시선을 돌렸다.

"어떻소? 이제는 슬슬 가야 할 때라고 생각되는데……."

운자추는 사태가 의외의 방향으로 전개되자 내심 당혹감을 느꼈는지 한동안 아무런 대꾸도 하지 않고 있었다. 하나 이내 운룡신거에서 그의 낭랑한 웃음소리가 들려왔다.

"하하…… 과연 당신은 재미있는 사람이오. 새로운 문하 제자를 맞게 된 것을 축하드리는 바이오."

진산월은 사람 좋아 보이는 웃음을 머금었다.

"나를 좋게 보아 주니 고맙소. 나도 운 공자가 자신이 내뱉은 약속은 잘 지키는 사람이라고 생각하고 있소."

"나는 물론 귀하를 실망시키지 않을 거요."

이어 운룡신거에서 갑자기 나직하면서도 힘 있는 운자추의 음성이 흘러나왔다.

"이 주변에 많은 고수들이 오신 것을 알고 있소. 하지만 이곳 용문 일대는 내 거처에서 멀지 않은 곳이라 본 운문세가에서 관할하고 있으므로, 본가의 체면을 보아 용문에서는 가급적 조용히 지내 주셨으면 하오."

그의 음성은 그리 크지 않았는데도 아주 멀리까지 퍼져 나가고 있었다. 원래 목소리에 공력을 실어 담아 보내는 것은 웬만큼 무공을 익힌 고수들이라면 어렵지 않게 할 수 있는 것이었으나, 지금처럼 나직한 음성을 또렷하게 사방으로 멀리 내보낸다는 것은 결코 아무나 할 수 있는 일이 아니었다. 이것만 보아도 운자추의 공력이 소문보다 결코 못하지 않음이 분명했다.

그러자 멀지 않은 숲 속에서 누군가의 음성이 들려왔다.

"운 공자의 말씀은 알아듣겠소. 그런데 용문 이외의 다른 곳에서는 어떻게 되는 거요?"

그자의 음성은 거칠고 카랑카랑했으나 강호 경험이 풍부한 사람이라면 그가 일부러 음성을 변조했다는 것을 어렵지 않게 알아차릴 수 있을 것이다.

운자추의 대답은 간단명료했다.

"나는 용문 밖에서의 일까지 관여할 생각은 추호도 없소."

그러자 카랑카랑한 음성은 이내 의미심장한 흥소를 날렸다.

"흐흐…… 운 공자의 뜻은 잘 알겠소. 다른 사람은 몰라도 나는 절대로 용문에서는 손을 쓰지 않을 거요."

그 말에 주위에서 숨어 있는 많은 고수들도 동조하듯 여기저기서 짤막한 음성이 흘러나왔다.

"나도 그렇소."

"우리도 운 공자의 의견을 존중해 드리겠소."

이곳에 모인 고수들의 수는 적지 않았고, 그들 중 상당수는 강호 무림에서 혁혁한 명성을 날리고 있는 인물들이었다. 그런데도 그들이 선뜻 운자추의 말에 협력하는 것은 운자추가 그만큼 상대하기 까다로운 고수이기 때문이었다. 게다가 그의 뒤에는 운문세가가 버티고 있으므로 누구도 함부로 그의 비위를 거스르려 하지 않았다. 더구나 운자추는 용문 밖에서의 일은 전혀 간여하지 않겠다고 공언(公言)했으니, 그들로서는 공연히 이곳에서 손을 써서 운문세가를 적으로 만들 필요가 없었던 것이다.

운자추는 다시 진산월을 향해 입을 열었다.

"이제 나는 약속을 지켰으니 당신들은 서슴없이 이곳을 떠나도록 하시오."

종남파 고수들의 안색에는 모두 분노와 낭패의 빛이 떠올라 있었다.

그들은 설마 운자추가 이와 같은 방법을 쓰리라고는 생각도 못하고 있었다. 말이야 약속을 지킨 것이지, 결국은 그들이 용문을 벗어나면 호랑이 아가리 속으로 들어가는 것과 마찬가지 상황이 아니겠는가?

그런데 진산월은 오히려 입가에 담담한 미소를 지은 채 선뜻 고개를 끄덕이는 것이 아닌가?

"고맙소. 그럼 우리는 이만 가 보겠소."

이어 누가 무어라고 할 사이도 없이 선뜻 몸을 돌리는 것이었다.

정해가 재빠르게 그에게 다가왔다.

"장문 사형. 이대로 이곳을 벗어나면……."

진산월은 가볍게 손을 들어 그의 말을 막았다.

"알고 있다. 하지만 그렇다고 언제까지고 이곳에 있을 수는 없지 않느냐? 떠나려면 지금이 가장 좋은 기회다."

정해는 평소에는 영리하고 총명한 인물이었으나 지금은 의아함을 참지 못하고 급히 물었다.

"좋은 기회라뇨?"

"이제 조금만 더 지나면 날이 어두워진다. 지금 출발하면 용문을 벗어날 때쯤에는 주위가 캄캄해져서 그들의 추격을 빠져나가기가 용이할 것이다."

"그러면 아예 어두워진 다음에 떠나는 게 더 좋지 않겠습니까?"

"더 지체하면 그들에게 오히려 기회를 주게 된다. 지금은 그들도 미처 용문 밖에 포위망을 만들지 못했을 것이므로 재빨리 행동한다면 의외로 수월하게 이곳을 벗어날 수 있을지도 모른다."

이어 진산월은 응계성이 있는 곳을 돌아보았다. 응계성은 여전히 정신을 잃은 채 바닥에 누워 있었으나 혈색은 조금 전보다는 한결 좋아진 상태였다.

진산월은 낙일방을 손짓해 불렀다.

"일방, 이리 오너라."

낙일방은 황급히 그에게 다가왔다.

"부르셨습니까, 장문 사형?"

진산월은 그의 눈을 똑바로 들여다보며 한 자 한 자 분명한 음성으로 입을 열었다.

"계성을 너에게 맡기겠다. 그를 책임질 수 있겠느냐?"

낙일방은 붉게 상기된 얼굴로 그를 마주 보며 자못 비장한 음성으로 대답했다.

"맡겨 주세요. 응 사형은 제가 반드시 털끝 하나 다치지 않게 지키겠습니다."

진산월은 한 차례 더 각별한 눈으로 그를 응시하고 있다가 그의 어깨를 가만히 두드려 주었다.

"너를 믿겠다."

낙일방은 평소와는 달리 진지한 표정으로 고개를 끄덕이고는 응계성에게로 달려갔다. 그는 자신의 옷자락을 길게 찢더니 부상을 당한 응계성의 팔이 겹질리지 않게 조심해서 그를 등 뒤에 업고는 자신과 응계성의 몸을 찢은 옷자락으로 칭칭 동여매었다. 그러고는 양손에 자신의 검과 응계성의 검을 나누어 쥐고는 몇 차례 흔들어 보았다.

진산월은 잠시 그 모습을 보고 있다가 다시 정해와 임영옥에게로 시선을 돌렸다.

"너는 선두를 맡고, 사매는 후미를 책임진다. 나는 정해의 뒤에서 그를 보조해 주겠다."

그때 상원건이 그에게 다가오며 물었다.

"후미를 여자에게 맡긴다는 건 너무 위험한 일 아니오? 괜찮다면 내가 맡았으면 하오만······."

진산월은 그를 돌아보며 담담한 음성으로 말했다.

"사매의 무공이라면 별탈이 없을 겁니다. 그보다 상 대협께서는 만약의 사태에 대비하여 낙일방과 응계성을 도와주셨으면 합니다."

상원건은 잠시 생각을 굴리다가 선뜻 고개를 끄덕였다.

"알겠소. 두 사람은 내가 잘 지켜보겠소."

이런 상태에서 후미를 맡는다는 것은 전체 일행의 안위(安慰)를 책임지는 중대한 일이었다. 따라서 그만큼 위험천만한 자리가 아닐 수 없었다. 상원건이 아무리 강호의 이름난 고수라고 해도 종남파의 입장에서는 엄연한 외인(外人)인 그에게 그런 일을 부탁할 수는 없었을 것이다.

게다가 진산월의 말대로 임영옥의 무공이라면 충분히 신뢰할수 있는 수준이 아닌가? 상원건이 보기에도 일전에 목격한 그녀의 무공은 결코 자신의 아래가 아니었던 것이다.

상원건은 상소홍을 이끌고 낙일방의 옆으로 갔고, 정해와 임영옥은 각기 일행의 가장 앞과 뒤로 위치를 잡았다. 이제 남은 사람은 동중산뿐이었다.

동중산은 한쪽에서 눈알을 뒤룩뒤룩 굴리며 이 광경을 힐끔거리고 있었다. 원래는 그도 다가가서 역할을 자청(自請)해야 정상이겠지만, 동중산은 마치 자신과는 전혀 상관없는 일인 양 멀찌감치 떨어져서 모른 척하고 있는 것이다.

진산월은 그에게로 시선을 돌리며 물었다.

"너는 앞에 있겠느냐, 뒤에 있겠느냐?"

동중산은 그가 자신에게 선택권을 주자 오히려 약간 당황하는 표정이었다. 사실 그는 진산월이 자신에게 어떤 일을 맡기든 핑계를 대어 빠질 생각이었다. 가급적이면 부상을 당한 응계성을 업고 있는 낙일방 부근에서 얼쩡거리며 기회를 엿보다가 포위망이 허술해지면 혼자서 소리 없이 내뺄 생각이었다.

그런데 진산월이 태연히 그에게 어디에 있을 거냐고 묻자 아무리 낯짝이 두껍고 뻔뻔한 그도 가장 안전한 한가운데 있겠다는 말이 선뜻 떨어지지 않았다.

그는 번개같이 머리를 굴리다가 제법 담대한 태도로 말했다.

"제자는 후미를 책임진 사고(師姑)님을 돕겠습니다."

겉으로 보기에는 자발적으로 가장 위험한 일을 자청한 것 같았으나, 사실은 나름대로의 치밀한 계산에 의한 판단이었다.

그의 생각으로는 아무래도 여자인 임영옥의 근처에 있으면 나중에 도망치는 것이 더 수월할 것 같았던 것이다. 물론 뒤에서 쫓아오는 고수들에게 꼬리를 잡힐 위험도 있었으나, 어차피 앞이든 뒤든 위험하긴 마찬가지일 테고 그럴 바에는 언제라도 쉽게 몸을 뺄 수 있는 뒤가 더 낫다는 것이 그의 생각이었다.

진산월은 그의 의중을 아는지 모르는지 선뜻 고개를 끄덕이며 승낙을 했다.

"좋다. 그럼 이제 출발을 하자."

그는 운룡신거에서 아직도 모습을 드러내지 않고 있는 운자추를 향해 가볍게 포권을 하고는 일행을 이끌고 움직이기 시작했다.

그와 함께 주위의 짙은 어둠속에서 수많은 인영들의 옷자락 스치는 소리가 들려오기 시작했다.

스스슥…….

그들의 수는 얼핏 보기에도 결코 적지가 않았다.

운룡신거 속에 있는 운자추를 비롯해 네 명의 백의 청년들은 진산월 일행이 떠날 때까지 그 자리에 미동도 없이 서 있었다. 진산월 일행은 이수 강변을 따라 남쪽으로 내려가고 있었다.

그들의 모습이 숲 속 너머로 사라지자 그제야 운룡신거 안에서 운자추의 침착한 음성이 흘러나왔다.

"혁련 노사께서는 저들을 쫓지 않을 생각이시오?"

그러고 보니 혁련삼은 화의 노인과 함께 여전히 처음의 위치에 그대로 서 있었다. 혁련삼은 운자추의 음성을 듣자 얼굴에 징그러운 미소를 떠올렸다.

"흐흐…… 그러는 운 대공자는 설마 저들을 순순히 보내 줄 생각이란 말인가?"

"나는 물론 그들을 무사히 보내 주기로 약속을 했으니 당연히 그럴 생각이오."

혁련삼의 입꼬리에 냉랭한 기운이 감돌았다.

"흐흐…… 다른 사람은 속여도 노부는 속이지 못하네."

"그게 무슨 뜻이오?"

"운 대공자가 그 물건을 얼마나 가지고 싶어 하는지 이미 환히 알고 있다네. 운 대공자는 절대로 동중산이 그 물건을 가지고 자신의 수중을 벗어나는 것을 가만히 두고 볼 사람이 아니네."

운자추는 잠시 입을 다물었다가 다시 낭랑한 웃음을 터뜨렸다.

"하하…… 혁련 노사께서 나에 대해 그토록 자세히 알고 있을 줄은 몰랐구려. 그렇다면 혁련 노사께서는 내가 어떻게 하리라고 보시오?"

혁련삼은 힐끗 자신의 옆에 서 있는 화의 노인을 돌아보았다. 그러자 미리 묵계(默契)가 되어 있기라도 한 듯 화의 노인이 한 앞으로 나서며 불쑥 입을 열었다.

"그거야 어렵지 않게 추측할 수 있는 일이지."

그의 음성은 부드럽고 온화했으나 말꼬리가 묘하게 비틀려져 있어서 듣는 사람의 마음에 괴이한 느낌을 불러일으키고 있었다. 마치 금시라도 새된 비명을 내지를 것 같은 나이 어린 새댁의 음성처럼 불안한 느낌을 주었던 것이다.

운자추는 이미 화의 노인의 정체를 파악하고 있는지 음성이 조금도 달라지지 않고 평온을 유지했다.

"변 대협(卜大俠)께서 멀리 선하령(仙霞嶺)을 떠나 이곳 용문까지 오셨는데 미처 마중을 나가지 못해 죄송합니다. 변 대협께선 무슨 고견(高見)이 있으신지요."

화의 노인은 운자추가 자신의 정체를 꿰뚫어보고 있음을 알고도 전혀 표정의 변화가 없었다.

"고견이랄 것은 없고, 단지 노부는 자네가 그들을 사지(死地)로 내몬 이상 필시 다른 복안(腹案)이 있을 거라고 생각할 뿐이네."

"제가 그들을 사지로 내몰다니요?"

"용문을 벗어나는 길은 오직 세 갈래뿐이네. 그중 어느 쪽을 가더라도 결국은 숨어 있는 고수들의 매복을 피할 수 없지. 자네는 그들이 별수 없이 다시 이곳으로 돌아올 거라고 생각하고서 떠나지 않고 있는 것이 아닌가?"

운룡신거에서는 잠시 침묵이 이어졌다.

화의 노인은 도룡거사(屠龍居士) 변천붕(卞天鵬)이라는 인물로, 심계가 깊고 무공이 측량할 수 없을 정도로 고강하여 누구나가 두려워 마지않는 무서운 고수였다. 그는 멀리 절강성(浙江省)의 선하령에 칩거하여 좀처럼 무림에는 모습을 드러내지 않는데, 오늘은 장강을 넘어 하남 땅에 나타났으니 실로 놀라운 일이 아닐 수 없었다.

운자추는 입을 다문 채 생각에 잠겨 있었다.

변천붕의 말이나 행동으로 보아 그도 동중산이 지닌 물건에 눈독을 들이고 있음이 분명해 보였다.

성미가 급하고 독선적인 혁련삼이 변천붕과 친분이 있다는 것은 운자추로서는 예상 밖의 일이었다. 혁련삼 하나라면 운자추도 충분히 상대할 자신이 있었으나, 변천붕마저 가세한다면 쉽사리 사태를 낙관할 수만은 없었다. 변천붕은 지략이 뛰어나고 심기가 깊어서 혁련삼보다 몇 배나 더 상대하기 까다로운 인물이었다.

한참 후에야 운자추는 천천히 입을 열었다.

"변 대협이 이 자리에 남아 계신 것은 단순히 그 일 때문만은 아닐 것 같은데……."

변천붕의 얼굴에 알 듯 모를 듯한 야릇한 미소가 떠올랐다.

"운 대공자의 눈치는 확실히 빠르군. 노부는 운 대공자에게 한 가지 제안할 것이 있어서 지금껏 기다리고 있었네."

"그러실 거라 생각했습니다. 서슴지 말고 말씀하십시오. 귀를 씻고 경청(敬聽)하겠습니다."

"노부는 자네가 그 물건을 얻을 수 있도록 도와주겠네."

"변 대협께서 원하시는 것은?"

변천붕의 눈에서 번갯불 같은 섬광 한 줄기가 뿜어져 나왔다.

"대신에 노부는 동중산을 데리고 가겠네."

운자추는 그의 말이 예상 밖인 듯 불쑥 되물었다.

"물건은 제가 가지고, 변 대협은 사람을 취하겠다는 말씀입니까?"

변천붕은 냉큼 고개를 끄덕였다.

"바로 그러하네. 자네에게는 전혀 손해나는 일이 아니라고 생각하는데…… 어떤가, 승낙하겠나?"

운자추는 다소 어리둥절하지 않을 수 없었다. 동중산이 가치가 있는 것은 그 물건을 가지고 있기 때문이었다. 물건이 없는 동중산은 거추장스럽고 귀찮은 존재일 뿐이었다. 그런데 대체 변천붕은 무슨 이유에서 물건 대신 동중산을 원하는 것일까?

운자추는 상대가 심계가 깊기로 이름난 변천붕이어서 그의 뜻 밖의 제안에 더욱 신경이 거슬렸다.

'대체 저 늙은이가 무슨 생각에서 이런 제안을 한 것일까?'

아무리 생각을 굴려 보았으나 결론은 마찬가지였다. 변천붕이 말한대로 자신으로서는 전혀 손해 볼 것이 없다는 것이다. 만약 제안을 거절하여 변천붕을 적으로 돌린다면 그보다 몇 배 어려운 일이 닥칠지 몰랐다. 변천붕의 의도가 어찌되었든 지금 가장 중요한 것은 더 늦기 전에 동중산에게서 물건을 입수하는 일이었다.

운자추는 마음을 결정하고 담담한 음성으로 입을 열었다.

"변 대협은 강호에 명성이 자자한 분이시라 스스로 말씀하신 약조는 다른 누구보다도 잘 지키시리라고 믿고 있습니다."

변천붕의 입가에 희미한 미소가 떠올랐다.

"노부도 자네가 일구이언(一口二言)을 하지 않는 사람이라는 것을 알고 있지. 그럼 이제 결정되었군."

운자추는 그의 얼굴에 떠올라 있는 야릇한 미소를 보자 다시 마음이 불안해졌으나 이미 엎질러진 물이었다.

"좋습니다. 그런데 변 대협께서는 어떻게 동중산을 잡을 생각이십니까?"

"동중산은 약기가 여우와 같고 심성이 사갈(蛇蝎)과 같은 자일세."

"알고 있습니다."

"그런 동중산이 제 발로 종남파의 문하로 들어간 것은 그들의 힘을 빌려 이곳을 벗어나 보기 위한 발버둥일세."

그것은 굳이 변천붕이 말하지 않아도 운자추도 충분히 짐작하고 있는 사실이었다.

변천붕은 쉴 사이 없이 다시 입을 열었다.

"그러니 동중산은 기회를 보아서 그들에게서 빠져나와 도망치려 할 걸세."

운자추는 맞장구를 쳤다.

"틀림없이 그럴 겁니다."

"그래서 그는 다시 이곳으로 돌아올 게 분명하네."

그의 말은 앞뒤가 맞지 않았다. 위기에서 벗어난 동중산이 무엇 때문에 다시 호랑이 굴 속 같은 이곳으로 돌아온단 말인가?

하나 운자추는 전혀 그렇게 생각하고 있지 않은 게 분명했다.

그는 오히려 짤막한 탄성을 토해 냈다.

"음! 변 대협도 짐작하고 계셨군요."

변천붕은 고개를 끄덕였다.

"자네가 그를 잡고 있다가 순순히 종남파에 넘겨주었을 때 알아차렸지. 동중산은 몸에 그 물건을 지니고 있지 않았겠지?"

"확실히 그렇습니다. 저는 곽당이 종남파의 고수와 싸우는 동안에 사람을 시켜 그의 몸을 뒤져 보게 했지만 그의 몸에는 아무것도 없더군요."

"그래서 자네는 선뜻 그를 그들에게 인도한 것이로군."

"그렇습니다."

"그 약아빠진 동중산은 자신이 붙잡힐 경우를 생각해서 그 물건을 다른 곳에 숨겨 둔 게 확실하네. 하지만 그는 계속 이곳 용문 일대를 벗어난 적이 없으므로 그가 물건을 숨겨 둔 장소는 이 근처일 수밖에 없네."

"저도 그렇게 생각합니다."

변천붕은 운룡신거를 바라보며 빙긋 웃었다.

"그래서 자네는 이곳을 지키고만 있어도 조만간에 동중산이 다시 돌아오리라고 생각한 거겠지. 하지만 자네의 생각은 한 가지가 잘못 되었네."

운자추는 궁금한 듯이 물었다.

"그게 무엇입니까?"

"동중산은 잔머리를 굴리는 것으로는 강호에서도 손꼽히는 자일세. 그런 그가 자네의 수하들이 자신의 몸을 수색해서 물건이 없음을 알고 난 다음에 자신을 순순히 놓아준 것을 어떻게 생각하겠나?"

그 말에 운자추는 자신도 모르게 침음성을 토해 냈다.

"음……"

"그는 틀림없이 자신이 물건을 다른 곳에 숨겨 놓았다는 사실을 자네가 알고 있음이 분명하다고 생각할 걸세. 그런데도 자네가 기다리고 있을 게 뻔한 이곳으로 그가 다시 돌아올 리가 있겠나?"

그것은 운자추도 미처 생각지 못한 것이었다.

확실히 변천붕의 말대로 동중산은 운자추가 이곳에서 자신을 노리고 있다고 생각할 게 분명했다. 이곳 외에는 달리 물건을 숨겨 둘 만한 곳이 없기 때문이다.

그렇다면 동중산은 결코 쉽사리 이곳으로 돌아오지 않을 것이다. 운자추로서는 언제까지고 마냥 그를 기다리고 있을 수만은 없기 때문에 결국 동중산을 생포하는 일은 당초 생각한 것만큼 수월하게 해결될 일이 아닌 것이다.

변천붕은 눈을 번쩍이며 말을 계속했다.

"또 하나 간과하지 않아야 할 것은 과연 동중산의 몸에 그 물건이 없는 것이 확실하냐 하는 것일세."

"그것은 사상검수의 수장(首長)인 소일이 확인해 보았습니다. 소일, 네가 직접 말씀드려라."

소일이 성큼 앞으로 나서며 딱 부러지는 음성으로 입을 열었다.

"나는 그자의 몸을 구석구석 빠지지 않고 뒤져 보았습니다. 심지어는 입속과 항문 부근까지 뒤져 보았으나 어떠한 물건도 발견하지 못했습니다."

변천붕은 아무렇지도 않은 표정으로 중얼거리듯 말했다.

"물론 자네는 그의 몸을 잘 뒤져 보았겠지. 하나 그의 몸속까지 들여다보지는 않았지 않는가?"

소일의 얼굴이 딱딱하게 굳어졌다.

"살아 있는 사람의 몸속을 어떻게 들여다본단 말입니까? 그리고 그것이 무슨 소용이 있겠습니까?"

"물론 일반적으로야 그럴 필요까지는 없겠지. 하지만 동중산은 워낙 교활한 놈이라 방심할 수가 없단 말일세."

이어 변천붕은 운룡신거를 향해 물었다.

"내가 알기로는 자네가 찾고 있는 물건은 하나의 열쇠라고 들었네. 그게 사실인가?"

운자추는 즉시 대답했다.

"그렇습니다."

"그것의 크기는 어느 정도인가?"

"어린아이의 손바닥만 합니다."

변천붕은 혼잣말처럼 중얼거렸다.

"그렇다면 삼키는 것도 결코 불가능한 일은 아니겠군."

그 말에 소일의 안색이 핼쑥하게 변했다. 그제야 변천붕이 말한 뜻을 알아차렸던 것이다. 동중산이 그 물건을 이미 삼켜 버렸다면 아무리 그의 몸을 뒤져도 발견하지 못한 것은 너무도 당연한 일이었다.

운자추는 이미 변천붕이 처음에 물건의 크기를 물었을 때부터 그 사실을 짐작하고 있었던 듯 침착한 음성으로 말했다.

"확실히 변 대협의 말씀이 옳습니다. 동중산이 그 물건을 자신의 뱃속에 넣어 가지고 다닐 수도 있겠군요."

"그렇게 귀중한 물건을 그가 다른 곳에 두고 다닌다는 건 별로 믿어지지 않는 일이지. 그러니 그가 이곳으로 돌아올 가능성은 거의 없다고 봐야 하지 않겠는가?"

운자추는 변천붕의 말에 일리가 있음을 시인하지 않을 수 없었다.

동중산의 성격으로 보아 그가 물건을 다른 곳에 숨겼을 확률보다는 자신의 몸속에 넣고 다닐 확률이 훨씬 높았다. 뿐만 아니라 설사 물건을 이 근처에 숨겼다 할지라도 이미 운자추가 기다리고 있음을 안 이상 단시일 내에는 절대로 돌아오지 않을 것이다.

이제 운자추는 자신의 생각이 확실히 잘못되었음을 깨달았다.

"그렇다면 변 대협께서는 어떻게 하실 생각이십니까?"

"동중산은 이곳을 벗어난 다음 종남파 고수들의 눈을 피해 달아날 걸세. 그런 연후 조용한 곳에 가서 뱃속의 물건을 몸 밖으로 배설하여 꺼내려고 하겠지."

그건 누구나 생각할 수 있는 일이었다.

"그러니 그를 잡기 위해서는 그가 종남파에서 도망쳐 혼자의 몸이 되었을 때가 가장 적합하네."

"하지만 그가 언제 도망칠지는 아무도 모르는 일 아니겠습니까?"

변천붕의 얼굴에 다시 예의 희미한 미소가 떠올랐다.

"그거야 우리 하기 나름이겠지."

변천붕의 말은 단순한 것 같았으나 그 속에는 깊은 뜻이 담겨 있었다. 운자추는 두뇌가 명석한 인물이었으므로 단번에 변천붕의 의중을 짐작할 수 있었다.

"변 대협의 말씀은 그가 도망가는 시기를 우리가 조종할 수도 있다는 것이로군요."

"확실히 자네와는 이야기하기가 쉽군. 그가 도망갈 수 있는 기회를 우리가 일부러 만들어 준다면 우리는 그의 행동을 사전에 파악할 수 있을 걸세."

"그를 우리가 원하는 시간에 도망치게 한 다음 그를 쫓으면 어렵지 않게 그를 생포할 수 있겠군요."

변천붕의 입가에 떠올라 있는 미소가 조금 더 짙어졌다.

"그렇지. 결국 그는 아무리 발버둥 쳐도 우리의 손 안을 벗어날 수 없을 걸세."

운자추는 변천붕의 계략이 확실히 탁월하다는 것을 인정하지 않을 수 없었다. 운자추는 잠시 생각에 잠겨 있다가 다시 물었다.

"변 대협께서는 무슨 수로 그를 도망치게 하실 생각이십니까?"

변천붕의 음성이 갑자기 낮게 가라앉았다.

"그것에는 자네의 도움이 필요하네."

"제 도움이 필요하다고요?"

"그렇지. 자네가 도와준다면 동중산에게 도망칠 기회를 주는 것은 결코 어렵지가 않네."

이어 변천붕은 전음으로 운자추를 향해 무어라고 소곤거렸다.

그의 말을 듣고 나서야 운자추는 변천붕이 왜 독자적으로 동중산을 잡을 생각을 하지 않고 자신과 손을 잡으려 했는지 그 이유를 짐작할 수 있었다. 변천붕의 계략은 확실히 절묘하기 그지없었으나, 그것은 운자추의 도움이 절대로 필요한 방법이었다. 만약 그의 도움이 필요치 않았다면 변천붕은 절대로 운자추와 손을 잡을 생각을 하지 않았을 것이다.

"확실히 변 대협의 지략은 놀랍습니다. 그렇게 하지요."

운자추는 이렇게 말하면서도 속으로는 변천붕에 대해 한층 더 경계심이 끓어올랐다. 동중산이 자신들의 수중에 떨어진다면 그 때 가장 주의해야 할 사람은 다른 누구보다도 변천붕이 될 것이다. 지금은 비록 협력 관계에 있지만 그가 언제 어떻게 돌변할지는 누구도 예측할 수 없기 때문이었다.

운자추는 실로 오랜만에 방심할 수 없는 상대를 만나게 되었다는 생각에 마음속으로 묘한 흥분이 피어오름을 느꼈다.

제 18 장
강변풍운(江邊風雲)

제18장 강변풍운(江邊風雲)

어둑어둑한 땅거미가 드리우고 있는 용문의 경치는 그런대로 풍취가 있다고 할 수 있었다. 하나 일행들 중 누구도 주위의 경치를 구경할 만한 여유를 지니고 있는 사람은 없었다.

단 한 사람, 진산월을 제외하고는 말이다.

진산월은 마치 유람이라도 나온 사람처럼 굽이쳐 흘러가는 이수의 물살과 용문의 가파른 벼랑을 몇 번이나 살펴보고 있었다.

정해는 일행 중 가장 앞에서 바짝 긴장한 채로 가고 있었기 때문에 그것을 미처 보지 못하였으나, 동중산은 제일 뒤에서 느긋하게 따라가고 있었기 때문에 진산월이 연신 주위를 두리번거리는 광경을 자세히 볼 수가 있었다. 그는 한편으로는 의아스럽고 한편으로는 신기한 생각이 들었다.

'대체 저자는 무슨 생각을 하고 있는 거지? 이런 상황에서도 용문을 구경할 기분이 난단 말인가? 저런 작자가 장문인이라니. 종남파의 장래가 어떤지 안 봐도 훤히 알겠군.'

동중산은 마치 문파의 미래를 걱정하는 충직한 문하 제자라도 된 것처럼 나직하게 혀를 차고 있다가 갑자기 눈을 휘둥그렇게 떴다.

진산월이 갑자기 멀지 않은 곳에 있는 커다란 나무를 향해 뛰어가고 있었던 것이다. 그 나무는 그들이 가고 있는 좁다란 소로(小路)에서 삼 장여 떨어진 곳에 있었는데, 줄기가 무성하고 기둥이 거의 장정 몇 사람이 손을 맞잡아야만 닿을 수 있을 정도로 크고 울창했다.

나무를 향해 빠르게 다가간 진산월은 한동안 그 자리에 우두커니 선 채로 반경이 사오 장은 족히 될 듯한 무성한 나무 줄기를 올려다보고 있었다. 그 모습은 영락없이 나무의 장관(壯觀)에 반해서 넋을 잃고 있는 유람객의 그것이었다.

동중산은 어이가 없어서 실소가 나올 지경이었다.

지금 종남파 일행의 주위에는 수십 명의 고수들이 그들의 일거수일투족을 주시하며 호시탐탐 기회를 노리고 있었다. 그들 일행이 용문을 벗어나기만 하면 고수들은 굶주린 늑대 떼처럼 달려들 것이 뻔했다. 게다가 일행 중에는 부상이 심해 거동하지 못하는 인물도 있어서 전력을 기울인다 해도 무사히 그들의 손을 벗어날 수 있을지 의문인 상태였다.

그런데 그들의 장문인이란 작자는 한가로이 나무 구경이나 하고 있으니 동중산이 한심스럽게 생각하는 것도 무리는 아니었다.

상원건도 진산월의 행동이 이상하게 생각되었던지 그에게로 다가가며 급히 물었다.

"왜 그러시오?"

진산월은 여전히 나무를 올려다본 채로 담담하게 입을 열었다.

"이 나무의 모양은 몹시 특이해서 사람들의 시선을 끄는군요."

"……."

상원건은 그가 말하는 뜻을 몰라 멀거니 진산월을 쳐다보았다.

진산월은 다시 조용한 음성으로 말을 이었다.

"쓸모가 있을 것 같습니다."

이어 그는 갑자기 일행의 가장 뒤에서 따라오고 있는 동중산을 돌아보았다.

"중산, 이리 오너라."

그는 자신보다 훨씬 더 나이가 많은 동중산에게 하대를 하면서도 아주 자연스런 태도를 유지했다. 때문에 동중산은 거부감을 느낄 만한데도 그다지 기분 나쁜 생각이 들지 않았다.

동중산은 재빨리 그에게 다가왔다.

"부르셨습니까?"

진산월은 뒷짐을 진 채로 온화한 음성으로 말했다.

"예전부터 너의 경공술(輕功術)이 제법 탁월하다는 말을 들었다."

동중산은 약간 멋쩍은 표정을 지었다.

"조금 할 줄 아는 정도입니다."

진산월은 턱으로 나무 위를 가리켰다.

"그렇다면 이 나무의 가장 위에까지 올라갈 수 있겠느냐?"

동중산은 나무를 올려다보았다. 가까이서 보니 나무는 생각보다 더욱 커서 높이가 무려 십 장에 육박해 보였다. 게다가 그 끝은 유달리 뾰족하고 가느다란 가지들로만 덮여 있어서 웬만한 실력으로는 도저히 올라갈 수 있을 것 같지 않았다.

하나 동중산은 서슴없이 고개를 끄덕였다.

"이 정도라면 문제없습니다."

"좋다. 그럼 가장 위에 있는 나뭇가지 하나만 꺾어 주지 않겠느냐?"

동중산은 진산월이 왜 갑자기 자신을 불러 이런 쓸데없는 일을 시키는지 영문을 몰라 멀뚱하게 그를 쳐다보고 있다가, 별로 탐탁지 않은 표정을 지으면서도 어쩔 수 없이 머리를 조아렸다.

"알겠습니다."

그는 한 차례 심호흡을 하고는 땅을 박차고 나무 위로 솟구쳐 올라갔다.

그의 몸은 한 마리 비조(飛鳥)처럼 허공을 솟구쳐 단숨에 육칠 장이나 올라갔다. 그곳에서 힘이 떨어질 즈음, 그는 한 소리 낭랑한 외침을 토해 내며 몸을 빙글 회전시켰다.

"차앗!"

그러자 그의 신형은 마치 탄력을 받은 화살처럼 사오 장이나 쑤욱 올라가 나무의 무성한 줄기를 뚫고 꼭대기에 거의 접근해 가는 것이었다. 실로 비천호리라는 별호가 괜히 붙은 게 아님을 실감나게 해 주는 광경이었다.

나무의 정상에는 어린아이의 손가락만 한 굵기의 가지들 몇 가
닥이 뻗어 있었다. 어른은커녕 작은 물건이라도 올라 있을 수 없
는 굵기였으나, 동중산은 허공에서 다시 한 차례 멋들어지게 공중
제비를 하며 그 가지 위에 내려섰다.

가지는 금시라도 부러질 듯 휘청거렸으나 용케도 그의 몸무게
를 지탱하고 있었다. 동중산은 가느다란 가지 위에 전신이 흔들리
는 대로 서 있다가 중심을 잡으며 가까이 있는 가지 하나를 꺾어
들었다. 그러고는 가지를 세게 밟으며 그 반동을 이용해 허공으로
비상(飛翔)했다가 나무줄기를 뚫고 아래로 내려왔다.

진산월의 앞에 내려서는 그의 몸은 한 점의 흔들림도 없는 완
벽한 착지를 이루어 내고 있었다.

진산월은 빙그레 웃으며 고개를 끄덕였다.

"멋진 신법이구나."

동중산은 별반 표정 없는 얼굴로 그에게 꺾어 든 나뭇가지를
내밀었다.

"여기 있습니다."

동중산은 나뭇가지를 바치면서도 진산월이 대체 무엇 때문에
이걸 꺾어 오라고 시킨 것일까 하는 의혹에 사로잡혀 있었다.

진산월은 태연하게 그 나뭇가지를 받아 들더니 한 차례 힐끔
내려다보고는 자신의 품속에 정성스레 갈무리하는 것이 아닌가?
마치 나뭇가지가 천하의 보물(寶物)이라도 되는 듯한 모습이었다.

그는 동중산의 어깨를 한 차례 두들기고는 서슴없이 몸을 돌렸다.

"그럼 이제 가던 길을 가자꾸나."

이어 누가 무어라 할 사이도 없이 성큼성큼 앞으로 걸어가는 것이었다.

동중산은 귀신에라도 홀린 사람처럼 멀거니 진산월의 뒷등을 바라보고 서 있었다. 그의 마음속에는 묘한 당혹감과 짙은 의구심이 꼬리를 물고 일어나고 있었다.

어안이 벙벙한 것은 상원건도 마찬가지였다. 그는 진산월의 행동에 필유곡절이 있을 거라고 짐작은 했으나, 아무리 생각해도 당최 그 이유를 상상할 수도 없었다. 그는 벌써 저만큼 앞으로 걸어가는 진산월의 뒷모습을 보며 고개를 설레설레 흔들었다.

'정말 속을 모를 사람이군. 실없이 장난이나 칠 성격은 아닌 것 같은데, 대체 무슨 이유로 저런 짓을 한단 말인가?'

그는 문득 떠오르는 생각이 있어 다른 사람을 둘러보았다. 그런데 임영옥이나 정해는 물론이고 낙일방도 전혀 의아해 하는 표정이 없이 태연자약한 모습들이었다.

상원건은 낙일방을 향해 다가가며 물었다.

"자네는 자네 장문인이 무슨 이유로 저런 행동을 한 것인지 알고 있나?"

낙일방은 고개를 설레설레 저었다.

"모르겠는데요."

"아니, 그런데도 그게 전혀 궁금하지 않단 말인가?"

낙일방은 순진한 모습으로 대답했다.

"궁금하긴 해요."

"그런데 왜 아무도 그에게 가서 그것을 묻지 않나?"

낙일방은 싱거운 표정으로 히죽 웃었다.

"묻지 않아도 어차피 잠시 후면 알게 될 텐데요, 뭘."

상원건은 무슨 희한한 동물이라도 보는 것처럼 눈을 휘둥그렇게 뜨고 그를 쳐다보았다.

"그게 무슨 말인가?"

"장문 사형은 결코 쓸데없이 일을 벌이는 사람이 아니에요. 굳이 시시콜콜 따지지 않아도 조만간에 장문 사형이 왜 저런 행동을 했는지 알게 될 거란 말이지요."

낙일방은 천연덕스럽게 말하면서 다시 믿지 않게 하얀 이를 드러내며 웃었다.

"우리는 저런 일에 익숙해져 있어서 별로 신경도 쓰지 않죠. 헤헤……."

상원건은 멍하니 그를 쳐다보고 있다가 쓴웃음을 짓고 말았다.

"자네들 사형제는 정말 괴상한 사람들이야."

"괴상하긴요. 상 대협도 장문 사형과 좀 더 지내다 보면 우리를 이해하게 될 겁니다."

"그렇게 됐으면 좋겠네."

상원건은 이렇게 말하며 앞에서 걷고 있는 진산월에게로 시선을 돌렸다.

진산월은 어찌 된 일인지 조금 전보다는 한결 보폭을 빨리해서 앞으로 나아가고 있었다. 그 바람에 일행의 전진하는 속도가 상당히 빨라져서 조금 전의 유유자적하던 모습과는 천양지차로 달라져 있었다.

상원건은 진산월의 걸음이 빨라진 것이 조금 전에 나뭇가지를 꺾은 행동과 무슨 관련이 있을 거라고 생각했으나 확신할 수는 없었다.

얼마쯤 갔을까?

갑자기 진산월이 다시 동중산을 불렀다.

"중산."

동중산은 그가 이번엔 무슨 일을 시키려나 하는 생각에 머리를 부지런히 굴리면서도 재빨리 그에게 다가갔다.

"예."

진산월은 손을 들어 어느 한 곳을 가리켰다.

"저 동굴의 위치가 몹시 은밀하여 시선을 끄는구나. 올라가서 무엇이 있는지 살펴보고 오너라."

동중산이 그가 가리키는 곳을 바라보니 과연 멀지 않은 암벽 중간에 작은 동굴이 뚫려 있었다. 그 동굴은 겨우 어른 한 사람이 들어갈 만큼 입구가 좁고 협소했는데, 암벽에서 사오 장 높이에 뚫려 있다는 것을 제외하고는 어디에서도 흔하게 볼 수 있는 평범한 모습이었다.

그런데도 진산월이 그 동굴을 살펴보고 오라는 지시를 내리자 동중산은 그의 속뜻을 몰라 한동안 우두커니 진산월을 쳐다보고 있었다.

'이자가 지금 나를 놀리는 건가?'

하나 진산월의 표정은 담담하기 그지없어 겉으로 보아서는 전혀 속마음을 알아차릴 수가 없었다.

진산월은 동중산이 움직일 생각도 없이 자신을 응시하고만 있자 엄격한 음성으로 말했다.

"갈 길이 멀다. 어서 갔다 오너라."

동중산은 어쩔 수 없이 몸을 돌려 암벽 위로 날아올랐다. 그의 몸은 곧 동굴 속으로 사라졌다. 하나 숨 몇 번 내쉴 사이도 없이 그는 이내 동굴 밖으로 뛰쳐나왔다.

"아무것도 없는데요."

동굴은 겉에서 본 것처럼 작고 짧아서 살펴보고 자시고 할 필요도 없었던 것이다. 아무리 그렇더라도 동중산의 태도는 분명 무성의하기 짝이 없는 것이었다.

그런데도 진산월은 태연하게 고개를 끄덕이며 몸을 돌렸다.

"수고했다."

동중산은 화를 내어야 할지 말아야 할지 분간할 수 없는 표정을 지으며 멀거니 진산월을 쳐다보고 있었다. 강호에서도 약삭빠르기로 유명한 동중산이었으나, 지금과 같은 황당한 일은 당해 본 적이 없었다.

진산월이 자신에게 이런저런 일을 시키는 것까지는 참을 수 있었다. 어쨌든 그는 자신이 속한 문파의 장문인이니 말이다.

하나 그것이 전혀 아무런 소용가치도 없는 나뭇가지를 꺾어 오거나 텅 빈 동굴을 염탐하는 일이라면, 동중산이 아니라 부처님 같은 심성의 소유자라 할지라도 화가 치밀어 오르지 않을 수 없을 것이다.

더욱 사람을 미치고 답답하게 만드는 것은 그런 일을 지시하는 진산월의 태도였다. 마치 당연히 해야 할 일을 하는 것처럼 당당하면서도 태연스러워서 동중산은 자신이 모르는 무언가 다른 일이 벌어지고 있는 게 아닌가 하는 착각이 들 정도였다.

'다음에 또 이따위 일을 시키면……'

동중산은 속으로 이를 갈았다.

'종남파고 뭐고 다 때려 엎고 나 혼자 갈 길을 가고 말겠다.'

하나 동중산이 막 이런 생각을 하고 있을 때였다.

"중산."

진산월이 세 번째로 동중산을 불렀다.

동중산은 아무 대꾸도 없이 묵묵히 진산월의 앞으로 걸어갔다. 그 표정이 심상치 않아 보였는지 낙일방이 바짝 긴장한 모습으로 한발 앞으로 다가왔다.

진산월은 동중산의 딱딱하게 굳어진 얼굴을 보면서도 조금도 아랑곳하지 않고 그에게 세 번째 지시를 내렸다.

"저 앞에 있는 바위의 형상이 제법 괴이해서 공연히 사람의 호기심을 자극하는구나. 바위 주변을 한번 조사하고 오지 않겠느냐?"

말은 완곡한 것이었으나 그 안에 담긴 내용은 분명한 명령이었다.

동중산은 진산월을 빤히 쳐다보며 속으로 중얼거렸다.

'더 이상은 참을 수 없다, 더 이상은……'

그런데 어찌 된 일인지 동중산은 휑하니 몸을 돌려 진산월이 가리킨 바위를 향해 달려가기 시작하는 것이었다.

그 바위는 과연 모양이 기괴해서 멀리서 보아도 유난히 시선을 끌었다. 높이는 이 장가량 되었지만, 형태가 흡사 말을 탄 사람의 모습 같아서 어둑한 밤에 보면 하나의 조각상으로 착각할 만 했다.

하나 그뿐이었다. 바위 주변은 돌조각들만 무성할 뿐, 다른 어떤 이상한 점도 눈에 띄지 않았다.

동중산은 바위 주변을 두어 차례 돈 후 다시 진산월 앞으로 달려왔다.

"아무 이상도 없습니다."

진산월은 이번에도 담담한 표정으로 고개를 끄덕였다.

"수고했다."

동중산은 웬일인지 조금 전과는 달리 공손하면서도 정중한 태도로 물었다.

"더 시키실 일은 없습니까?"

진산월은 희미하게 웃었다.

"이제는 충분하다. 더 이상은 필요치 않을 것이다."

동중산은 공손하게 머리를 조아렸다.

"그럼 제자는 자리로 돌아가겠습니다."

그러고는 후미로 가서 임영옥의 옆에 서는 것이었다.

상원건은 이 광경을 보고 내심 의아한 생각이 들어 불같은 호기심을 억누를 수 없었다.

'금방이라도 화를 폭발할 것 같았던 동중산이 왜 갑자기 순한 양처럼 온순해진 것일까?'

동중산의 평소 성격으로 보아 이런 모욕을 당하고도 그냥 넘어

간다는 것이 별로 믿어지지 않았던 것이다. 잔꾀가 많고 약삭빠르기로 유명한 동중산이 아무 짝에도 쓸모없을 것 같은 잔심부름을 눈살 하나 찌푸리지 않고 고분고분 해치운다고 한다면 아무도 쉽게 믿으려 하지 않을 것이다.

그때 진산월이 일행들을 돌아보며 조용한 음성으로 입을 열었다.

"지금부터는 전력을 다해 동남 방향으로 직진(直進)하겠다. 일이 잘 진행된다면 한 시진 후에는 안전한 곳으로 가서 편히 쉴 수 있을 것이다."

상원건은 그 말에 내심 반신반의하지 않을 수 없었다.

진산월은 고수들의 포위망을 아주 쉽게 뚫을 수 있는 것처럼 말을 하고 있는데, 상원건의 강호 경험으로는 절대로 그렇게 수월할 리가 없었다. 동중산이 무엇을 가지고 있는지는 모르지만, 그가 가진 기보(奇寶)가 운문세가의 운자추나 혁련삼 같은 절정 고수들도 욕심을 낼 정도의 물건이라면 무림 고수들이 결코 쉽게 포기하지 않을 것이 분명하기 때문이었다.

더구나 자신들을 암암리에 뒤따르고 있는 고수들의 수는 적게 잡아도 이삼십 명은 되어 보였다.

'가만. 그러고 보니……'

상원건은 문득 한 가지 생각이 퍼뜩 떠올라 눈을 빛내며 주위를 둘러보았다.

그런데 이게 웬일인가? 조금 전만 해도 사방의 구석구석에서 들려오던 고수들의 숨소리가 대부분 사라지고 없는 것이 아닌가?

아무리 많이 보아도 지금 그들을 추적하고 있는 고수들의 수는 십여 명 남짓에 불과했다.

얼마 전 까지만 해도 삼십 명이 넘었던 고수들의 수가 왜 갑자기 이토록 줄어든 것일까?

그때 비로소 상원건은 진산월이 지금까지 한 이상한 행동이 어떤 의미를 지니고 있는지를 깨달았다.

무림 고수들은 동중산의 일거수일투족에 촉각을 곤두세우고 있었다. 그런데 그 동중산이 갑자기 거대한 나무로 뛰어올라가 무언가를 가지고 내려와 진산월에게 갖다 바쳤다면 어떻게 되겠는가?

더구나 잠시 후에는 다시 은밀한 곳에 위치한 동굴로 들어갔다 나오고, 기이한 모양의 바위 주변을 서성거렸다면 그들로서는 당연히 동중산이 문제의 기보를 숨기기 위해서 그런 행동을 했다고 생각할 것이 아닌가?

그들을 뒤쫓던 고수들 중 대부분은 바로 동중산이 지나갔던 나무와 동굴, 바위 일대를 수색하기 위해 떠나 버렸던 것이다.

그제야 상원건은 진산월의 지략에 감탄하지 않을 수 없었다.

별로 대수로울 것 없어 보이는 간단한 행동만으로 포위망을 몇 배나 엷게 만들어 버린다는 것은 평범한 사람이라면 절대로 쉽게 생각할 수 없는 것이었다. 동중산도 그 점을 깨닫고 갑자기 진산월의 말에 고분고분 따랐던 것이 분명했다.

'정말 보면 볼수록 신통한 사람이군. 얼핏 볼 때는 둔하고 멍청한 것 같은데 사실은 굉장히 예리한 두뇌를 지니고 있으니 말이야.'

상원건은 신기한 생각이 들어 몇 차례나 진산월을 쳐다보았다.

진산월의 행동은 굉장히 단순하면서도 효율적인 것이었다.

그것은 인간 심리의 맹점(盲點)을 교묘하게 파고든 것으로, 나중에 고수들이 속은 것을 알았을 때는 이미 도저히 진산월 일행을 추적할 수 없을 정도로 거리가 벌어진 후일 것이다.

진산월의 지시대로 일행들은 지금까지와는 비교도 할 수 없는 신속한 행동으로 앞으로 질주해 가기 시작했다. 그에 따라 그들을 뒤쫓던 인물들 중 아직까지 남아 있던 몇몇 고수들의 행동도 바빠지기 시작했다.

상원건은 재빠른 신형으로 몸을 날리면서도 주위의 동정을 유심히 살펴보았다. 머지않아 그는 자신들을 뒤쫓고 있는 고수들의 수가 아홉 명이라는 것을 깨달았다.

아홉 명이라면 물론 적지 않은 수였지만, 감당할 수 없을 만한 숫자는 아니었다.

더구나 지금 주위는 짙은 어둠이 깔려 있는데다 진산월 일행이 전력을 다해 달려가고 있었기 때문에 추적을 하는 데는 몹시 까다로운 조건이었다. 과연, 일각도 되지 않아 다시 두 명의 인물이 떨어져 나가고 이제는 단지 일곱 명만이 진산월 일행을 맹렬하게 쫓아오고 있을 뿐이었다.

하나 그만큼 그들 일곱 명의 무공은 뛰어난 것이어서 그들의 추적을 뿌리치기란 결코 쉬운 일이 아니었다.

제일 먼저 낙일방이 조금씩 처지기 시작했다. 낙일방은 일행 중 가장 공력이 떨어지는 데다 응계성마저 업고 있어서 다른 누구보다도 일찍 지쳐 버린 것이다. 거친 숨소리가 들려 고개를 돌린 상원건은 낙일방이 온몸을 땀으로 적신 채 얼굴이 시뻘겋게 상기되어 있는 것을 보고 속으로 혀를 찼다.

'쯧. 많이 힘든 모양이군.'

낙일방은 용케도 쉬었다 가자는 말을 하지 않고 입술을 꾹 다문 채 계속 달려가고 있었으나 누가 보아도 그가 거의 한계점에 도달했다는 것을 알 수 있었다.

그때 진산월의 음성이 들려왔다.

"일 리만 더 가면 강변이 나온다. 그곳에서 추적을 따돌리자."

상원건은 달려가면서도 진산월이 왜 하필 다른 곳도 아닌 강변으로 향하고 있을까 하는 생각이 들었다. 강변이라면 퇴로가 강(江)에 막혀 추적을 벗어나기에는 오히려 불리한 지형이었다.

그런데도 진산월은 일행을 인도하여 곧장 이수 강변을 향해 달려가고 있는 것이다.

상원건이 힐끗 고개를 돌려보니 그들을 추적하던 일곱 명의 고수들은 아예 노골적으로 몸을 드러내 놓고 그들을 바짝 뒤따르고 있었다. 그들 중 서너 명의 신법은 상원건이 보기에도 탁월하기 그지없어서 강호의 일류 고수들임이 분명해 보였다.

과연 일리쯤 가자 눈앞이 갑자기 탁 트이며 이수의 푸른 물살이 나타났다.

이곳은 용문석굴에서 이십여 리 떨어진 곳이라 운자추가 말한 운문세가의 구역에서 훨씬 벗어난 지역이었다.

하늘에는 어느덧 점점이 별이 빛나고 훤한 달빛이 사방을 하얗

게 비추고 있었다. 푸른 물이 넘실거리는 늦은 가을의 강변은 나름대로 우아한 정취를 풍기는 것이었으나, 아쉽게도 그들은 쫓기는 신세인지라 그러한 정취를 감상할 여유가 없었다.

강변에 도착하자 진산월은 일행을 멈춰 세웠다.

"사매와 내가 저들을 막을 테니 정해는 일방을 도와서 계성을 지켜라."

진산월은 다시 빠르면서도 침착함을 잃지 않는 어조로 말을 이었다.

"그리고 중산, 너는 이리 오너라."

그는 동중산을 불러 나직하게 무어라고 소곤거렸다. 이어 품속에서 무언가를 꺼내 동중산의 손에 쥐어 주었다. 동중산은 신중한 표정으로 그의 말을 듣고 있다가 고개를 끄덕였다.

"지시대로 따르겠습니다."

"그래. 그럼 어떤 고수들이 우리 뒤를 쫓아왔는지 한번 알아보자꾸나."

진산월은 옷자락을 펄럭이며 자신들의 주위로 떨어져 내리고 있는 고수들을 향해 천천히 돌아섰다.

어느새 그들은 반원형으로 포위된 듯한 형세에 처해 있었다. 그리고 그들 주위로 일곱 명의 고수들이 에워싸고 있었다.

그들은 오남이녀(五男二女)였다. 같은 일행이 아닌 듯 그들은 서로 상대방의 얼굴을 마주 보며 약간은 놀라고 당혹스러워하는 눈치들이었다.

가장 우측의 인물은 체구가 우람하고 등 뒤에 커다란 방천화극

(方天火戟)을 맨 사십 대 중반의 중년인이었다. 전신에 붉은 장포를 걸치고 있었고, 얼굴도 붉어서 성격이 더할 나위 없이 급해 보이는 인상이었다.

상원건은 힐끗 보는 것만으로도 그 홍의인이 성격이 포악하기로 유명한 화령천관(火靈天官) 적동(狄銅)임을 알아보았다. 적동은 멀리 장성(長城) 너머의 소흥안령(小興安嶺) 일대에서 거의 지옥의 염라대왕처럼 무서운 명성을 떨치고 있는 인물이었는데 오늘 이곳에 나타난 것이다.

그 옆의 인물은 반대로 비쩍 마르고 뺨이 홀쭉한 청의인이었다.

청의인의 나이는 이십 대로도 보였고, 삼십 대로도 보였다. 강파한 얼굴에 두 눈이 얼음장처럼 차갑고 날카로워서 보기만 해도 섬뜩한 느낌을 불러일으키고 있었다. 청의인의 우측 허리춤에는 어른의 손가락 두 개를 합친 것 같은 가느다란 장검이 매어져 있었다.

그 장검을 보자 상원건은 가슴이 덜컥 내려앉았다.

'좌수(左手)에 협봉검(狹鋒劍)…… 그렇다면 저자가 섬서성에서 열 손가락 안에 꼽히는 쾌검(快劍)의 달인(達人)이라는 전광검객(電光劍客) 도욱(陶煜)이겠구나.'

전광검객 도욱은 별호 그대로 번갯불같이 빠르고 무서운 검법의 소유자로, 요즘 들어 상당한 명성을 떨치고 있는 이름난 검객이었다.

도욱의 옆에는 눈이 번쩍 뜨일 만큼 아리따운 홍의 미소부가 요염한 미소를 머금은 채 서 있었다. 홍의 미소부의 교태는 매혹적이기 그지없었고, 입가에 떠올라 있는 미소는 사내의 마음을 묘하게 뒤흔드는 유혹적인 것이었다. 게다가 굴곡이 완연한 육감적인 몸매는 보기만 해도 가슴이 울렁거릴 정도로 자극적이었다.

홍의 미소부는 화사한 미소를 머금으며 중인들을 둘러보고 있다가 상원건과 시선이 마주치자 한쪽 눈을 찡긋거리며 야릇한 눈웃음을 쳤다. 그것을 보자 상원건의 입가에는 쓴웃음이 떠올랐다.

그는 홍의 미소부가 누구인지 정체를 알 수는 없었으나, 그녀가 도욱이나 적동 같은 무서운 인물들 앞에서도 여유를 잃지 않는 것을 보고 그녀도 만만치 않은 실력자임을 짐작할 수 있었다.

홍의 미소부 바로 옆에는 두 눈에 푸르스름한 인광(燐光)을 번뜩이는 마의 노인(麻衣老人)이 서 있었다. 마의 노인이 음욕(淫慾)이 가득 담긴 눈으로 연신 홍의 미소부의 잘록한 허리와 팽팽한 둔부, 그리고 풍만한 가슴을 훔쳐보고 있는 것으로 보아 그녀의 미색에 마음이 단단히 동한 모양이었다.

상원건은 그 역겹고 추악한 모습에 마의 노인을 더 살펴보고 싶은 생각이 들지 않아 재빨리 그 옆의 인물에게로 시선을 돌렸다.

다섯 번째 사나이는 눈부신 백의를 걸친 준수한 미남자였다.

그는 짙은 검미에 우뚝한 콧날, 형형한 눈빛을 지니고 있어서 여인이라면 좀처럼 시선을 떼기 어려운 수려한 용모의 소유자였다. 게다가 이따금 살짝 웃을 때마다 드러나는 새하얀 이빨이 더할 나위 없는 매력을 짙게 풍기고 있었다.

백의 미남자는 가끔 홍의 미소부를 힐끗거리고 있어서 얼핏 보기에는 자신의 준수한 모습으로 그녀를 유혹하려는 것 같았다. 홍의 미소부도 짙은 속눈썹을 깜박거리며 그에게 야릇한 미소를 보내고 있어 그에게 마음이 끌리고 있다는 것을 어렵지 않게 짐작할 수 있었다.

마의 노인은 자신을 사이에 두고 두 사람이 묘한 웃음을 주고받자 얼굴이 붉으락푸르락하게 변하며 거친 콧소리를 뿜어내고 있었다. 나이에 어울리지 않게 질투와 탐욕에 가득 찬 듯한 그 모습은 추악하고 혐오스럽기 그지없는 것이었다.

백의 미남자 옆에는 먹물처럼 짙은 흑의를 걸친 삼십 대 후반의 흑삼 문사(黑衫文士)가 서 있었다. 흑삼 문사는 이목구비가 깔끔하고 턱 밑으로 검은 수염을 기르고 있어서 무척 청수한 인상을 풍기고 있었다. 게다가 오른손에는 검은 새의 깃털로 만든 부채를 들고 있었는데, 그 부채를 가볍게 흔들고 서 있는 모습이 영락없이 천하를 떠도는 낙척문사(落拓文士)같았다.

하나 그를 본 상원건의 얼굴은 딱딱하게 굳어졌다.

'흑수사(黑秀士) 동방건(東方乾)까지 나타나다니…… 오늘 일은 아무래도 길보다 흉함이 많겠구나.'

상원건은 그 흑삼 문사가 산서성 이북에서 손속이 잔인하고 수단이 악랄하기로 이름난 흑수사 동방건임을 알고 있었다. 과거 십여 년 전에 우연히 그는 동방건이 단신으로 하삭팔응(河朔八鷹)을 모두 쓰러뜨리는 놀라운 광경을 목격한 적이 있었다. 그때 보여준 동방건의 수법은 참으로 악랄하면서도 무자비한 것이었다.

게다가 동방건은 심기가 깊고 음흉하기로 유명하여 혁련삼보다도 오히려 상대하기 어려운 인물로 알려져 있었다.

상원건이 보기에 오늘 이곳에 모인 일곱 명의 고수들 중 가장 경계해야 할 사람은 동방건임이 분명했다.

마지막 일곱 번째의 인물은 이제 갓 십칠팔 세 정도밖에 되지 않아 보이는 나이 어린 소녀였던 것이다. 소녀는 짙은 녹의를 입고 머리를 양 갈래로 땋고 있어서 더욱 어리고 깜찍해 보였다.

하나 양손이나 등 뒤에 별다른 병장기를 가지고 있지 않은 것으로 보아 신법만이 조금 뛰어날 뿐 별다른 실력을 지니고 있는 것 같지는 않아 보였다.

녹의 소녀는 흑백(黑白)이 분명한 커다란 눈망울을 굴리며 진산월 일행을 한 사람씩 뚫어지게 쳐다보고 있었다. 그러다가 낙일방의 얼굴을 보고는 눈을 반짝이며 입가에 알 듯 모를 듯한 희미한 미소를 짓는 것이었다. 그것은 마치 오랫동안 찾고 있던 장난감을 발견한 어린 소녀의 모습과도 같았다.

상원건은 그들 일곱 사람의 면면을 빠르게 훑어보고는 마음이 무거워졌다.

그들 중 녹의 소녀를 제외한 여섯 사람은 아무리 보아도 호락호락한 인물이 한 사람도 없었던 것이다. 아직 정체를 모르는 홍의 미소부와 마의 노인, 백의 미남자를 제외하고라도 그의 실력으로는 적동만을 상대할 수 있을 뿐 전광검객 도욱이나 동방건은 승산이 별로 없는 고수들이었다.

'겨우 머리를 써서 고수들을 따돌렸다 했더니 끝까지 따라온

인물들이 이런 무서운 자들이라니…… 종남파도 지독히 운(運)이 없구나.'

그는 진심으로 종남파와 진산월을 위해서 걱정하는 마음이 들었다.

하나 진산월은 그의 이런 마음을 아는지 모르는지 태연한 표정으로 일곱 사람을 둘러보고 있다가 천천히 입을 열었다.

"오늘 여러분들이 우리를 따라오신 것은 본 파에 무슨 특별한 용건이라도 있기 때문입니까?"

일곱 명의 고수들은 진산월의 담담한 태도에 조금은 뜻밖인 듯 눈을 빛내며 그를 주시하고 있었다.

그러다가 그들 중 동방건이 부채를 부치며 낭랑한 웃음을 터뜨렸다.

"하하…… 귀하가 바로 종남파의 당대 장문인이시오?"

진산월은 별빛 같은 눈으로 그를 바라보았다.

"제가 바로 종남파를 맡고 있는 진산월입니다. 귀하의 존성대명은 어떻게 되시는지?"

동방건의 입가에 엷은 미소가 반쯤 걸렸다.

"나는 삭동(朔東)에 사는 동방(東方)이라 하오. 진 장문인을 보게 되어 반갑소."

동방건은 슬쩍 자신의 이름을 밝히지 않고 넘어가려 했다. 하나 그때 홍의 미소부가 짤랑짤랑한 교소(嬌笑)를 터뜨렸다.

"호호…… 그렇게 말씀하시니 아주 평범한 문인(文人) 같군요. 그러다 자칫 진 상문인께서 동방 대협이 전하에 이름 높은 흑수사

임을 몰라보고 실수라도 할까 두렵군요."

그 말에 중인들의 시선이 일제히 동방건에게로 향했다. 그들 중 몇 사람은 이미 동방건의 정체를 알고 있는지 별로 표정의 변화가 없었으나, 나머지 사람들은 흠칫 놀라는 기색들이 역력했다. 그만큼 흑수사 동방건의 명성은 산서성은 물론 강북에 널리 퍼져 있었다.

동방건의 입가에 떠올라 있는 미소가 조금 더 짙어졌다.

"조 부인(爪婦人)은 갈수록 더 젊어지는 것 같구려. 누가 조 부인을 보고 사십이 훨씬 넘은 혈선자(血仙子)라는 짐작이나 할 수 있겠소?"

홍의 미소부의 기다란 속눈썹이 파르르 떨렸다. 동방건의 말은 얼핏 듣기에는 그녀의 미모를 칭찬하는 것 같았으나, 그 속에는 은근히 그녀를 비하하는 빛이 담겨 있었던 것이다. 특히 나이 문제는 그녀가 평소에 가장 민감하게 생각하는 부분으로, 동방건이 그녀의 나이를 공개리에 밝힌 것은 그녀를 격분케 하기에 충분했다.

하나 주위 사람들은 그녀의 나이보다는 오히려 그녀의 정체에 더욱 관심을 기울이는 모습들이었다.

상원건은 속으로 혀를 찼다.

'쯧. 나도 눈이 멀었군. 피처럼 붉은 홍의(紅衣)에 요염한 모습을 보고도 그녀가 혈선자 조채홍(爪彩紅)임을 알아보지 못하다니……'

그는 자신의 무지(無知)를 자책했으나, 사실 강호에 홍의를 입고 다니는 여인이 어디 한두 명이겠는가? 옷차림과 용모만을 보고 상대의 정체를 알아차리기란 결코 쉬운 일이 아니었다.

혈선자 조채홍은 얼핏 보기에는 이십 대 중반의 나이로 보였으나, 사실은 이미 오래전부터 명성을 자자하게 날리던 무림의 여마두(女魔頭)였다. 그녀는 남자관계가 문란하고 마음이 사갈 같다고 알려져 있었으나, 워낙 무공이 높고 행적이 신비해서 지금까지 누구도 그녀를 감히 제재할 생각을 하지 못하고 있었다.

조채홍은 동방건에게 화를 내고 있으면서도 그의 말이 신경 쓰였는지 백의 미남자를 힐끔거리고 있었다. 하나 백의 미남자는 여전히 입가에 부드러운 미소를 지은 채 그녀에게 살짝 고개까지 숙여 보이고 있었다.

조채홍의 분기로 가득 찼던 얼굴이 언제 그랬느냐 싶게 풀어지며 다시 화사하고 요염한 미소가 가득 떠올랐다. 그녀는 피처럼 붉은 입술을 혀로 살짝 축이며 은근한 음성으로 입을 열었다.

"동방 대협의 말씀이 조금 지나치긴 하지만 오늘은 다른 용건이 있으니 그냥 마음속으로만 접어 두겠어요. 그보다 이제 대충 올 사람들이 모두 온 것 같은데 다른 자들이 눈치를 채고 달려오기 전에 일을 마무리 짓는 게 어떻겠어요?"

그녀가 단도직입적으로 말하자 장내의 공기가 아연 긴장되기 시작했다.

사실 이곳에 모인 사람들 중 고수가 아닌 자가 없어서 그들은 내심 초조함을 느끼고 있었다. 일곱 명이라는 숫자도 적은 게 아닌데 그녀의 말대로 다른 고수들이라도 몰려든다면 상황이 훨씬 더 복잡하게 될 것이 뻔했다.

종남파의 인물들은 그들대로 상대방이 하나같이 무림에 명성이 자자한 일류 고수들임을 알게 되자 절로 가슴이 무겁고 답답하다는 표정들이었다.

동방건은 한 차례 중인들을 쓸어 보다가 무슨 생각이 들었는지 얼굴에 야릇한 미소를 떠올렸다.

"조 부인의 말씀이 옳소. 하지만 물건은 하나이고 노리는 사람은 많으니 어찌하면 좋겠소?"

조채홍은 그를 빤히 쳐다보았다.

"동방 대협께서 그렇게 말씀하시는걸 보니 좋은 생각이 있나 보죠?"

"허헛. 조 부인의 눈은 속일 수가 없겠구려. 확실히 나에게는 그런대로 쓸 만한 생각이 하나 있소."

"그게 무엇인가요?"

"통상적인 방법을 사용하는 거요."

조채홍은 고개를 갸웃거렸다.

"통상적인 방법이라뇨?"

"강호에서 이런 일이 발생했을 때 흔히 사용하는 방법 말이오."

조채홍은 짐짓 모르는 척 물었다.

"그게 무엇이죠?"

동방건은 분명한 음성으로 말했다.

"일단 물건부터 입수한 다음 주인을 가리는 것이오."

그제야 조채홍은 입가에 배시시 미소를 지었다.

"그러니까 동방 대협의 말은 우리가 우선 합심하여 물건을 빼앗은 다음 다시 우리끼리 물건의 임자를 가리자는 말이로군요."

동방건은 그녀가 뻔히 알고 있으면서도 시치미를 떼며 말하자 내심 욕설이 치밀어 올랐으나 겉으로는 아무런 내색도 하지 않고 오히려 빙긋 웃었다.

"조 부인의 표현은 조금 이상하지만 어쨌든 그런 뜻이오. 조 부인도 이런 일에는 익숙할 것 아니오?"

그의 음성은 부드러웠으나, 말 속에는 은근한 가시가 담겨 있었다.

조채홍은 깔깔거리며 웃었다.

"호호…… 나야 익숙한 정도지만 동방 대협에게는 생업(生業)과도 같은 것이겠죠? 아무튼 난 찬성이에요."

그녀가 웃을 때마다 그녀의 볼록하게 솟은 가슴 부위가 미묘하게 파동을 쳤다. 마의 노인은 두 눈을 게슴츠레 뜨고 그 흔들리는 가슴을 정신없이 바라보고 있었다. 그러다가 그녀의 말을 들었는지 고목나무를 쥐가 갉아먹는 듯한 음성으로 불쑥 입을 열었다.

"노부도 찬성이다."

그의 음성은 얼굴만큼이나 추악하고 듣기 거북하여 많은 사람들이 눈살을 찌푸렸다. 하나 누구도 그에게 무어라고 입을 여는 사람이 없었다. 외모야 어찌 되었건, 이곳까지 따라온 신법만 보아도 마의 노인이 만만한 인물이 아님을 모두가 알고 있기 때문이었다.

동방건의 시선이 적동을 향했다.

적동은 잠시 머뭇거리다가 이내 고개를 끄덕었다.

"나도 좋소."

동방건은 다시 도욱을 바라보았다. 도욱은 거의 알아차릴 수도 없을 만큼 희미하게 고개를 까닥거릴 뿐이었다. 그것만으로도 자신의 의사를 충분히 표현할 수 있다고 생각한 모양이었다.

동방건의 시선이 이번에는 준수한 백의 미남자에게로 향했다.

백의 미남자는 얼굴에 훈풍 같은 미소를 지으며 그에게 포권을 해 보였다.

"불초는 여러 고인들의 뜻에 따를 뿐입니다."

그의 음성은 듣기만 해도 가슴이 시원해질 정도로 청량하고 낭랑한 것이었다. 조채홍은 그의 음성을 듣자 그가 더욱 마음에 드는 듯 두 눈을 가늘게 뜨며 그에게 요염한 미소를 보내고 있었다.

동방건은 다시 한 차례 주위를 둘러보고는 활짝 웃었다.

"자, 이제 모두의 뜻이 맞은 것 같군."

한데 바로 그때였다.

"흥. 왜 내 의견은 물어보지도 않는 거죠?"

돌연 이제까지 아무런 말이 없던 녹의 소녀가 불쑥 소리치며 앞으로 성큼 나서는 것이 아닌가?

동방건의 눈살이 자신도 모르게 살짝 찌푸려졌다.

그도 물론 그녀의 존재를 알고 있었다. 하나 그녀의 나이가 너무 어려 보이고 무공도 별로 대단할 것이 없다고 판단하여 그녀에게는 별다른 신경을 쓰지 않았던 것이다.

그런데 그녀가 중인들이 모두 지켜보고 있는 가운데 공개적으로 자신의 말을 가로막고 나서자 불쑥 노기가 치밀어 올랐다.

'이런 대가리에 피도 안 마른 년이……'

아마 다른 장소였다면 그는 참지 못하고 그녀에게 살수를 쓰고 말았을 것이다. 하나 이곳에는 많은 사람들의 눈이 있는지라 그는 짐짓 너털웃음을 지으며 대수롭지 않은 듯 말했다.

"허헛. 내가 깜박 귀여운 아가씨도 있다는 것을 잊었군. 아가씨는 다른 의견이라도 있는가? 있다면 말해 보게."

녹의 소녀는 커다란 눈망울을 깜박거리며 코를 찡긋거렸다.

"본 아가씨에게는 물론 나름대로의 생각이 있어요. 하지만 내가 왜 그걸 당신에게 말해야 하죠?"

동방건의 얼굴이 떫은 감을 씹은 듯 약간 어색하게 굳어졌다.

그는 설마 이 어리고 맹랑한 아가씨가 남들 앞에서 자신에게 이런 모욕을 주리라고는 미처 생각지 못했기 때문에 순간 난감한 표정으로 우두커니 서 있었다.

그 모습이 우습다고 생각했는지 조채홍이 킥킥거리고 웃으며 입을 열었다.

"호호…… 이봐, 어린 동생. 그는 보기보다 무서운 사람이야. 너무 그의 성질을 건드리지 않는 게 신상에 이로울걸."

녹의 소녀는 그녀를 돌아보며 날카롭게 쏘아붙였다.

"누가 당신의 어린 동생이라는 거죠? 분명히 말하지만 난 당신 같이 늙고 음탕한 언니를 둔 적이 없어요."

이번에는 조채홍의 얼굴이 형편없이 구겨졌다. 그녀는 기껏 선심을 쓴다고 말한 것이 이런 식으로 되돌아올 줄은 정녕 상상도 하시 못했나.

더구나 늙고 음탕하다니…….

그것은 그녀가 가장 듣기 싫어하는 두 가지 말이 모두 들어가 있는 말이 아닌가?

그녀는 얼굴이 울긋불긋하게 변하며 무서운 눈으로 녹의 소녀를 노려보았다. 그때 백의 미남자의 음성이 들려오지 않았다면 그녀는 녹의 소녀를 향해 덤벼들고 말았을 것이다.

"하하…… 과연 듣던 대로군. 그 좌충우돌하는 성격은 정말 소문과 똑같군그래."

그 말에 모든 사람들의 시선이 백의 미남자에게로 쏠렸다.

백의 미남자는 녹의 소녀가 누구인지 알고 있음이 분명했다.

녹의 소녀도 백의 미남자를 쏘아보다가 갑자기 표독스런 음성으로 소리쳤다.

"그 뻔뻔한 얼굴로 잘도 지껄이는군요. 나도 당신이 누구인지 알고 있어요. 우리 사이의 일은 잠시 후에 해결할 테니 단단히 각오하고 있는 게 좋을 거예요."

백의 미남자는 유들유들하게 웃으며 장난스럽게 고개를 숙여 보였다.

"기대하고 있겠소."

녹의 소녀는 그 모습에 화가 치밀어 올랐는지 귀여운 얼굴이 새빨갛게 상기되며 발을 세차게 굴렀다.

쿵!

그러자 백사장 일대가 지진을 만난 듯 뒤흔들리며 바닥에 한 뼘이나 되는 발자국이 파이는 것이 아닌가? 이 경인(驚人)할 광경에 모든 사람들의 안색이 대변했다.

땅에 발자국을 남기는 것은 무림의 고수들이라면 어렵지 않게 할 수 있는 일이었다. 하나 지금처럼 가볍게 발을 구르는 것만으로 한 자 가까이 되는 발자국을 남긴다는 것은 절정(絕頂)의 내공이 없으면 불가능한 일이었다.

녹의 소녀는 아무리 많이 보아도 열일곱도 되지 않았는데 이와 같이 놀라운 내공을 지니고 있으니 누구라도 놀라지 않을 수 없었다.

이토록 당돌하고 무공이 고강한 아가씨의 정체는 대체 무엇이란 말인가? 그리고 그녀는 백의 미남자를 알고 있는 것 같은데, 두 사람의 관계는 어떻게 되는 것일까?

이런 의문들이 모든 사람들의 뇌리에 똑같이 떠올랐다.

백의 미남자는 녹의 소녀의 놀라운 공력을 보고도 전혀 표정이 달라지지 않은 채 여전히 입가에 부드러운 미소를 짓고 있었다. 마치 그녀의 무공이 어느 정도인지는 이미 훤히 알고 있다는 듯한 모습이었다.

동방건은 내심 녹의 소녀의 정체를 알기 위해 열심히 머리를 굴리는 한편 그녀를 향해 친근해 보이는 미소를 지어 보였다.

"공력이 상당하군. 아가씨 같은 나이에 그런 공력을 가진 사람이 있다는 말은 아직 듣지 못했소."

녹의 소녀는 냉랭하게 대꾸했다.

"당신이 모르는 게 어디 그뿐이겠어요?"

동방건은 머쓱한 표정이었으나 이내 너털웃음을 터뜨렸다.

"허헛. 사람인 이상 모든 것을 알고 있을 리는 없겠지. 그건 그렇고, 아가씨의 그 생각이란 것을 알면 안 되겠소?"

동방건이 평소의 성격답지 않게 최대한 자제를 하고 있는 것은 녹의 소녀의 신분에 대해 내심 짐작하는 것이 있기 때문이었다. 강호 경험이 풍부하고 누구보다도 심기가 뛰어난 동방건은 백의 미남자와 녹의 소녀의 대화를 듣고 그들의 정체를 어느 정도 파악할 수 있었던 것이다.

동방건이 이렇게까지 저자세로 나오자 녹의 소녀도 더 이상은 거절하지 않고 도톰한 입술을 열기 시작했다.

"본 아가씨는 이번 일이 너무 불공평하다고 생각해요."

동방건은 눈을 크게 떴다.

"그게 무슨 말이오?"

녹의 소녀는 턱으로 진산월 일행을 가리켰다.

"당신들은 모두 하나같이 강호 무림에서 이름이 난 고수들인데 물건 하나 때문에 자신보다 훨씬 어린 사람들을 핍박한다면 강호인들의 비웃음을 면키 어려울 거예요."

그때 조채홍이 뾰족하게 소리쳤다.

"그 물건이 무언지나 알고 그런 소리를 하는 거냐?"

조채홍은 비록 녹의 소녀의 내공이 보통이 아니라는 것을 알고 있었으나 그래도 여전히 마음속의 앙금이 가라앉지 않아 속으로 분을 삭이고 있다가 기회를 보아 재빨리 끼어든 것이다. 하나 그녀의 말은 하지 않느니만 못하게 되었다.

녹의 소녀는 힐끗 그녀를 쳐다보더니 쌀쌀맞은 음성으로 쏘아붙였던 것이다.

"당신이야말로 아무것도 모르면서 입 밖으로 나오는 대로 지껄이지 말아요."

"뭐라고?"

조채홍의 눈썹이 하늘로 솟구쳐 올랐다. 얼마나 화가 났는지 그녀의 얼굴이 새파랗게 변하며 두 눈에서 독기에 가득 찬 안광이 줄기줄기 흘러나왔다.

아름답던 그녀의 얼굴이 순식간에 야차(夜叉)처럼 무시무시한 모습으로 변해 버렸으나, 녹의 소녀는 조금도 두려워하지 않고 입을 놀렸다.

"이곳에 모인 사람들 중 그 물건에 대해 가장 잘 알고 있는 사람은 바로 본 아가씨예요. 심지어는 그게 무언지도 모르고 무작정 훔친 저 두더지 같은 작자보다도 내가 더 잘 알고 있단 말이에요."

이번에는 멀찌감치 떨어져서 이 말을 듣고 있던 동중산의 얼굴이 휴지 조각처럼 구겨졌다. 자신을 두더지에 비유하는 말을 듣고 기분이 좋을 사람은 없을 것이다.

동중산의 지금 기분은 무어라 형용할 수 없는 것이었다.

종남파에 의지하여 위기를 탈출해 보려고 계획했던 일이 잘 진행되나 싶었는데, 진산월이 엉뚱하게도 퇴로가 막힌 강변으로 일행을 인도하는 바람에 꼼짝없이 일곱 명의 고수들에게 갇히게 되고 말았던 것이다. 게다가 그 고수들의 면면이 하나같이 당대 무림에서도 내로라하는 무서운 실력자들이어서 이들의 손을 피해 노방산나는 것이 서의 불가능하세만 어겨졌다.

기분 같아서는 진산월을 붙잡고 왜 하필이면 이런 곳으로 왔느냐고 따지고라도 싶었지만 그래도 명색이 장문인인 사람에게 차마 그럴 수 없어 속으로 터져 오르는 불안감과 울화를 꾹꾹 눌러 참고 있었는데, 난데없이 새파랗게 어린 소녀에게 두더지 같다는 비아냥거림을 듣게 되자 소리라도 버럭 내지르지 않고서는 도저히 견딜 수 없는 심정이었다.

하나 그는 아무 소리도 내지르지 못했다.

왜냐하면 그때 너무도 의외의 일이 일어났기 때문이다. 그 일은 누구도 예상치 못했던 것이었는지라 처음에는 모두 어리둥절한 표정을 짓고 있었다. 하나 이내 그들의 얼굴에는 경악의 빛이 가득 떠올랐다.

입가에 미소를 지으며 녹의 소녀를 보고 있던 백의 미남자가 돌연 오른손을 내밀어 동방건의 목덜미를 그대로 움켜쥐었던 것이다.

그 속도는 너무도 빠르고 가공스러웠는지라 동방건이 무언가 이상한 기척을 알아차렸을 때는 그의 목덜미는 이미 백의 미남자의 손에 그대로 제압당해 버린 뒤였다.

제 19 장
사신출현(死神出現)

제19장 사신출현(死神出現)

"큭!"

동방건의 입에서 답답한 신음성이 흘러나왔다. 동방건은 백의 미남자의 손에서 벗어나려고 발버둥을 쳤으나 백의 미남자의 손은 마치 무쇠로 만든 것인 양 꿈쩍도 하지 않았다. 오히려 백의 미남자가 손에 약간의 힘을 더 가하는 순간 동방건은 힘없이 몸을 늘어뜨리고 말았다.

계속 반항하면 목뼈를 부러뜨리겠다는 위협으로 받아들였던 것이다.

동방건은 심기가 깊고 무공이 고강한 인물이었으나 백의 미남자가 갑자기 손을 내밀어 자신을 제압하리라고는 전혀 예상치 못하고 있었기 때문에 불안한 눈으로 그를 응시하고 있었다.

산서성 일대에서 상당한 명성을 떨치고 있는 흑수사 농방건이 정체불명의 청년에게 목을 제압당한 채 눈알만 굴리고 있는 모습은 보는 이들을 경악시키기에 충분한 것이었다.

특히 은근한 눈길로 백의 미남자에게 추파를 던지고 있던 조채홍의 놀라움은 더욱 컸다.

"다, 당신…… 왜 이런 짓을 한 거죠?"

그녀는 자신도 모르게 날카로운 음성으로 소리쳐 물었다.

백의 미남자는 한 손으로 동방건의 목을 쥔 채로 그녀를 돌아보며 빙긋 웃었다. 여전히 준수하고 매력적인 미소였으나, 중인들은 왠지 오싹하는 한기를 느꼈다. 입은 웃고 있었으나 백의 미남자의 두 눈은 얼음장처럼 차갑게 가라앉아 있었던 것이다.

"뜻밖이오?"

조채홍은 눈빛을 가늘게 떨며 고개를 끄덕였다.

"그래요. 난 당신이 지금까지 온화하고 부드러운 사람인 줄로만 알았었는데……."

백의 미남자는 나직하게 웃었다.

"잘 보았소. 나는 사실 온화하고 부드러운 남자요."

"하지만……."

"하지만 지금은 별로 그렇게 보이지 않는다 이거요?"

백의 미남자는 돌연 한숨을 내쉬었다.

"이건 나로서도 어쩔 수 없는 일이오."

조채홍은 아직도 그에게 호감을 느끼고 있었기 때문에 한 가닥 희망을 품고 급히 물었다.

"그게 무슨 말이죠? 당신에게도 피치 못할 사정이 있다는 뜻인가요?"

"그렇소."

"그게 무엇인가요?"

백의 미남자는 고개를 설레설레 흔들었다.

"말할 수 없소."

조채홍은 눈을 동그랗게 떴다.

"왜 그렇죠?"

백의 미남자는 다시 희미하게 웃었다.

"그걸 말하면 이곳에 있는 모든 사람을 죽여야 하는데, 나는 아직 당신을 죽이기 싫소."

그 말에 조채홍의 어깨가 한 차례 부르르 떨렸다.

조채홍뿐 아니라 모든 사람들의 얼굴이 순간적으로 경직되었다. 백의 미남자는 비록 부드럽게 웃으면서 말하고 있지만, 어느 누구도 그가 지금 농담이나 실언을 하고 있지 않다는 것을 알아차릴 수 있기 때문이었다.

조채홍은 경악과 의혹이 담긴 눈으로 백의 미남자를 주시하고 있다가 다시 물었다.

"그래도 내가 꼭 알아야 하겠다면요?"

백의 미남자의 눈에 묘한 빛이 떠올랐다.

"정말 꼭 알고 싶소?"

조채홍은 순간적으로 망설였으나 이내 입술을 꼬옥 깨물며 고개를 끄덕였다.

"그래요. 난 알고 싶어요."

"그럼 당신에게만 특별히 알려 주겠소."

이어 백의 미남자는 그녀에게 가까이 오라고 손짓을 했다. 그녀는 무심코 그를 향해 한발 다가갔다. 그러다 무슨 생각이 들었는지 돌연 걸음을 멈추고 날카로운 눈으로 그를 쏘아보았다.

"당신은 혹시……."

백의 미남자는 담담하게 웃었다.

"왜 그러는 거요?"

조채홍은 무언가 미심쩍은 생각이 들었으나 그의 미소가 너무도 부드러워서 다시 한 걸음 내딛었다.

백의 미남자의 입가에 드리워진 미소가 조금 더 짙어졌다.

"말해 주겠소. 그것은……."

이어 그는 무어라고 중얼거렸다. 그 말은 전음을 사용한 것이어서 다른 사람에게는 들리지 않았다. 하나 그 말을 듣는 순간, 조채홍의 얼굴은 시퍼렇게 질려 버렸다.

"뭐라고요? 그렇다면 당신이……."

순간, 백의 미남자는 활짝 웃으며 왼손을 불쑥 앞으로 내밀었다.

"그렇소. 이제 알았으니 당신은 죽어도 여한(餘恨)이 없겠지?"

조채홍은 안색이 변해 전력을 다해 뒤로 물러나려 했다. 하나 백의 미남자의 손은 상상도 할 수 없을 만큼 빠르고 신속했다. 눈앞에서 무언가 그림자가 어른거린다 싶은 순간, 백의 미남자의 손은 어느새 그녀의 가녀린 목덜미를 찍어 오고 있었다. 그 속도는 강호에서 여마두로 널리 알려진 조채홍도 일찍이 본 적이 없는 가공스러운 것이었다.

우두둑!

목뼈가 부러지는 소리가 들리며 그녀의 아름답던 얼굴이 검은 흑색으로 변해 버렸다.

그녀는 눈을 부릅뜬 채 혀를 반쯤 내밀고 있다가 허물어지듯 그대로 바닥에 쓰러졌다. 일세(一世)의 여마두답지 않은 너무도 허무한 최후였다.

백의 미남자는 쓰러진 그녀의 몸을 내려다보며 나직하게 혀를 찼다.

"쯧. 당신의 몸매는 그런대로 봐 줄 만했는데…… 호기심이 너무 많은 것이 탈이었어."

갑자기 주위에 무거운 침묵이 깔리기 시작했다.

모든 사람들은 공포와 경악이 담긴 눈으로 백의 미남자를 주시하고 있었다. 이곳에 모인 사람들 중 고수가 아닌 사람이 없었으나, 그들 중 누구도 눈앞의 백의 미남자와 같은 잔인한 손속과 빠른 수법을 지닌 사람을 본 적이 없었다. 목뼈가 부러진 채 바닥에 쓰러져 싸늘히 식어 가고 있는 조채홍의 시신은 살아생전의 요염하고 아름다웠던 모습을 거의 느낄 수 없는 참혹한 것이었다.

백의 미남자는 단숨에 절정 고수 한 사람을 제압하고 다른 한 사람을 고혼(孤魂)으로 만들어 놓고도 전혀 표정의 변화가 없었다.

"누구 또 나에 대해 궁금한 사람이 있소?"

쥐숙은 듯 조용한 상내에 울려 퍼지는 그의 음성은 마치 지옥의 사신(死神)이 부르는 진혼곡처럼 중인들의 마음에 섬뜩한 공포를 불러일으키고 있었다. 당연히 아무도 입을 여는 사람이 없었다.

백의 미남자는 다시 빙긋 웃으며 혼잣말처럼 중얼거렸다.

"그럼 이제 할 일을 마저 해야겠군."

그때 갑자기 가장 백의 미남자에게서 가장 멀리 떨어진 곳에서 있던 화령천관 적동이 떨리는 음성으로 중얼거리듯 말하며 뒤로 물러났다.

"난 이번 일에 빠지겠소."

이어 그는 뒤도 돌아보지 않고 그대로 땅을 박차고 허공을 솟구쳐 오르더니 신형을 날리기 시작했다. 포악하기로 유명하며 소흥안령 일대에서 제왕처럼 군림하던 적동이 백의 미남자의 무공에 놀라 꼬리를 말고 도망치고 있는 것이다.

백의 미남자의 입꼬리에 매달려 있는 미소가 조금 더 짙어졌다.

"올 때는 마음대로 올 수 있어도 갈 때는 그렇게 안 되지."

백의 미남자는 천천히 왼손을 품속으로 집어넣었다. 적동은 그 음성을 들었는지 앞으로 더욱 빠르게 달려가고 있었다. 순식간에 그의 몸은 장내에서 십여 장 떨어진 곳에 도달해 있었다.

그때까지도 백의 미남자는 품에 손을 넣은 채 그 자리에 우뚝 서 있었다. 적동은 힐끗 뒤를 돌아보다가 백의 미남자가 자신을 쫓아오는 기미가 보이지 않자 그제야 안심한 듯 바짝 긴장되었던 표정이 조금 풀어졌다.

바로 그 순간, 백의 미남자의 품속에 들어가 있던 왼손이 거의 눈에 보이지도 않을 정도로 빠르게 밖으로 꺼내졌다. 그와 함께 시커먼 흑선 한 줄기가 눈부신 속도로 적동을 향해 쏘아져 가는 것이 아닌가?

쉬아악!

적동은 막 다시 몸을 날리려다 갑자기 등 뒤에서 섬뜩한 기운이 무시무시한 기세로 다가옴을 느끼고 황급히 몸을 돌렸다. 그가 마지막으로 본 것은 주위의 공기를 진공 상태로 만들며 자신을 향해 가공할 속도로 날아오고 있는 검은색의 작은 목검이었다. 그 목검의 정체를 미처 파악하기도 전에 적동은 이마 한복판을 불로 지지는 듯한 통증을 느끼고 입을 딱 벌렸다.

'억…….'

비명 소리는 터져 나오지 않았다.

적동은 마치 번갯불에 전신을 관통당한 사람처럼 온몸을 격하게 떨다가 허물어지듯 그 자리에 주저앉았다. 그의 양 미간 사이에는 검은색 단검 하나가 깊숙하게 꽂혀 있었다. 적동은 떨리는 손으로 자신의 이마에 꽂힌 단검을 잡으려고 꿈틀거리다가 그대로 숨이 끊어지고 말았다.

중인들의 시선은 모두 적동의 이마에 박혀 있는 검은색 목검으로 향했다.

그 목검은 어린아이의 손바닥만 한 크기였는데, 손잡이 부근에 '칠(七)'이라는 숫자가 새겨져 있었다.

그 목검을 보는 순간 몇몇 중인들의 입에서 놀람에 가득 찬 소리가 터져 나왔다.

"시…… 신목령이다!"

신목령!

그 작고 거무튀튀한 목검은 바로 마도의 절대적인 우상이라는 신목령이었던 것이다. 손잡이에 쓰여 있는 숫자는 이 신목령의 주인이 신목칠호(神木七號)임을 나타내는 표식이었다.

중인들은 백의 미남자의 정체가 신목칠호라는 것을 알게 되자 여러 가지 다른 표정을 짓고 있었다.

도욱과 마의 노인은 안색이 흙빛이 되었고, 종남파의 고수들은 어리둥절한 모습이었으며, 녹의 소녀는 태연자약하기 그지없었다. 도욱과 마의 노인은 신목령이 얼마나 무서운 것인지를 누구보다도 잘 알고 있기에 공포에 질려 있는 것이고, 종남파의 고수들은 진산월과 임영옥을 제외하고는 자신들이 신목령과 어떤 은원 관계에 있는지를 전혀 모르고 있었기 때문에 신목칠호가 나타난 것을 반겨야 할지 두려워해야 할지 갈피를 잡지 못하고 있는 것이다.

그리고 녹의 소녀는 이미 백의 미남자의 정체를 알고 있기에 오히려 냉랭한 코웃음을 치며 신목령 정도는 대수로울 게 없다는 표정을 얼굴에 역력히 떠올리고 있었다.

하나 장내에서 누구보다도 새파랗게 질려 있는 것은 백의 미남자에게 목덜미를 제압당한 채 꼼짝도 못하고 있는 동방건이었다.

동방건은 상대의 정체가 자신이 짐작한 것과 맞아떨어지자 짙은 불안과 의혹을 느꼈다.

백의 미남자는 왜 동방건을 제일 먼저 제압한 것일까?

그리고 그는 왜 아직 동방건을 죽이지 않은 것일까?

조채홍과 적동을 살해할 때의 그의 잔인한 손속으로 보아 그가 동방건을 죽이기로 마음먹었다면 동방건은 이미 싸늘한 시신이 되어 그들처럼 바닥에 쓰러져 있을 것이다. 그런데도 동방건의 숨이 아직 붙어 있는 것은 백의 미남자가 동방건을 죽일 마음이 없다는 것과 같은 뜻이었다.

동방건은 재빨리 머리를 굴려 보았으나, 백의 미남자가 자신을 살려 둔 이유를 알 수가 없었다. 그때 백의 미남자의 시선이 천천히 그에게로 향했다.

백의 미남자는 동방건이 지금 무슨 생각을 하고 있는지 훤히 짐작하고 있다는 듯 준수한 얼굴에 예의 매력적인 미소를 떠올렸다.

"한꺼번에 너무 많은 것을 생각하려고 하지 마시오. 그게 당신 수명을 조금이라도 연장시키는 길이니까."

동방건의 눈빛이 몇 차례 변했다.

백의 미남자는 한 손으로 부드럽게 그의 목을 쓰다듬었다. 부드러운 손길이었으나 동방건은 오싹 소름이 끼치는지 가볍게 진저리를 쳤다.

백의 미남자는 다시 시선을 돌려 도욱과 마의 노인을 바라보았다.

"당신들은 어떻게 하겠소?"

두 사람은 백의 미남자의 시선을 받자 안색이 경직되어 있다가 그의 말을 듣자 의아한 표정이 되었다. 도욱은 더 이상 참지 못하고 불쑥 물었다.

"어떻게 하다니…… 그게 무슨 말이오?"

백의 미남자는 하얀 이빨을 드러내며 웃었다.

"당신들 손으로 스스로 해결하겠소? 아니면 내 도움을 받고 싶소?"

도욱은 처음에는 그의 말이 무슨 뜻인지 몰라 어리둥절하다가 이내 눈빛이 파르르 떨렸다. 그것이 자결(自決)할 것인지 아니면 자신의 손에 죽을지를 결정하라는 뜻임을 알아차렸던 것이다.

도욱의 왼손이 자신도 모르게 검을 차고 있는 오른쪽 허리춤으로 다가갔다.

하나 그는 검을 뽑을 수가 없었다. 검을 뽑아 든다는 것은 결국 신목령에 대항하는 것이며, 그것이 어떠한 결과를 초래하는지를 너무도 잘 알고 있기 때문이었다. 신목령에 거역하는 자의 최후(最後)는 처참하기 이를 데 없는 것이었다.

도욱은 검의 손잡이를 잡으려던 손을 멈추며 물었다.

"다른 방법은 없소?"

백의 미남자는 의외로 선뜻 고개를 끄덕였다.

"물론 길은 사람이 다니는 방향에 따라 얼마든지 생겨날 수 있는 거요."

도욱의 눈에서 번쩍하는 빛이 일어났다.

"그 길이란 게 무언지 알 수 있겠소?"

"간단하오. 내 부탁을 한 가지만 들어주면 당신들은 언제든지 원하는 방향으로 갈 수 있소."

도욱은 잠시 침묵했다. 부탁을 들어준다는 말은 얼핏 보기에는 정중하고 온화한 것 같았으나, 그 속에 내포된 뜻은 결코 그렇지가 않았다. 그 부탁이 어떤 것이냐에 따라 자칫 무서운 결과를 초래할 수도 있는 것이다.

도욱은 강호 무림에 출도한 지는 불과 삼 년밖에 되지 않았으나 그동안 많은 고수들과의 격전을 승리로 이끌어 나름대로 상당한 명성을 떨치고 있는 인물이었다. 그는 자신의 검에 자신을 가지고 있었으며, 이미 오래전부터 한 자루 검에 운명을 맡기겠다는 각오를 다져 온 상태였다.

지금 그는 신목령을 앞에 두고 자신의 운명을 결정할 중요한 기로에 서게 되었음을 깨달았다. 신목령에 굴복하여 목숨을 부지할 것인가, 아니면 다시 한 번 검 한 자루에 자신의 운명을 걸어볼 것인가?

순간은 짧았으나 도욱의 머릿속에는 수만 가지 각기 다른 생각들이 꼬리를 물고 이어졌다. 그리고 마침내 도욱은 자신의 마음을 결정했다.

도욱은 단호한 어조로 입을 열었다.

"내가 갈 길은 내가 정하겠소."

그와 함께 그는 힘껏 검의 손잡이를 움켜잡으며 백의 미남자를 향해 돌진해 들어왔다.

팟!

눈부신 검광이 주위를 환하게 밝힐 듯이 찬연하게 피어올랐다. 그것은 도욱이 필생의 노력으로 완성한 전광검법(電光劍法)의 최고 정화인 전광무영(電光無影) 일식이었다. 도욱은 이 전광무영의 검초에 자신의 운명을 맡긴 것이다.

도욱의 검초는 정말 빨랐다. 그것은 누구도 부인하지 못할 사실이었다. 도욱의 신형이 백의 미남자를 향해 다가간다고 느낀 순간, 그의 검은 어느새 백의 미남자의 양미간을 향해 거의 도달해 있었다.

백의 미남자는 단지 고개를 뒤로 슬쩍 젖혔을 뿐이었다. 그리고 그것으로 도욱의 운명은 결정되었다.

도욱은 자신이 사력을 다해 펼쳐 낸 전광무영의 검초가 허공을 가르고 지나감을 깨달았다. 다음 순간, 그의 벌어진 앞가슴을 무언가 차갑고 예리한 것이 뚫고 들어왔다. 그것은 달콤한 정인(情人)의 혓바닥처럼 너무도 부드럽게 가슴을 파고들었다.

도욱은 비명을 지르지 않기 위해 눈을 부릅떴다.

정신을 차려보니 백의 미남자는 여전히 한 손에 동방건의 목덜미를 움켜쥔 채로 다른 한 손을 앞으로 쭉 내뻗고 있었다. 그 손이 언제부터 그렇게 앞으로 뻗어져 있는지 도욱은 알지 못했다. 단지 부드럽게 내밀어진 그 손의 둘째 손가락과 가운뎃손가락 사이에 푸른빛을 번뜩이는 예리한 비수가 쥐어져 있으며, 그 비수의 끝이 자신의 앞가슴 화개혈(華蓋穴)을 뚫고 들어왔다는 것만을 알 수 있을 뿐이었다.

화개혈을 뚫고 들어온 비수는 도욱의 심장을 반으로 갈라놓았다.

도욱은 전광무영을 펼친 자세 그대로 우뚝 서서 백의 미남자를 응시했다. 이상하게도 마음이 홀가분하며 무거운 짐을 내려놓은 듯한 개운한 기분이 들었다. 한 자루 검에 목숨을 맡긴 채 부평초처럼 강호를 떠돌아다녔던 지난날의 삶이 그렇게 허망하지만은 않다고 느껴졌다.

'내 운명은 내가 정한다…….'

도욱은 마음속으로 이렇게 외치며 환하게 웃었다. 하나 그 미소가 채 반도 떠오르기도 전에 그의 몸은 그대로 바닥에 쓰러지고 말았다.

백의 미남자는 그제야 내뻗었던 비수를 회수하며 냉정한 시선으로 도욱의 시신을 내려다보았다.

"자기의 길은 자기가 정한다고? 당신이 갈 길을 정해 준 사람은 바로 나요."

그의 말은 옳기도 하고 틀리기도 했다. 확실히 도욱의 운명을 결정지어 준 사람은 그였지만, 그런 운명을 선택한 사람은 도욱 자신이었다. 묘한 차이였으나, 그것으로 도욱은 만족을 했을 것이다.

강호에서 한 사람이 자신의 죽고 사는 문제를 스스로 결정한다는 것은 대단한 용기와 각오를 필요로 하는 것이기 때문이다.

백의 미남자는 천천히 시선을 돌려 한쪽에 멍하니 서 있는 마의 노인을 바라보았다. 마의 노인은 도욱의 시신을 우두커니 쳐다보고 있다가 백의 미남자의 시선을 느꼈는지 한 차례 몸을 부르르 떨었다.

백의 미남자는 입꼬리를 비틀면서 웃었다.

"당신은 어떻소? 당신도 저자처럼 멋진 종말을 맞이하고 싶소?"

마의 노인은 황급히 고개를 흔들었다.

"노부는 저자와는 생각이 다르네."

그의 음성은 추악한 얼굴만큼이나 듣기 거북하고 음산한 것이었다.

백의 미남자는 짐짓 눈을 크게 떴다.

"오. 그렇다면 내 부탁을 들어주겠단 말이오?"

"무엇이든 말만 하면 자네가 원하는 것을 들어주겠네."

백의 미남자는 가늘게 웃었다.

"내가 원하는 건 당신이 해 줄 수 없는 것이오. 그런 거창한 것이 아니라 당신은 그저 내 부탁 한 가지만 들어주면 되는 거요."

마의 노인은 허겁지겁 말을 바꾸었다.

"자네의 부탁은 무엇이든 들어주겠다는 뜻이었네."

이 광경을 지켜보고 있던 낙일방의 얼굴에 짙은 혐오의 빛이 떠올랐다.

'살기 위해서 자신보다 훨씬 어린 자에게 비굴한 모습을 보이다니…… 저 늙은이는 자존심도 없는 모양이구나. 그에 비하면 장렬하게 싸우다 쓰러진 청의인은 얼마나 남자다운지 모르겠구나.'

낙일방은 만약 자신이 저런 처지에 처하게 되면 어떻게 할 것인가 하고 반문(反問)해 보았다. 생각하고 자시고 할 것도 없었다. 낙일방에게서 자존심을 뺀다면 그것은 더 이상 낙일방이 아닐 것이다. 그리고 그것을 어찌 살아 있는 것이라고 말할 수 있겠는가?

하나 마의 노인은 목숨에 비하면 자존심 따위는 전혀 하잘것없는 것이라고 생각하고 있음이 분명했다. 그는 백의 미남자의 생각이 바뀔 것이 두려운 듯 다시 재빠르게 한마디를 덧붙였다.

"노부는 평소부터 신목령의 위엄을 존중해 왔네. 그런데 어찌 신목령의 뜻을 거절할 수 있겠나?"

백의 미남자는 냉랭하게 웃었다.

"이건 신목령의 뜻이 아니라 내 뜻이오."

마의 노인은 쭈뼛거리며 대답했다.

"어차피 노부에게는 마찬가지일세."

백의 미남자는 갑자기 기분이 나빠진 듯 음성이 차갑게 변했다.

"신목령은 신목령이고, 나는 나요. 그걸 착각하지 마시오."

마의 노인은 찔끔하여 급히 고개를 끄덕였다.

"알았네. 이건 자네 뜻일세."

백의 미남자는 싸늘한 눈으로 마의 노인을 쏘아보다가 이내 다시 처음의 부드러운 표정으로 돌아왔다.

"내 부탁은 간단한 것이오."

이어 그의 입술이 살짝 열리며 무어라고 중얼거리는 듯했으나 중인들의 귀에는 아무 소리도 들려오지 않았다. 전음술(傳音術)을 이용하고 있음이 분명했다.

마의 노인은 처음에는 흠칫 놀라는 듯하더니 이내 얼굴에 기괴한 표정을 떠올렸다. 그것은 놀람과 당혹이 겹친 모습이었다.

백의 미남자는 말을 마친 후 마의 노인을 빤히 쳐다보았다.

"어떻소. 들어줄 수 있겠소?"

마의 노인은 조금 머뭇거리다가 고개를 끄덕였다.

"그건 별로 어렵지 않은 일이네. 그런데……."

백의 미남자는 더 이상 들을 것도 없다는 듯 잘라 말했다.

"그럼 됐소. 당신은 내가 지시할 때까지 가만히 있으시오."

마의 노인은 한 마리 유순한 양처럼 고분고분 대답했다.

"알겠네."

휘잉……!

한 줄기 세찬 강바람이 불어오자 장내의 고수들은 모두 한 차례씩 몸을 흠칫 떨었다. 마음속에 스멀거리며 피어오르는 공포심이 차가운 강바람에 섞여 중인들의 마음에 오한을 불러 일으켰던 것이다. 모래사장 여기저기에 쓰러져 있는 고수들의 모습이 더욱더 을씨년스럽고 섬뜩하게 보였다.

백의 미남자의 시선이 느릿느릿 진산월에게로 향했다. 진산월은 그때까지도 침묵을 지킨 채 장내에서 벌어진 일련의 참혹한 광경들을 묵묵히 지켜보고 있었다.

백의 미남자의 입가에 다시 희미한 미소가 떠올랐다.

"뜻밖이오?"

하얀 이를 드러내며 웃고 있는 그의 모습은 임풍옥수(臨風玉樹)라는 말이 무색한 것이었으나, 장내의 누구도 그의 미소를 준수하다고 생각하는 사람은 없었다.

진산월은 솔직하게 고개를 끄덕였다.

"그렇소. 설마 신목령까지 이번 일에 끼어들 줄은 몰랐소."

백의 미남자의 입가에 떠올라 있는 미소가 조금 더 짙어졌다.

"사실은 별로 놀랄 일도 아니오. 나는 오래전부터 그 물건에 관심을 가지고 있었고, 그것을 입수할 수 있는 기회를 기다려 왔소."

진산월은 문득 동중산이 가지고 있다는 그 물건이 무엇인지 궁금해졌다. 그동안은 막연히 무림인들이 탐을 내는 기보일 거라고만 생각하고 있었는데, 천하를 위진시키고 있는 신목령의 고수까지 관심을 가질 정도라면 단순한 기보 정도가 아님이 분명했다.

그의 속마음을 짐작이라도 한 듯 백의 미남자는 빙긋 웃으며 말을 이었다.

"당신은 아직 그 물건이 정확히 무엇인지도 모르고 있을 거요. 만약 알았다면 동중산을 제자로 받아들이는 경솔한 짓은 하지 않았겠지. 하지만 일단 동중산을 받아들인 이상 당신은 마땅히 그에 대한 책임을 져야 할 거요."

진산월의 대답은 침착하기 그지없었다.

"물론 그럴 거요. 그의 과거가 어떠했든 일단 본 파에 들어온 이상 그는 본 파의 제자이며, 나는 장문인으로서 그를 보호해야 할 책임이 있소."

백의 미남자의 입꼬리가 묘하게 비틀어 올라갔다.

"과연 일파의 장문인다운 멋진 말이오. 그런데 내가 꼭 그를 데려가야겠다면?"

진산월은 담담하게 웃었다.

"어디 한번 해 보시오."

진산월의 너무도 태연한 말에 중인들은 모두 어안이 벙벙한 모습들이었다. 아무리 그가 한 문파의 장문인이라고 해도 종남파는 이미 잊혀 가는 유명무실한 문파에 불과할 뿐이었다. 그런데도 신목령의 고수를 앞에 두고 이토록 태연자약할 수 있다는 게 그저 신기할 뿐이었다.

더구나 백의 미남자의 잔인한 손속과 고강한 무공을 직접 눈으로 보지 않았던가?

백의 미남자 또한 다소 의외인 듯 짙은 검미 아래 빛나는 눈동자가 한층 더 날카로운 빛을 발했다.

"나를 막을 자신이 있다는 말이오?"

"자신감 같은 건 불필요한 허식일 뿐이오. 난 그저 당신이 의도한 일이 쉽게 이루어지지는 않을 거라고 말하고 있는 거요."

"과연 입담이 대단하군. 하지만 직접 내 손을 겪어 보며 생각이 달라질 거요."

"그거야 당해 보지 않고는 모르는 일이지. 그런데 당신은 혹시 나에 대해 누군가에게 들은 적이 있지 않소?"

백의 미남자의 눈빛이 야릇하게 반짝였다.

"왜 그렇게 생각하는 거요?"

"그냥 당신이 나타난 것이 단순히 물건 때문은 아니라는 생각이 들었을 뿐이오. 당신은 나에게 달리 용무가 있는 게 아니오?"

백의 미남자는 한동안 기이한 눈으로 진산월을 뚫어지게 응시하더니 이내 고개를 갸웃거렸다.

"당신은 확실히 처음 보기보다는 이상한 사람이군."

진산월은 차분한 음성으로 물었다.

"내가 어디가 이상하다는 거요?"

"나는 지금까지 당신이 어딘지 모르게 미련해 보인다고 생각했었소. 당신을 상대할 때는 조심해야 한다는 말을 별로 믿지 않았었지. 그런데 당신은 보기와는 달리 상당히 날카로운 구석이 있군."

"그렇다면 내게 용건이 있다는 말이오?"

돌연 백의 미남자의 얼굴에 떠올라 있던 미소가 씻은 듯이 사라졌다. 백의 미남자는 진산월의 얼굴을 빤히 응시하며 천천히 고개를 끄덕였다.

"그렇소. 내가 이곳에 온 이유는 물건을 입수함과 아울러 당신을 만나기 위함이었소."

그는 잠시 말을 멈추었다가 짤막하게 덧붙였다.

"좀 더 자세히 말하자면 당신을 제거하기 위해 온 거지."

그 말에 종남파 고수들의 안색이 일제히 변했다. 낙일방은 물론이고 항상 침착한 태도를 유지하던 정해마저 긴장된 표정을 감추지 못한 채 금방이라도 병기를 뽑아 들 태세를 취했다.

하나 진산월은 아무 말도 듣지 못한 사람처럼 처음과 조금도 다름없는 표정으로 백의 미남자를 쳐다보고 있었다.

"당신에게 내 이야기를 한 사람이 누구인지 알 수 있겠소?"

백의 미남자의 입꼬리에 다시 미소가 떠올랐다. 하나 그것은 조금 전과는 달리 너무도 냉혹하고 살기 어린 미소였다.

"물론 당신을 별로 좋아하지 않는 사람이오. 그건 그렇고……

밤바람이 슬슬 차가워지는데 이쯤에서 일을 마무리 짓고 싶군.”

그의 마지막 말은 독백처럼 나직한 것이었으나, 종남파 고수들의 귀에는 세상의 어떤 소리보다도 크게 들렸다.

차창!

요란한 검명과 함께 낙일방의 손에 시퍼런 빛을 발하는 검이 쥐어졌다. 성질 급한 낙일방이 더 이상 참지 못하고 검을 뽑아 든 것이다.

백의 미남자는 낙일방 쪽으로는 눈길조차 주지 않았다. 그는 자신이 오른손에 목덜미를 움켜쥐고 있는 동방건의 얼굴에 시선을 고정시켰다.

동방건은 적지 않은 시간 동안 그의 손에 목을 제압당한 채 입도 벙긋하지 못하고 맥없이 서 있었다. 그러다 그의 눈빛을 받자 체념한 듯 입가에 씁쓸한 미소를 떠올리고 있었다.

백의 미남자는 그의 눈을 빤히 들여다보다가 무슨 생각을 했는지 갑자기 그의 목덜미를 움켜쥔 손을 풀었다. 동방건은 한 차례 신형을 휘청거리더니 이내 손으로 자신의 목덜미를 쓰다듬으며 한숨을 내쉬었다.

“후우…….”

백의 미남자는 그가 자신의 목을 어루만지는 모습을 묵묵히 지켜보고 있다가 불쑥 입을 열었다.

“내가 왜 당신을 살려 두는지 이유를 알겠소?”

동방건은 평소의 그답지 않고 쓴웃음을 지으며 고개를 끄덕였다.

"알고 있소."

"그럼 됐소."

백의 미남자는 의미 모를 소리를 내뱉고는 입을 굳게 다물어
버렸다.

동방건은 힐끗 백의 미남자를 쳐다보더니 이내 어깨를 으쓱거
리며 진산월의 앞으로 느릿느릿 다가왔다.

하나 그가 채 두 걸음도 내딛기 전에 하나의 검이 불쑥 그의 코
앞으로 돌진해 들어왔다. 검을 휘둘러 그를 찔러 온 사람은 다름
아닌 낙일방이었다.

낙일방은 동방건이 백의 미남자의 손에서 풀려날 때부터 심상
치 않은 기색을 느끼고 그를 노려보고 있다가 그가 진산월 쪽으로
신형을 움직이자마자 바로 출수했던 것이다. 그것은 누가 보기에
도 성급하고 무모한 행동이었다.

동방건이 비록 백의 미남자의 손에 어이없이 제압당했다고는
하나, 이미 오랫동안 강호 무림에서 적지 않은 명성을 떨쳐 온 인
물이었다.

사실 그의 무공 실력은 백의 미남자의 손에 일 초도 못 버티고
제압당할 정도로 형편없지는 않았다. 단지 그때 그는 완전히 방심
하고 있었던 데다, 워낙 백의 미남자의 기습이 빠르고 갑작스러워
서 제대로 실력 발휘도 해 보지 못하고 제압당했던 것뿐이었다.
그러니 이제 풋내기에 불과한 낙일방이 그를 향해 덤벼든 것은 그
야말로 하룻강아지 범 무서운 줄 모르는 격이었다.

동방건의 낯빛이 싸늘하게 굳어졌다.

그는 얼굴에 아직 솜털도 벗겨지지 않은 애송이가 검을 뽑아 들고 자신을 향해 달려들자 내심 어이가 없기도 하고 화가 치밀어 오르기도 했다.

'이놈이 날 뭘로 보고……'

가뜩이나 백의 미남자의 손에 목덜미를 잡혀 개망신을 당한 치욕이 머릿속에 그대로 남아 있는 터에 이런 일을 당하자 가슴 깊숙한 곳에서 잔인한 살심이 마구 꿈틀거리며 피어올랐다.

동방건은 살광이 이글거리는 눈으로 낙일방을 노려보며 오른손을 쭉 뻗어 그의 검을 빼앗으려 했다. 하나 낙일방의 검세는 제법 날카로워서 동방건은 급히 손을 오므려야만 했다.

낙일방이 방금 펼친 것은 유운검법 중의 유운축전(流雲逐電)이란 초식이었는데, 빠르고 날카롭기가 종남파의 무공 중 몇 손가락 안에 드는 것이었다. 만일 낙일방이 이 초식을 완벽하게 터득했다면 무심코 손을 내밀었던 동방건은 커다란 낭패를 면치 못했을 것이다.

동방건은 아직 얼굴에 붉은 기도 가시지 않은 낙일방의 손속이 의외로 매서운 것을 보고는 당황하기는커녕 오히려 입가에 엷은 미소를 떠올렸다.

그 미소를 보자 상원건은 가슴이 덜컥 내려앉았다. 그는 그 미소가 동방건이 가슴속에 살심이 충만할 때 습관적으로 짓는 것임을 알고 있었던 것이다.

갑자기 동방건의 신형이 허깨비처럼 그 자리에서 사라졌다. 낙일방은 막 검으로 그의 어깨 죽지를 찔러 오다가 눈앞에서 그의 모습이 사라지자 움찔 놀라 황급히 몸을 돌렸다. 하나 뒤에도 동방건의 모습은 보이지 않았다.

그때 그의 뒤로 정해의 다급한 음성이 들려왔다.

"일방, 위쪽이다!"

그 음성을 듣자 낙일방은 더 생각할 겨를도 없이 앞으로 몸을 굴렀다.

펑!

그가 방금 전까지 서 있던 자리에서 폭음이 터지며 흙먼지가 자욱하게 피어올랐다. 그와 함께 동방건의 신형이 허공에서 무서운 속도로 떨어져 내렸다.

낙일방은 자신의 동작이 조금만 늦었어도 그 벼락 같은 장력에 그대로 격중되고 말았으리라는 것을 알고 등골이 서늘해졌다. 하나 그것은 시작에 불과했다.

낙일방이 채 바닥에서 일어서기도 전에 동방건의 몸은 어느새 그의 코앞으로 육박해 들어오고 있었다. 무섭도록 빠른 몸놀림이 아닐 수 없었다.

동방건의 나이는 올해 사십일 세, 운남(雲南)의 명문(名門)인 동방세가(東方世家)에서 다섯 번째 아들로 태어났다. 그에게는 위로 네 명의 형과 아래로 두 명의 동생이 있었다. 열일곱 살에 그는 형들이 있는 한 자신은 결코 가주(家主)가 될 수 없다는 것을 깨닫고 세가를 박차고 나와 강호로 뛰어 들었다.

그로부터 이십 년이 넘는 동안 그는 크고 작은 수십 번의 싸움을 통해 강호에 적지 않은 명성을 떨칠 수 있었다.

그는 낙일방을 보자 마치 이십 년 전의 자기를 보는 듯한 기분이 들었으나 그렇다고 추호도 손속을 늦추거나 사정을 보아줄 생각은 없었다. 오랜 동안 강호에서 지내면서 그가 절실하게 느낀 것은 강호에서는 상대방을 쓰러뜨릴 수 있는 기회가 생기면 반드시 상대를 쓰러뜨려야 한다는 것이다. 그 기회를 놓치거나 머뭇거린다면 결국 쓰러지는 것은 자기 자신이며, 그때 가서 아무리 후회를 하거나 어떠한 변명을 해 보았자 소용이 없는 일이었다.

지금도 낙일방의 가슴팍을 향해 맹렬하게 다가오는 그의 오른손바닥은 황소라도 단숨에 죽일 수 있을 만큼 살인적인 위력을 담고 있었다. 그것은 절옥수(截玉手)라는 절정의 수공(手功)으로, 동방건은 신속히 낙일방을 쓰러뜨리기 위해 처음부터 절기를 펼친 것이다.

낙일방의 지금 공력으로 그의 공세에 정면으로 맞선다는 것은 자살행위나 마찬가지였다. 낙일방은 황급히 우측으로 몸을 돌려 피하려 했다. 하나 동방건의 손이 워낙 빠르게 다가와 미처 피할 사이가 없었다.

절체절명의 순간, 낙일방의 몸이 갑자기 뒤로 그대로 벌렁 누워 버렸다.

쑤앙!

강력한 위력을 담은 동방건의 손이 아슬아슬하게 낙일방의 몸 위를 휩쓸 듯이 스치고 지나갔다. 그와 동시에 뒤로 누웠던 낙일방의 몸이 다시 벌떡 일어나며 동방건을 향해 매서운 검광을 찔러 오는 것이 아닌가?

"아!"

중인들 틈에서 나직한 탄성 소리가 흘러나왔다.

방금 낙일방이 시전한 것은 철판교(鐵板橋)라는 것으로, 발뒤꿈치만으로 몸을 고정시킨 채 바닥과 거의 수평이 되게 몸을 눕혀 상대의 공세를 피하는 신법이었다. 이 신법은 그 절묘한 위력만큼이나 익히기가 어려워서 오랫동안 피나는 연습을 하지 않으면 펼칠 수가 없는 것이었다.

그런데 아직 풋내기에 불과한 낙일방이 능수능란하게 철판교의 신법을 펼쳐 동방건의 공세를 피하고 오히려 날카로운 반격을 하자 종남파의 고수들은 모두 놀라고 기뻐했다.

사실 낙일방은 천남사살에게 호되게 당한 후 진산월의 충고를 되새기며 밤마다 철판교와 원앙각, 홍안척령 등의 초식을 수십 번씩 연마해 왔던 것이다. 언제고 천남사살의 장욱에게 설욕하기 위한 것이었지만, 지금의 위급한 상황에서도 아주 유효적절하게 써먹을 수 있었다.

동방건은 우습게보았던 낙일방이 의외로 제법 만만치 않은 실력을 보이자 절로 마음이 급해지며 분노가 솟구쳐 올랐다. 그는 피할 생각도 하지 않고 자신을 향해 쏘아져 오는 검광 속으로 주저 없이 뛰어들었다.

파파팍!

그의 양손이 질풍처럼 휘둘러지며 푸른 장영이 허공을 가득히 뒤덮을 듯 생겨나기 시작했다. 절옥수 중의 절초인 홍망천리(洪茫千里)라는 초식이었다.

낙일방은 유운검법 중의 유운비격(流雲飛擊)으로 막 동방건의 목덜미를 찔러 가다가 그가 자신의 검세 속으로 돌진해 들어오자 순간적으로 당황했다. 아직 남과 싸워 본 경험이 거의 없는 그로서는 상대와 정면충돌하는 일이 당혹스럽게 느껴졌던 것이다.

그렇다고 뒤로 물러섰다가는 치명적인 낭패를 당할 것이 분명한지라 낙일방은 울며 겨자 먹는 심정으로 그대로 유운비격의 검초를 밀고 나아갔다. 그의 강호 경험이 조금만 더 풍부했더라도 동방건의 공세에서 허점을 발견하고 승기(勝機)를 잡을 수 있었을 것이나, 지금의 그에게 그런 것을 바란다는 것은 무리한 일이었다.

파팡!

"큭!"

두 사람의 공세가 정면으로 충돌하자 세찬 경기와 검기가 사방을 휘젓듯이 몰아치며 누군가의 답답한 신음 소리가 들려왔다.

눈을 부릅뜨고 장내를 지켜보던 종남파 고수들의 안색이 창백하게 변했다.

낙일방이 술 취한 사람처럼 얼굴을 시뻘겋게 물들인 채 뒤로 정신없이 물러나고 있는 모습이 눈에 들어왔던 것이다.

"우엑!"

뒤로 다섯 걸음이나 물러나던 낙일방은 더 이상 참지 못하고 시커먼 피를 한 사발이나 토해 내고 말았다. 그 와중에도 용케도 검을 놓치지 않고 손에 쥐고 있다는 것이 신기할 따름이었다.

그에 비하면 동방건은 제자리에 우뚝 서 있는 모습이 전혀 다친 곳이 없어 보였다. 하나 그의 얼굴은 얼음장처럼 차갑게 굳어져 있었다.

그는 어이없다는 표정으로 자신의 양팔을 내려다보고 있었다. 그의 양쪽 소매는 태반이 검에 잘려 나가 두 팔이 팔뚝 부근까지 훤히 드러나 있었던 것이다. 비록 아무런 상처도 입지 않았으나 낙일방의 검법이 조금만 더 매서웠다면 영락없이 두 팔이 잘려지고 말았을 것이다.

동방건의 눈빛에 푸르스름한 살기가 피어올랐다. 그는 아직도 비틀거리고 있는 낙일방을 무서운 눈으로 쏘아보더니 아무 말 없이 그를 향해 다가가기 시작했다.

비록 낙일방을 부상 입히기는 했으나, 이제 겨우 강호에 처음 출도한 애송이 중의 애송이에게 소맷자락이 잘렸다는 것은 동방건으로서는 더할 나위 없이 수치스러운 일이었다. 그것은 백의 미남자에게 단 일 초 만에 목을 제압당한 것보다도 더욱 더 견디기 어려운 일이었다.

하나 그가 낙일방을 향해 채 두 걸음도 떼기 전에 그림자가 어른거리더니 그의 앞을 한 사람이 가로막았다.

동방건은 자신을 막아선 사람이 지금까지 아무런 말도 없이 진산월의 뒤에 서 있던 방립을 쓴 여인임을 알아보고는 차가운 안광을 번뜩였다.

"비켜라."

임영옥은 방립 아래로 고개를 저었다.

"그는 이미 더 이상 당신과 싸울 수 있는 상태가 아니에요."

동방건은 그녀의 말을 듣지 못한 듯 냉랭한 음성으로 다시 말했다.

"비키지 않는다면 여자라도 용서하지 않겠다."

임영옥의 음성은 여전히 조용했다.

"이번 싸움은 당신이 이겼어요. 그러니 이쯤에서 만족함을 느끼고 그만두도록 하세요."

동방건은 살기가 뚝뚝 떨어지는 눈으로 그녀를 쏘아보다가 갑자기 그녀를 향해 번개 같은 일장(一掌)을 날렸다. 그것은 빠르고 날카로운 기세로 임영옥을 향해 날아왔다. 임영옥이 그 장력을 피하려고 몸을 움직인다면 동방건은 그 사이를 노려 임영옥의 뒤에 있는 낙일방에게 달려들 속셈이었다.

임영옥은 피하지 않고 오른손을 마주 앞으로 내밀었다.

쾅!

귀청이 떨어지는 듯한 폭음이 터지며 백사장의 모래 가루가 허공으로 자욱하게 흩뿌려졌다.

동방건은 그녀가 자신과 정면으로 일장을 교환할 줄은 미처 몰랐는지 단지 칠성(七成)의 공력만을 사용했다가 가슴에 둔한 충격을 받고는 뒤로 한 걸음 물러나고 말았다. 그는 황급히 그녀를 바라보다가 이내 안색이 확 변했다.

임영옥 또한 자신과 마찬가지로 단지 한 걸음밖에는 물러나지 않았던 것이다. 앞에 찍힌 발자국이 거의 알아볼 수 없을 만큼 미약한 것으로 보아 별다른 충격을 받지 않았음이 분명했다. 어찌 보면 일부러 뒤로 한 걸음 살짝 물러난 것도 같았다.

그에 비하면 동방건의 앞에 찍혀 있는 발자국은 선명하게 드러나 있었다.

동방건은 눈앞의 사실을 믿을 수 없었는지 안색이 여러 차례 변하며 임영옥을 노려보았다. 임영옥의 얼굴은 방립에 깊숙하게 가려 있어 보이지 않았으나, 방립 아래 살짝 드러난 아래턱과 입술은 조금도 흔들리지 않아서 그녀가 얼마나 침착하고 냉정한 성격인지를 여실히 드러내 주고 있었다.

동방건은 이내 낯빛을 딱딱하게 굳힌 채 고개를 끄덕였다.

"그래. 과연 한 수가 있군. 그러니 큰소리를 쳤겠지."

그는 상대가 여자라고 은근히 경시했던 마음을 버리고 양손에 공력을 끌어 올린 채 천천히 그녀를 향해 다가가기 시작했다.

"이제는 사정을 봐주지 않겠다. 각오하는 게 좋을걸."

그가 공력을 끌어 올림에 따라 장내의 공기가 팽팽하게 긴장하기 시작했다.

임영옥은 조금도 흐트러짐 없는 눈으로 그를 보고 있다가 짤막하게 말했다.

"흑우선(黑羽扇)을 꺼내세요."

그 말에 동방건의 눈꼬리가 파르르 떨렸다.

흑우선은 그의 독문 병기(獨門兵器)로, 그는 이 흑우선으로 펼치는 흑풍십이선(黑風十二扇)으로 강호에 명성을 떨치게 되었다. 동방건은 조금 전에 낙일방을 상대할 때 흑우선을 사용할 필요성을 느끼지 못해 허리춤에 꽂아 놓고 있었는데, 지금 임영옥은 그에게 그것을 뽑으라고 말하고 있는 것이다. 이 말은 다시 말하면

맨손으로는 자신의 상대가 되지 못한다는 뜻이 아닌가?

일개 아녀자에게 이런 말을 듣는다는 것은 동방건으로서는 도저히 참을 수 없는 일이었다.

동방건은 한동안 차가운 눈으로 임영옥을 쏘아보다가 중얼거리듯 말했다.

"때가 되면 그러지."

임영옥은 말없이 오른손을 움직여 장검의 손잡이를 잡아 갔다.

스릉!

날카로운 검명과 함께 그녀의 백옥 같은 손에 차가운 검이 쥐어졌다. 그녀는 검을 뽑아 든 채 중단(中段)으로 겨누고 우뚝 서 있었다.

막 그녀를 향해 몸을 날려 덤벼들려던 동방건이 갑자기 신형을 멈춰 세웠다. 동방건은 그녀의 자세를 보고는 안면 근육을 가늘게 떨었다.

단순히 검을 잡고 있기만 했는데도 그녀의 전신에서 칼날처럼 예리한 기운이 솟아올라 그녀의 몸 전체가 마치 잘 닦인 보검(寶劍)처럼 한 치의 허점도 보이지 않았던 것이다. 가까이 다가가기만 해도 그 보검에 베이고 말 것 같았다.

그것은 평생을 검(劍)과 함께 살아온 절정의 검객(劍客)들에게서나 볼 수 있는 기도였다. 동방건은 아직 나이도 그리 많지 않은 여인에게서 이러한 기도를 보게 될 줄은 정녕 상상도 하지 못하고 있었다.

동방건은 안색이 여러 차례 변하다가 이내 오른손을 허리춤으로 가져가 하나의 부채를 꺼내 들었다. 그것은 새의 깃털로 만들어진 부채였는데, 기이하게도 깃털과 손잡이 부분이 모두 검은색이었다. 이것이 바로 흑우선이었다.

임영옥은 단순히 검을 잡고 있는 것만으로 동방건으로 하여금 흑우선을 뽑지 않을 수 없게끔 만들어 버린 것이다.

흑우선을 손에 쥔 채 임영옥을 향해 다가가는 동방건의 얼굴은 평소의 그답지 않게 진중하고 심각했다. 임영옥이 보기와는 달리 상당한 실력을 지닌 검의 고수임을 절실히 깨달았던 것이다.

강호에서 검(劍)으로 유명한 여고수는 그리 많지 않았다. 여인들은 대개 검을 장식품으로 가지고 다닐 뿐, 진정으로 검도(劍道)를 수련하는 사람은 극소수에 불과했다. 여자들은 그 신체적인 특징상 절정의 검도를 익히기 힘들기 때문이었다.

따라서 대부분의 여고수들은 장공(掌功)이나 음공(陰功), 금나수(擒拿手) 같은 수법들을 주로 익히며, 병기도 사용하기 편하고 쉽게 연마할 수 있는 편(鞭)이나 선(扇), 대(帶), 혹은 암기들을 주로 이용하고 있는 것이다.

그런데 지금 동방건이 상대하는 임영옥은 어려서부터 체계적으로 검법을 수련했을 뿐 아니라 그 재질 또한 우수하여 당대 무림의 어떤 검객들에도 못지않은 실력을 지니고 있었다.

임장홍조차도 생전에 싸우는 일에는 매상이 뛰어날지 몰라도 검법에 관한 한 임영옥을 당해 내지 못할 거라고 말한 적도 있을 정도였다. 그렇게 본다면 실질적으로 현재의 종남파에서 제일가는 고수는 임영옥이라고 할 수 있을 것이다.

장문인인 진산월은 남과 싸우는 법이 거의 없어 그의 사제들조차도 그의 실력이 어느 정도인지 확실히 알고 있지 못했다.

하나 낙일방은 예전에 아주 우연히 진산월과 임영옥이 비무(比武)하는 광경을 본 적이 있었다.

그때 두 사람은 천하삼십육검 내의 초식만으로 검을 겨루었었는데, 이십여 초 만에 임영옥의 장검이 진산월의 가슴팍을 너덜너덜하게 만들어서 그녀의 승리로 끝나게 되었다. 그때 진산월은 하마터면 가슴에 구멍이 뚫릴 뻔했는데도 무엇이 그리 좋은지 싱글벙글 웃으며, '그렇군. 이제 알겠어.' 라고 중얼거려서 구경하고 있던 낙일방을 어리둥절하게 만들었었다.

낙일방은 여자에게 패하고도 태연자약하게 웃고 있는 진산월을 도무지 이해할 수 없었으나, 아무에게도 그때의 일을 말하지 않았다. 임영옥에게 패했다는 것이 알려지면 진산월의 체면이 깎일 거라고 생각했기 때문이다.

지금 임영옥은 수중의 장검을 가볍게 들어 가슴 부위에 올린 채 조용히 서 있었다. 그녀의 자세는 물처럼 고요했고, 한 치의 흔들림도 없었다.

원래 중단세(中段勢)는 얼핏 보기에는 쉬워 보여도 오래 유지하고 있기가 힘든 자세였다. 하단세(下段勢)나 상단세(上段勢)는 뚜렷하게 노리는 목표가 있기 때문에 오히려 자세를 잡고 있기 수월했으나, 중단세는 상대의 반응에 따라 대응을 하는 자세인데다 중심을 잡기가 애매해서 어지간히 수련을 오래한 고수들도 실전(實戰)에서는 좀처럼 사용하지 않는 것이었다.

그런데 임영옥은 무림의 고수인 동방건을 앞에 두고도 태연히 중단세를 취했을 뿐 아니라, 동방건이 다가오는 것을 보면서도 미동도 하지 않고 있었다.

한 발 한 발 그녀를 향해 다가가는 동방건의 이마에 언제부터인지 식은땀이 흘러내리고 있었다. 동방건은 그녀의 완벽한 중단세에 내심 가슴 한구석에서 차가운 바람이 불어왔으나, 그렇다고 여기에서 물러날 수는 없었다.

어느덧 그는 그녀에게서 일장 반 떨어진 곳까지 접근해 있었다.

동방건은 이런 상태로 반장 만 더 다가가고 싶었다. 그의 병기는 단병(短兵)인 흑우선이었기 때문에 가까이 접근할수록 이점(利點)이 많았기 때문이었다. 반대로 그녀는 검을 사용하기 때문에 조금 떨어져 있는 것이 유리했다.

그런데도 임영옥은 그 자리에 가만히 선 채로 그의 접근을 허용하고 있었다.

'검을 잘 배우긴 했지만 아직 대전(對戰) 경험이 부족하구나.'

동방건은 이런 상태라면 자신에게 충분히 승산이 있다고 생각했다.

강호에서는 실력이 삼 푼, 경험이 칠 푼이라는 말이 있다. 아무리 실력이 좋아도 남과 싸운 경험이 부족하다면 실제의 싸움에서는 낭패를 보기 일쑤였다.

'이제 두 걸음만 더…….'

동방건은 흑우선을 활짝 펴 마치 유람을 나온 문사처럼 가볍게 흔들면서 다시 빠르게 한 걸음 전진했다. 임영옥은 이를 아는지 모르는지 여전히 중단세를 유지한 채 움직일 줄을 몰랐다.

동방건의 발이 다시 한 걸음 앞으로 다가왔다. 이제 두 사람 사이의 거리는 채 일 장도 되지 않았다.

'지금이다!'

동방건은 두 눈을 횃불처럼 반짝이며 임영옥의 우측으로 빠르게 신형을 날렸다. 하나 채 반도 움직이기 전에 갑자기 방향을 바꾸어 좌측으로 날아갔다.

스슥!

그의 몸놀림이 어찌나 빠르고 갑작스럽게 변했는지 얼핏 보기에는 두 명의 동방건이 그녀의 양쪽을 동시에 공격하는 것 같은 착각이 들 정도였다. 이것은 일지이로(一枝二路)라는 신법으로, 한쪽을 공격하는 척하면서 사실은 반대쪽으로 다가서는 동작이었다. 단순한 속임수 동작과 비슷했으나, 그 공격하는 투로(套路)가 워낙 빠르고 변화가 신속해서 지금과 같은 가까운 거리에서는 어떤 절정 신법(絕頂身法)보다도 효과적인 공격 방법이었다.

과연, 임영옥은 동방건의 변화무쌍한 공격에 당황했는지 신형이 한 차례 흔들렸다.

동방건은 그녀의 좌측으로 무섭게 돌진해 들어오며 흑풍십이선 중의 흑풍소설(黑風掃雪)과 흑풍비화(黑風飛花)를 거푸 전개해냈다.

쏴쏴쏴……..

마치 바람이 대나무숲 을 스치는 듯한 음향이 들려오며 임영옥의 주위가 온통 검은 선영(扇影)에 휘감겨 버렸다.

동방건의 공세는 치밀하면서도 날카로운 것이었다. 임영옥은 오른손에 검을 들고 있었기 때문에 왼쪽은 아무래도 수비가 허술한 편이었다. 일지이로 신법으로 그녀의 자세를 허물어뜨리고 뒤이어 좌측으로 공격해 들어간 것은 과연 강호에서 명성을 떨친 고수다운 노련한 솜씨가 아닐 수 없었다.

한데 동방건이 펼친 흑우선의 경기가 막 임영옥의 전신을 무차별로 강타하려는 순간, 흔들거리던 그녀의 몸이 갑자기 더욱 크게 흔들리며 한 줄기 예리한 검기가 솟구쳐 올랐다. 그 검기가 어찌나 날카로웠는지 주위가 갑자기 차가운 빙굴에 들어간 것처럼 싸늘해진 느낌이었다.

동방건은 엄밀한 공세 속에 갇혀 있던 그녀의 신형이 유연하게 선영을 뚫고 비스듬히 자신의 우측으로 돌아가는 것을 느꼈다. 그와 함께 그녀의 가슴팍에 세워져 있던 검의 모습이 사라지며 한 줄기 차가운 검광이 자신의 목덜미로 쏘아져 오는 것을 보았다.

마치 그녀의 손에 들려 있던 검이 하나의 광채로 변한 것 같았다.

"흡!"

동방건의 입에서 자신도 모르게 짤막한 신음성이 흘러나왔다. 그는 피하지 않고 흑우선으로 자신의 목을 찔러 오는 검광을 후려쳐 갔다.

그런데 검광과 흑우선이 정면으로 맞부딪치려는 찰나, 갑자기 검광이 반으로 갈라지며 두 줄기 예리한 광채가 동방건의 양쪽 옆구리로 날아오는 것이 아닌가? 그것은 너무도 급작스럽고 날카로운 변초(變招)라서 누구도 예상치 못했던 것이었다.

동방건은 안색이 시퍼렇게 변하며 전력을 다해 흑우선으로 몸을 보호하며 뒤로 물러났다.

팟!

"큭!"

한 차례 어지러운 검광이 허공을 수놓으며 답답한 신음이 흘러나왔다. 중인들은 모두 눈을 부릅뜬 채 장내의 광경을 주시했다.

동방건은 뒤로 네 걸음이나 물러난 채 전신을 휘청거리고 있었다. 그의 오른쪽 옆구리는 길게 베인 채 맨 이 훤히 드러나 있었고, 그 사이로 엷은 혈흔(血痕)이 내비치고 있었다.

실로 믿을 수 없는 일이었다. 강호의 유명한 고수인 흑수사 동방건이 불과 이 초 만에 무명(無名)의 여자에게 상처를 입고 만 것이다.

동방건은 자신이 그녀의 일검도 제대로 받아 내지 못하고 패퇴한 사실이 믿어지지 않는지 망연자실한 표정으로 임영옥을 바라보고 있었다.

제 20 장
종남절학(終南絕學)

제20장 종남절학(終南絶學)

임영옥은 더 이상 손을 쓰지 않고 말없이 동방건을 응시하고 있었다.

문득 동방건은 무엇을 느꼈는지 눈썹을 꿈틀거렸다.

"조금 전의 검초는 혹시……."

임영옥은 묵묵히 고개를 끄덕였다.

동방건의 안면에 가느다란 경련이 일어났다.

그는 조금 전에 그녀가 펼친 검초가 어딘지 눈에 익은 것을 알고 생각에 잠겨 있다가 그것이 바로 자신에게 패퇴했던 낙일방이 펼친 것과 같은 초식임을 깨달았다.

임영옥이 펼친 것은 유운검법 중의 유운축전과 유운비격이었다. 낙일방이 펼칠 때는 평범해 보였던 이 검초들이 그녀의 손에서 펼쳐지자 천하에 다시없는 절조처럼 무서운 위력을 발휘했던 것이다.

원래 유운축전과 유운비격은 연이어 전개하기 힘든 초식들이었다. 유운축전은 빠름을 장기로 하는 초식이었고, 유운비격은 변화가 많은 초식이었기 때문이다. 하나 임영옥이 두 초식을 거푸 펼치자 빠름과 변화가 서로 절묘하게 배합되어 전혀 다른 초식처럼 보였다.

유운검법을 창시한 사람은 종남파의 오 대(五代) 장문인이었던 풍운무정검(風雲無情劍) 곽일산(郭日蒜)이었다. 곽일산은 당시 강호에서 다섯 손가락 안에 꼽혔던 검의 일대 귀재(一大鬼才)로, 그의 검법은 별호처럼 변화무쌍한데다 날카롭기 그지없어서 일단 그가 검을 펼치면 반드시 피를 보고야 말았다. 말년에 곽일산은 종남산의 가장 높은 봉우리에 은거하며 자신이 평생 수련한 검법을 모두 십팔초(十八招)의 구결로 남겼는데, 그것이 바로 유운검법이었다.

유운검법은 흘러가는 구름처럼 변화가 무궁무진하고 빠른 무공이었으나, 그만큼 익히기가 어려웠다. 구결 자체는 단순하여 쉽게 익힐 수 있었으나, 다양하게 변하는 구름처럼 수십 수백 개로 파생되는 변화를 절정에 이르도록 연마하기는 거의 불가능에 가까운 일이었다. 그의 후대에 이르러 유운검법이 유명무실한 존재로 전락하고 만 것도 그 무궁무진한 변화를 모두 터득한 사람이 없었기 때문이었다.

곽일산은 죽기 직전 제자들을 모아 놓고 유운검법 십팔초를 처음으로 선보였다. 그때 제자들은 천변만화(千變萬化)하는 수백 개의 구름덩어리들이 산정(山頂)을 온통 휘감고 있는 듯한 착각을 느꼈다고 한다.

"이 십팔초를 단숨에 관통할 수 있다면 능히 검(劍)으로 중원(中原)을 평정(平定)할 수 있을 것이다."

곽일산은 이 말을 끝으로 두 번 다시 유운검법을 펼치지 않았다. 그리고 그로부터 삼 일 후에 은거지에서 쓸쓸하게 숨을 거두고 말았다.

당금의 강호에서 유운검법의 존재를 아는 사람은 별로 없었다. 대부분이 종남파하면 천하삼십육검(天河三十六劍)을 먼저 떠올리기 때문이다.

천하삼십육검은 비단 익히기가 수월할 뿐 아니라 자신의 성격이나 취향에 맞게 여러 가지로 변화하여 응용할 수 있기 때문에 대대로 종남파의 고수들이 가장 아끼고 사랑하는 무공이었다.

진산월을 비롯한 현재 종남파의 제자들도 모두 유운검법을 배우기는 했으나 누구도 절정에 이르도록 연마한 사람이 없었다.

그들 중 가장 오래 유운검법을 익힌 사람은 물론 임영옥이었다. 하나 그녀조차도 유운검법을 오성(五成)가량 익힌 후 더 이상의 진척이 없어 유운검법의 수련을 포기한 상태였다. 도저히 그 이상의 변화를 만들어 낼 수가 없었던 것이다.

그런데도 그녀는 단지 오성의 유운검법만으로도 강호의 일류고수인 동방건을 가볍게 격퇴시키고 말았다.

동방건은 그 자리에 엉거주춤하게 선 채 복잡한 표정을 짓고 있었다.

그는 조금 전의 격돌로 자신이 눈앞의 여인의 적수가 되지 못한다는 것을 절실히 깨달았다. 인정하고 싶지는 않았지만, 눈앞의 여인은 분명 당대에 보기 힘든 절정의 여검객(女劍客)이며, 자신의 실력으로는 그녀의 검을 당해 낼 수 없음이 분명했다.

하나 그렇다고 이대로 물러날 수도 없었다.

조금 전에 백의 미남자가 자신을 죽이지 않고 놓아둔 것은 자신에게 효용가치가 있다고 판단했기 때문이다. 만약 그렇지 않다는 것이 확실해진다면 백의 미남자가 자신을 어떻게 대할지는 불을 보듯 뻔한 일이었다.

동방건은 진퇴양난(進退兩難)의 기로에 서서 망설이는 표정이 역력했다.

하나 그의 망설임은 그리 길지 않았다. 애초부터 그가 선택할 수 있는 길은 뻔했던 것이다. 눈앞의 여인이 제아무리 상상을 뛰어넘는 검법의 소유자라 할지라도 신목령의 위엄에 견줄 수는 없었다.

더구나 그에게는 아직 남에게 선보이지 않은 비장의 한 수(手)가 남아 있었다.

그는 아직 남들이 보는 앞에서 그 수를 펼쳐 보인 적이 없었다. 그가 그 수를 사용한 것은 지금까지 모두 네 번이었으며, 그때마다 상대는 모두 비명(非命)에 쓰러지고 말았던 것이다.

때문에 그 수는 아직 누구도 알고 있지 못하며, 말 그대로 그에게는 그것이 자신의 목숨을 지키는 최후의 구명절초(救命絶招)였다.

만약 그 수의 존재가 알려진다면 그것은 더 이상 구명절초로서의 위력을 발휘하지 못할 것이다.

안타깝게도 이곳에는 눈앞의 여인 외에도 적지 않은 수의 눈들이 지켜보고 있었다. 하나 지금의 그에게는 다른 선택의 여지가 없었다.

동방건은 무의식적인 듯 힐끗 백의 미남자를 돌아보았다. 백의 미남자는 입가에 알 듯 모를 듯 기이한 미소를 머금은 채 그를 빤히 바라보고 있었다. 그 눈은 무얼 망설이고 있느냐며 그를 비웃고 있는 것 같았다.

동방건은 침중한 표정으로 흑우선을 오른손에 움켜쥔 채 천천히 임영옥을 향해 걸음을 옮기기 시작했다.

그녀는 동방건이 다시 자신을 향해 다가오자 방립 아래로 두 눈을 영롱하게 반짝이고 있다가 불쑥 입을 열었다.

"흑수사는 영리해서 좀처럼 손해나는 일을 하지 않는다고 들었는데 내가 잘못 들은 건가요?"

동방건의 얼굴에 한 줄기 씁쓸한 빛이 떠올랐다.

"소문이 잘못되었다고 해 두지."

"좋아요. 이번에는 나도 살수(殺手)를 쓰겠으니 당신은 조심하세요."

동방건은 그건 내가 할 말이라고 하고 싶었으나, 대신 입을 굳게 다물고 예리한 안광을 번뜩이며 조금씩 신형을 빨리 움직이기 시작했다.

스슥!

그의 몸놀림은 조금 전과는 비교도 할 수 없을 만큼 빠르고 민첩했다.

얼핏 보기에는 그녀를 향해 곧장 다가오고 있는 것 같았지만, 사실은 양발을 교묘하게 교차시키며 신형을 흔들거리고 있었다. 이것은 산매보(散魅步)라는 것으로, 상대의 눈을 현혹하여 상대에게 접근하는 고도의 수법이었다.

끊임없이 몸을 좌우로 빠르게 움직이기 때문에 상대로 하여금 공격할 초점을 찾지 못하게 할 뿐 아니라, 어느 쪽으로도 빠르게 튀어나갈 수 있어서 처음 대하는 사람은 당황하기 마련이었다.

임영옥은 여전히 수중의 장검을 가볍게 쥔 채 처음의 자세를 그대로 유지하고 있었다. 마치 동방건이 펼치는 산매보를 전혀 신경 쓰지 않는 것 같은 모습이었다.

순식간에 동방건의 신형은 그녀의 이 장 가까이까지 다가왔다.

그때 처음으로 그녀가 먼저 출수를 했다.

팟!

검광이 어른거린다 싶은 순간, 그녀의 검은 어느새 이 장의 거리를 압축해서 동방건의 목덜미를 정확히 노리고 들어왔다. 동방건은 산매보를 펼쳤는데도 그녀가 조금도 흔들리지 않고 자신의 목 부위를 정확하게 찔러 오자 새삼 그녀의 검술에 놀라지 않을 수 없었다.

'대체 시시한 종남파에서 어떻게 이런 여고수를 배출할 수 있단 말인가?'

하나 망설이고 있을 여유가 없었다.

동방건은 좌우로 움직이던 신형을 오른쪽으로 급히 선회하며 수중의 흑우선을 질풍처럼 휘둘렀다.

주위에 검은 선영이 겹겹이 나타나며 목덜미를 찔러 오던 검광을 순식간에 에워싸 버렸다. 그것은 흑풍십이선 중의 흑풍요선(黑風燎煽)이라는 것으로, 얼핏 보기에는 맹렬한 공격 초식 같지만 사실은 엄밀하기 그지없는 수비초식이었다.

그녀가 내찌른 검광은 곧장 일직선으로 뻗어오다 동방건이 펼쳐 낸 선영에 휘감기는 듯했다. 한데 그 순간, 검광이 갑자기 산산이 흩어지더니 전혀 다른 방향에서 돌연 새파란 검광이 폭사되어 나오는 것이 아닌가?

“헛!”

동방건의 입에서 짤막한 경호성이 흘러나왔다.

방금 전까지만 해도 자신의 목덜미를 향해 날아들던 검광이 홀연히 사라지며 난데없이 그의 가슴팍을 향해 검광이 날아들고 있으니 놀라지 않을 수가 없었다. 동방건은 안색이 딱딱하게 굳어진 채 황급히 뒤로 두 걸음 빠르게 물러나며 흑우선을 더욱 맹렬하게 흔들어 댔다.

쏴쏴쏴…….

마치 폭우가 내리는 듯한 기이한 음향과 함께 그의 앞에 검은색의 장벽이 쳐졌다. 수십 개의 선영이 그의 앞을 금성철벽(金城鐵壁)처럼 막아선 것이다.

까깡!

그의 가슴을 향해 날아들던 검광은 검은 선영의 벽과 정면으로 격돌했다. 다음 순간, 동방건은 손아귀가 부러지는 듯한 통증을 느끼고 눈살을 잔뜩 찌푸렸다.

'윽!'

그는 터져 나오려는 비명을 속으로 눌러 삼키며 산매보를 펼쳐 양쪽 어깨를 빠르게 흔들면서 앞으로 나아가려 했다. 하나 막 고개를 쳐든 그의 얼굴이 창백하게 굳어졌다.

흑우선에 가로막힌 줄 알았던 검광이 허공으로 뛰어올랐다가 기이하게 선회하며 그의 양미간을 향해 떨어져 내리고 있는 것이다. 그것은 강호 무림에서 수십 년간 활동했던 동방건으로서도 좀처럼 보지 못했던 가공할 검술이었다. 그것이 십팔초의 유운검법 중에서도 임영옥이 제일 자신하는 유운경변(流雲驚變)의 일식임을 동방건이 어찌 알겠는가?

동방건은 전력을 다해 뒤로 몸을 누우며 흑우선으로 자신의 얼굴을 가렸다.

팟!

검광이 아슬아슬하게 그의 얼굴을 스치듯 지나갔다. 그와 함께 두건이 잘려 그의 머리카락이 폭포수처럼 흘러내렸다.

동방건은 황급히 몸을 선회시키며 일 장 밖으로 물러나서야 겨우 몸을 일으켰다. 그의 머리는 온통 산발되어 허리 아래까지 풀어헤쳐져 내려왔고, 얼굴은 핏기 한 점 없이 창백하게 변해 있어 낭패스럽기 이를 데 없는 몰골이었다.

실로 동방건으로서는 생각도 못했던 일이 아닐 수 없었다. 비장(秘藏)의 한 수를 써 보지도 못하고 오히려 그녀의 날카로운 검에 머리를 잘릴 뻔했던 것이다.

그때 다시 그녀의 검이 날아들었다. 별다른 파공음도 없이 동방건의 목덜미를 곧장 찔러 오는 검날의 끝은 미묘하게 흔들리고 있었다.

동방건은 산발한 머리를 묶을 생각도 하지 않고 정신없이 뒤로 물러났다. 하나 그의 몸이 아무리 빨리 움직여도 그녀의 검을 떨쳐 낼 수는 없었다.

그녀의 검끝이 그가 어느 방향으로 움직이든 교묘하게 따라오고 있는 것이다. 게다가 끊임없이 흔들리는 검끝은 언제 어느 방향으로 느닷없이 쏘아져 올지 전혀 짐작조차 할 수 없었다.

마침내 동방건은 자신이 이제 결정을 내려야 할 때가 되었다는 것을 알았다. 남겨 둔 비장의 한 수로 건곤일척(乾坤一擲)의 승부를 내느냐? 아니면 순순히 패배를 자인하고 뒤로 물러서느냐?

하나 그는 쉽사리 결정을 내릴 수가 없었다.

비장의 한 수로 과연 그녀를 패퇴시킬 수 있을지 완벽한 자신이 없었다. 만에 하나 그 수를 사용하고도 그녀를 쓰러뜨리지 못한다면, 자신은 두 번 다시 강호에서 얼굴을 들고 다닐 수 없을 뿐 아니라 아까운 구명절초만 세상에 공개하는 꼴이 되고 말 것이다.

그렇다고 이대로 물러섰다가는 백의 미남자가 어떤 추궁을 해 올지 알 수 없는 일이었다.

하나 그에게는 더 이상 심사숙고할 여유가 주어지지 않았다.

흔들거리며 다가오던 그녀의 검이 갑자기 빛살처럼 빨라지며 그의 우측 관자놀이를 향해 쏘아져 왔던 것이다.

바로 그때, 장내에 누구도 예상치 못했던 일이 벌어졌다. 중인
들의 시선이 온통 임영옥과 동방건의 격전에 쏠린 틈을 이용해서,
조심스럽게 종남파의 고수들에게 접근하던 마의 노인이 느닷없이
진산월을 향해 달려들었던 것이다.

마의 노인의 갈고리처럼 변한 손가락이 무시무시한 속도로 진
산월의 목덜미를 움켜쥐어 갔다. 그것은 너무도 갑작스럽고 의외
의 일이었는지라 상원건을 비롯한 종남파의 고수들이 낌새를 알
아차렸을 때는 마의 노인의 손가락은 이미 진산월의 목에 거의 닿
고 있었다.

"앗!"

누군가의 입에서 짤막한 경호성이 흘러나왔다.

절체절명의 순간, 그 자리에 우두커니 서 있던 진산월의 신형
이 빠르게 한 바퀴 선회했다.

거의 동시에 임영옥과 동방건이 싸우고 있는 곳에서 예리한 파
공음과 서릿발 같은 검기가 연거푸 일어났다. 중인들은 양쪽에서
벌어지는 격변에 놀라고 당황하여 어느 쪽으로 시선을 돌려야 할
지 모르는 모습들이었다.

차차창!

쾅!

"크윽!"

귀청이 찢어지는 듯한 마찰음 소리와 요란한 폭음, 다급한 비
명 소리가 연거푸 터져 나왔다. 세찬 경기가 바닥의 모래를 쓸어
올려 장내에는 모래 가루가 자욱하게 휘날리고 있었다.

잠시 후, 모래바람이 서서히 걷히며 드러난 광경을 보자 중인들은 벌린 입을 다물지 못했다.

진산월은 처음의 위치에 그대로 서 있었다. 그의 얼굴은 평온해서 조금 전의 격변을 전혀 느끼지 못하는 것 같았다. 하나 그의 반쯤 쳐들려진(쳐들린) 오른손에는 하나의 주름진 손목이 붙잡혀 있었다.

그 손은 온통 쭈글쭈글하고 힘줄이 툭툭 불거져 마치 고목나무의 뿌리를 보는 것 같았다. 기이하게도 손톱과 손가락 끝이 은은한 푸른빛을 띠고 있어 보는 사람으로 하여금 왠지 섬뜩한 느낌을 불러일으키고 있었다.

그 손의 주인은 다름 아닌 마의 노인이었다. 마의 노인은 완벽하게 성공할 줄 알았던 자신의 기습이 실패로 돌아가고 오히려 자신의 맥문(脈門)이 진산월의 손에 제압당해 있자 얼굴이 흉측하게 일그러져 있었다.

진산월은 담담한 눈으로 자신의 손에 쥐어져 있는 마의 노인의 손을 바라보고 있다가 중얼거리듯 조용한 음성으로 말했다.

"귀곡신조(鬼哭神爪)…… 당신은 귀송자(鬼松子) 양봉(梁蜂)이었구려."

마의 노인의 안색이 여러 차례 변했다.

귀송자 양봉은 오래 전부터 여량산(呂梁山) 일대를 주름잡으며 온갖 살인과 음행(淫行)을 저지르던 인물이었다. 그는 손속이 잔인하여 자신의 눈밖에 벗어난 사람은 남녀노소를 불문하고 닥치는 대로 죽였을 뿐 아니라, 수많은 부녀자들을 강제로 겁탈하여 악명을 자자하게 떨치고 있었다.

원래 백의 미남자가 양봉에게 은밀히 전한 부탁이란 바로 기회를 노리고 있다가 진산월을 암습하여 제압하라는 것이었다.

양봉은 자신의 무공이라면 유명무실한 종남파의 풋내기 장문인 정도는 어렵지 않게 제압할 수 있을 거라고 생각하고 흔쾌히 백의 미남자의 제안을 수락했던 것이다. 양봉은 이 일이 너무 쉽다고 생각하고 있었다.

그런데 완벽한 기회를 포착하여 손을 썼건만 오히려 자신이 제압당해 버렸으니, 그로서는 당하고도 쉽게 믿을 수 없는 일이었다.

하나 그의 생각이 조금만 더 깊었다면 왜 신목령의 고수가 굳이 직접 손을 쓰지 않고 자신에게 그런 부탁을 했는지 한 번쯤은 경각심을 가졌을 것이다.

일단 맥문을 제압당하고 나자 전신의 기력이 산산이 흩어지고 내공을 제대로 끌어 올릴 수 없어서 양봉의 운명은 진산월의 손에 맡겨진 것과 다름이 없었다.

진산월은 양봉은 쳐다보지도 않고 임영옥과 동방건이 싸우던 곳으로 시선을 돌렸다.

임영옥과 동방건이 있는 곳은 더욱 놀라운 광경이 펼쳐져 있었다.

그들이 서 있던 반경 오 장 이내는 마치 폭풍이라도 만난 듯 여기저기에 움푹움푹 구덩이가 파여 있었다. 동방건은 두 손을 축 늘어뜨린 채 망연자실한 표정으로 서 있었고, 임영옥은 그에게서 삼 장쯤 떨어진 곳에 장검을 비껴든 채로 그를 응시하고 있었다.

이상하게도 그의 손에 들려 있던 흑우선의 모습은 보이지 않았다.

중인들이 안력을 돋우어 보니 흑우선을 들고 있던 동방건의 오른손은 온통 피투성이로 변해 있었다. 뿐만 아니라 그의 옷은 군데군데 마구 찢겨지고 혈흔(血痕)이 내비쳐서 금시라도 쓰러질 것만 같았다.

임영옥의 옷도 우측 어깨와 왼쪽 옆구리 부근의 옷에 작은 구멍이 뚫려 있었다. 다행히 상처를 입은 것 같지는 않았으나 그녀가 절대적으로 우세를 보이고 있었던 것을 생각해 본다면 놀라지 않을 수 없는 일이었다.

상원건은 강호 경험이 풍부한 인물답게 임영옥의 옷에 뚫린 구멍들이 암기에 의한 것임을 알아보았다. 그는 즉시 사태를 파악할 수 있었다.

'그렇군. 동방건의 흑우선은 경우에 따라서는 암기(暗器)로 쓸 수 있는 장치가 되어 있었구나.'

상원건의 짐작대로 조금 전에 동방건은 자신이 비장하고 있던 한 수를 사용했던 것이다.

마의 노인이 진산월을 기습하자 임영옥의 신형이 순간적으로 움찔거렸고, 그 틈을 놓치지 않고 동방건은 그녀에게로 돌진하며 흑우선의 끝에 달려 있는 수술을 잡아 뽑았다.

순간, 스물두 개의 깃털로 이루어져 있던 흑우선은 스물두 개의 암기로 변해 임영옥의 전신으로 날아갔던 것이나. 그것이 바로 동방건이 비장(秘藏)하고 있던 흑우천지망(黑羽天地網)의 암수였다.

스물두 개의 깃털 끝에는 작고 날카로운 금강석(金剛石)이 박혀 있었다. 이 금강석과 깃털 사이사이에 연결해 놓은 철심이 서로 조화하여 흑우를 무시무시한 암기로 만들어 놓았다. 스물 두 개의 흑우는 은밀하게 내장되어 있는 용수철 장치를 통해 발사되기 때문에, 일단 발사하면 상상도 할 수 없을 만큼 무서운 속도로 상대의 전신을 향해 쏘아져 가는 것이다.

지금까지 누구도 이 흑우천지망의 가공할 공격을 받아 낸 사람은 없었다.

하나 그 신화는 이제 깨어지고 말았다.

임영옥은 찰나의 순간에 수중의 검을 질풍처럼 휘둘러 사십팔검(四十八劍)을 쏟아 냈다. 자신의 앞에 엄밀한 검기의 벽(壁)을 만들어 버렸던 것이다. 무서운 위세로 날아오던 흑우는 그 검기의 벽에 가로막혀 대부분이 튕겨 나가고, 단지 두 개의 흑우만이 그녀의 옷에 조그마한 구멍을 내고 지나가 버렸다.

그리고 뒤이어 내뻗은 그녀의 일검은 한 치의 착오도 없이 동방건의 오른손을 꿰뚫어 버렸던 것이다.

설명을 길지만, 이 모든 상황이 벌어진 것은 그야말로 숨 한번 내쉴 만한 짧은 순간이었다.

동방건은 자신이 비장의 절초로 생각했던 흑우천지망이 너무도 맥없이 격퇴당하고 오히려 오른손을 못 쓰게 되자 커다란 충격을 받았는지 그 자리에 꼼짝도 않고 선 채 움직일 줄을 몰랐다. 손등에 구멍이 뚫린 손에서 계속 피가 흘러내리고 있었지만 그는 지혈(止血)할 생각도 없는지 그저 멍하니 임영옥을 바라보고 있을 뿐이었다.

"어떻게 된 거지……? 어떻게……."

그는 입속으로 이 말만을 중얼거리고 있었다.

임영옥은 천천히 수중의 장검을 거두었다.

"당신이 처음부터 그 수를 썼으면 어쩌면 내가 막을 수 없었을지도 몰라요. 하지만 당신은 너무 뜸을 들였어요."

"……!"

"나는 당신이 일방적으로 몰리면서도 흑우선을 계속 나에게 고정시키고 있는 것을 보고 필시 당신에게 다른 암수(暗手)가 있다는 것을 짐작했던 거예요."

동방건의 신형이 한 차례 부르르 떨렸다.

그는 그제야 자신의 치명적인 실수를 알아차렸다.

그는 머뭇거리지 말고 바로 흑우천지망을 썼어야 했다. 하나 여러 사람들이 지켜보고 있다는 점과, 그 수법을 써도 그녀를 쓰러뜨릴 수 있다는 확고한 자신이 없었기 때문에 그는 주저했고, 그것이 결국은 치명적인 결과를 초래한 것이다.

그것은 오랫동안 강호에서 명성을 떨쳐 온 흑수사답지 않은 일이었다.

그때 백의 미남자의 낭랑한 웃음소리가 들려왔다.

"하하…… 잘 구경했소. 과연 당신들 두 사람은 나를 실망시키지 않는군."

백의 미남자는 천천히 진산월의 앞으로 걸어 나왔다.

진산월은 여전히 양봉의 맥문을 쥔 채 담담한 눈으로 그를 응시했다.

"처음부터 당신이 나섰어야 했소."

백의 미남자는 의외로 고개를 흔들었다.

"아니, 나는 당신들 두 사람의 실력을 눈으로 확인할 필요가 있었소. 일전에 운문세가의 팔염라가 여고수 한 사람을 당해 내지 못하고 패퇴하고 말았다는 말을 들었소. 난 그 소문의 진위(眞僞)를 확인하고 싶었지. 또 당신의 무공이 어느 정도인지도 궁금했었소."

"그럼 이제 궁금한 점이 모두 풀렸소?"

백의 미남자는 빙긋 웃으며 고개를 끄덕였다.

"당신 사매의 실력은 어느 정도 파악이 되었소. 그녀의 검법은 비록 여자로서는 탁월한 것이었지만, 나는 충분히 상대할 자신이 있소."

진산월은 다시 물었다.

"나는 어떻소?"

백의 미남자는 한 차례 날카로운 눈으로 그를 응시하다가 고개를 갸웃거렸다.

"당신은 잘 모르겠소. 나는 솔직히 동방건과 당신 사매의 싸움보다는 양봉의 기습이 당신에게 통할 수 있을지에 더 관심을 가지고 지켜보았었는데, 당신이 너무 수월하게 그의 기습을 막아 내어 오히려 어리둥절한 느낌이오."

"그건 조금도 놀랄 일이 아니오. 나는 처음부터 줄곧 양봉과 당신의 움직임만을 주시하고 있었소."

"그렇다면 당신은 당신 사매와 동방건의 승패(勝敗)가 어떻게 나리라는 것을 이미 알고 있었단 말이오?"

진산월은 조용히 웃었다.

"그녀가 자신의 한 몸은 충분히 책임질 수 있는 사람이라는 것을 알고 있었지."

담담한 말이었으나, 상원건은 그 말을 듣자 왠지 가슴이 뭉클해졌다.

이러한 말은 결코 단순하게 내뱉을 수 있는 것이 아니었다. 상대에 대한 정확한 분석과 전적인 신뢰 없이는 결코 할 수 없는 말이었다.

백의 미남자의 입가에 냉랭한 미소가 떠올랐다. 얼음장처럼 차가운 미소였다.

"흐흐…… 과연 듣던 대로군. 당신들 두 사람의 사이가 제법 뜨겁다는 건 나도 알고 있었지. 하지만 그녀의 실력으로는 나를 당해 내지 못할 거요."

그의 어깨가 가볍게 들썩거렸다. 금시라도 임영옥을 향해 달려들 듯한 기세였다.

그때 진산월이 불쑥 물었다.

"당신의 이름은 무엇이오?"

백의 미남자는 원래 임영옥을 먼저 제거한 후 진산월을 향해 손을 쓰려 했다. 그런데 진산월이 때아니게 자신의 이름을 물어 오자 순간적으로 몸이 멈칫거렸다. 진산월이 입을 연 시기가 아주 교묘해서 그가 막 몸의 진기를 끌어 올리는 순간에 그 맥을 끊었던 것이다.

백의 미남자의 신형이 거의 알아차릴 수 없을 만큼 살짝 허공으로 솟구칠 듯하다가 안정되었다.

상원건은 내심 백의 미남자의 무공에 감탄하지 않을 수 없었다. 진기의 발동을 이렇게 자연스럽게 억제할 수 있다는 것은 놀라운 일이었다. 그것은 고도의 훈련과 정심(精深)한 공력이 없으면 불가능한 일이었다.

백의 미남자는 다소 무뚝뚝한 음성으로 말을 내뱉었다.

"나는 심옥당(沈玉堂)이오."

"좋은 이름이군. 심옥당, 당신은 굳이 번거롭게 심력을 소모할 필요가 없소."

백의 미남자, 심옥당의 짙은 눈썹이 꿈틀거렸다.

"그게 무슨 말이오?"

"굳이 우리들을 모두 쓰러뜨리기 위해 애를 쓸 필요가 없다는 말이오. 당신은 오직 나 하나만을 상대하면 되는 거요."

그 말에 심옥당은 물론이고 모든 사람들의 표정이 일제히 변했다.

심옥당은 그 말의 진위를 파악하려는 듯 진산월의 얼굴을 뚫어지게 응시했다. 하나 진산월의 얼굴은 담담하기 그지없어서 지금 그가 무슨 생각을 하고 있는지는 눈이 날카로운 심옥당으로서도 전혀 짐작할 수가 없었다.

"나에게 도전(挑戰)하는 거요?"

진산월은 빙긋 웃었다.

"내 신분으로 일개 영(令)의 수하에 불과한 당신에게 도전할 수 있겠소? 내 말은 그저 당신과 나의 싸움으로 이번 일을 종결짓자는 것이오."

심옥당의 눈빛이 차갑게 굳어졌다.

사실 진산월의 말은 틀린 것이 아니었다. 아무리 종남파가 유명무실한 존재라 해도 일파의 존주(尊主)인 진산월에게 도전이라는 말은 맞지가 않았다. 하나 그렇더라도 신목령의 칠호사자인 심옥당을 일개 수하로 비유한 것은 자존심 강한 심옥당을 분노케 하기에 충분한 것이었다.

심옥당은 마음이 냉정하여 좀처럼 흥분하지 않는 성격이었으나, 지금은 진산월의 얼굴을 짓뭉개 주고 싶은 야릇한 충동에 빠졌다. 그는 진산월처럼 느긋하고 여유만만한 표정을 지닌 자를 경멸해 왔다. 실력이 뒷받침되지 않는 여유는 허세에 불과하다는 것이 심옥당의 생각이었다.

그의 음성에는 지금까지와는 다른 차가운 냉기가 풍겨 나오고 있었다.

"내가 이긴다면?"

진산월은 태연하게 되물었다.

"당신의 목적은 동중산이 지닌 물건을 입수함과 아울러 나를 제거하려는 게 아니오?"

"그렇소."

"그러니 당신이 이긴다면 내 목과 동중산의 물건을 함께 내놓겠소."

종남파 고수들의 안색이 핼쑥하게 변했다.

그들은 진산월이 쓸데없는 자신감이나 허세를 부리는 사람이 아니라는 것을 누구보다도 잘 알고 있었다. 하나 상대가 다른 사람도 아니고 강호에서 진천(振天)하고 있는 신목령의 고수라는 것을 생각해 볼 때 진산월의 지금 말은 위태롭기 그지없는 것이었다.

심옥당도 진산월의 말이 뜻밖이었는지 안광을 예리하게 번뜩이며 다시 물었다.

"그게 정말이오?"

"그렇소. 대신 내가 이긴다면……."

심옥당은 주저하지 않고 입을 열었다.

"물론 내 목을 주겠소."

진산월은 의외로 고개를 흔들었다.

"나는 당신과 별다른 원한도 없는데 당신의 목을 가져다 무얼 하겠소?"

"그렇다면……."

"내가 이기면 당신은 그저 당신에게 나를 제거하라고 지시한 사람이 누구인지만 알려 주면 되는 거요."

심옥당의 얼굴에 한 줄기 야릇한 표정이 떠올랐다.

"정말 그걸로 되겠소?"

"지금의 나에게는 당신의 목보다는 오히려 그것이 더 중요한 일이오."

심옥당의 눈빛이 다시 변했다. 진산월의 말은 자신을 깔보는 것 같기도 했고, 그 속에 또 다른 의미를 담고 있는 것 같기도 했다.

하나 진산월의 의중이야 어찌 되었건 심옥당은 한 가지는 분명하다고 생각했다. 진산월은 자신을 죽이라고 부탁한 사람이 누구인지 절대로 알 수 없을 것이다. 그는 결코 자신을 이길 수 없을 것이기 때문이다.

심옥당은 갑자기 하얀 이를 드러내며 활짝 웃었다.

"하하…… 당신의 제안은 무척 마음에 드는군. 나는 당신의 제안을 기꺼이 수락하겠소."

진산월은 손을 내밀어 양봉의 마혈(痲穴)을 제압하고는 앞으로 두 걸음 걸어 나왔다.

"그럼 이제 시작해 봅시다."

심옥당의 얼굴에 떠올라 있는 미소가 조금 더 짙어졌다.

"당신은 듣던 것보다 호쾌한 면이 있군. 그래서 말인데……."

그의 음성이 갑자기 가늘어졌다.

"당신을 결코 쉽게 죽이지는 않겠소."

말이 채 끝나기도 전에 그의 신형은 무서운 속도로 진산월의 코앞으로 쏘아져 들어오고 있었다. 그 속도는 정말 번갯불과도 같아서 중인들이 눈앞에서 무언가 희끗한 것이 번뜩였다고 느낀 순간, 심옥당의 몸은 이미 진산월에게서 다섯 자도 떨어지지 않은 곳에 도달해 있었다.

더욱 가공스러운 것은 그때까지도 심옥당은 손을 내뻗거나 어떠한 공세도 취하지 않고 있다는 점이었다. 심옥당은 그저 눈부신 속도로 진산월을 향해 다가서고 있을 뿐이었다. 그가 아직 공격을 하지 않고 있으므로 진산월로서도 어디를 어떻게 막아야 할지 난감할 수밖에 없었다.

진산월은 뒤로 물러서지 않고 그 자리에 우뚝 서 있었다. 막 두 사람의 몸이 서로 부딪히려는 순간, 심옥당의 신형이 허깨비처럼 사라졌다. 아니, 사라진 것처럼 보였다.

"아!"

상원건의 입에서 자신도 모르게 짤막한 탄성이 흘러나왔다.

심옥당의 신형은 어느새 진산월의 머리 위로 올라가 있었다. 그 속도가 너무도 빨라서 중인들의 눈에는 순간적으로 그의 모습이 사라진 것처럼 보였던 것이다.

순식간에 진산월의 머리 위로 올라선 심옥당의 오른손이 가볍게 흔들거렸다.

파파팍!

마치 폭포수가 쏟아지는 듯한 날카로운 장영이 진산월에게로 쏟아져 내렸다.

원래 이토록 가까운 거리에서의 공격은 장공보다는 금나수나 지법(指法)이 더 효과적인 방법이었다. 하나 심옥당이 진산월의 위에서 장력을 날리자 그 효과가 배가(倍加)되어 진산월은 어느 곳에라도 몸을 피할 수 없게 되었다.

남아 있는 방법은 오직 한 가지, 피하지 않고 정면으로 부딪히는 것뿐이었다.

진산월은 오른손을 크게 휘둘러 반원을 그렸다.

쾅!

폭음이 터지며 백사장의 모래 가루가 사방으로 세차게 휘날렸다.

중인들은 진산월이 신형을 휘청거리며 뒤로 물러서는 모습을 보았다. 동시에 그의 머리 위에 있던 심옥당이 더욱 빠른 속도로 아래로 떨어지며 진산월을 향해 덮치는 광경이 시야에 들어왔다.

"앗?"

중인들의 입에서 누가 먼저랄 것도 없는 경호성이 터져 나왔다. 그들의 눈에는 진산월이 도저히 심옥당의 공격을 피하지 못하고 금시라도 피를 뿌리며 쓰러질 것만 같았던 것이다.

진산월은 뒤로 물러나는 와중에 중심을 잡으려는 듯 양손을 마구 내저었다. 그것은 마치 물에 빠진 사람이 지푸라기라도 잡으려고 허우적거리는 것과 같은 위태로운 모습이었다.

심옥당은 진산월이 마구잡이로 두 팔을 휘두르는 모습을 보자 입가에 냉랭한 미소를 떠올리며 떨어지는 기세 그대로 오른손을 빠르게 세 번 흔들었다.

파파팡!

그의 손에서 세 줄기 장력이 폭포수처럼 쏟아져 나왔다. 그가 펼친 것은 삼첩장(三疊掌)이라는 것으로, 일장보다 이장(二掌)이 빠르고, 이장보다 삼장(三掌)이 더 빨라져서 종내에는 세 개의 장력이 함께 합쳐져 마치 세 사람이 동시에 손을 쓴 듯한 위력을 발휘하는 상승 절학(上乘絶學)이었다. 더구나 지금처럼 위에서 아래로 내리꽂히듯 펼쳐지는 삼첩장의 위세는 가히 가공스러운 것이었다.

허공을 휘적거리던 진산월의 손이 삼첩장의 장영에 휘감겨 버렸다. 순간,

타타타탁!

마치 폭죽이 터지는 듯한 세찬 음향이 연거푸 터져 나오며 경기가 마구 사방으로 퍼져나갔다.

진산월은 옷자락을 펄럭이며 다시 연거푸 서너 걸음이나 물러서고 있었다.

그에 비하면 심옥당은 조금 전까지만 해도 진산월이 서 있던 자리에 우뚝 내려선 채 전혀 신형의 흔들림이 없었다. 누가 보아도 진산월의 열세가 확연히 드러나 보였다.

하나 의외로 뒤로 물러난 진산월의 얼굴은 태연한 반면, 심옥당은 표정이 이상하게 경직되어 있었다. 심옥당은 더 이상 손을 쓰지 않고 진산월을 뚫어지게 쏘아보았다.

진산월은 한 차례 더 몸을 휘청거린 다음에야 간신히 신형을 안정시키고는 심옥당을 향해 감탄했다는 듯 고개를 끄덕였다.

"과연 명불허전(名不虛傳), 대단한 무공이오."

심옥당의 눈에 괴이한 빛이 번쩍거렸다. 그는 한동안 묵묵히 서 있다가 불쑥 물었다.

"당신이 조금 전에 쓴 수법은 무엇이오?"

"별로 내세울 만한 게 아니오."

"그것도 종남파의 무공이오?"

진산월은 담담하게 웃었다.

"본 파의 무공이 아니라면 무엇이겠소?"

심옥당은 다시 침묵을 지켰다.

상원건은 심옥당이 분명 우세를 점하고 있으면서도 왜 저런 표정을 짓고 있는지 의아한 생각이 들었다. 얼핏 보기에 진산월의 무공은 별다른 것이 없었고, 부상을 당하지 않은 것이 신통할 정도로 일방적으로 몰린 상황이 아니었던가? 그런데도 지금 심옥당은 마치 자신이 손해를 본 것처럼 머뭇거리고 있는 것이다.

그때 심옥당은 무의식적인 듯 고개를 떨구어 자신의 왼쪽 소맷자락을 내려다보고 있었다.

상원건은 영문을 몰라 어리둥절해 하다가 문득 떠오르는 생각이 있어 안력을 돋우어 보았다.

"음……."

그의 입술을 뚫고 나직한 침음성이 흘러나왔다.

심옥당의 왼쪽 소맷자락은 너덜너덜하게 찢겨져 있었던 것이다.

그제야 상원건은 심옥당이 왜 그런 표정을 짓고 있는지 알 수 있었다.

대체 심옥당의 소매가 언제 찢겨졌단 말인가? 그것은 남보다 눈이 빠르다고 은근히 자부하고 있던 상원건으로서도 전혀 짐작치 못한 일이었다.

심옥당은 비록 진산월을 다섯 걸음이나 물러서게 했으나, 소맷자락이 찢겨 우세를 점했다고 말하기 힘든 형편이었다. 누구보다 자존심이 강한 심옥당으로서는 오히려 자신이 패한 것과 같은 치욕을 느끼고 있을지도 모르는 일이었다.

심옥당은 차갑게 굳은 눈으로 진산월을 노려보다가 천천히 그를 향해 다가오기 시작했다. 그는 한 마디도 입을 열지 않았으나, 누구라 해도 그가 지금 강한 살기에 휩싸여 있다는 것을 어렵지 않게 짐작할 수 있었다. 그의 전신에서 피어오르는 무형(無形)의 기운은 주위의 공기를 싸늘하게 식게 할 정도로 살인적인 것이었다.

갑자기 심옥당은 어깨를 흔들면서 빠르게 진산월의 정면으로 다가섰다. 그의 몸은 여전히 빨랐으나 처음과는 어딘지 모르게 달라 보였다.

상원건은 금세 그 이유를 알아차릴 수 있었다. 처음 심옥당이 진산월에게 덤벼들었을 때는 별다른 자세를 취하지 않았었다. 그런데 지금 심옥당은 양손을 반쯤 들어 올려 금시라도 장력을 날릴 수 있는 상태였다. 뿐만 아니라 그 기세 또한 처음과는 판이하게 달라져 있었다.

진산월에게 의외의 낭패를 당한 후 전력을 기울이고 있음이 분명했다.

진산월도 이번에는 뒤로 물러서지 않고 앞으로 성큼 한 걸음을 내딛으며 오른 주먹을 세차게 앞으로 내뻗었다. 그것은 장괘장권 구식 중에서도 빠르고 날카롭기로 유명한 천성탈두 일식이었다.

심옥당의 양손이 앞뒤로 선회하며 폭풍 같은 십이장(十二掌)을 연거푸 뿜어내었다.

콰콰쾅!

귀청이 떨어지는 듯한 폭음이 거푸 터져 나오며 주위 사방이 온통 휘날리는 모래 가루와 세찬 경기에 휩쓸려 한 치 앞도 제대로 보이지 않게 되었다.

　그것을 시작으로 두 사람은 맹렬하게 손속을 주고받았다.

　심옥당은 진산월을 단숨에 물리치려는 듯 처음부터 기기묘묘한 절초들을 쉬지 않고 펼쳐 냈다.

　쉬이익!

　그가 손을 움직일 때마다 장내에는 마치 귀신의 흐느낌 같은 괴이한 호곡성과 함께 시퍼런 장영이 줄기줄기 뿜어 나왔다. 그가 펼치고 있는 것은 낙화십팔산수(落花十八散手)라는 것으로, 이십 년 전에 강북에서 가장 유명한 풍류 남아였던 낙화수사(落花秀士) 조옥린(趙玉麟)의 성명절기였다. 당시 조옥린은 옥을 깎아 놓은 듯한 수려한 용모와 세련된 화술, 그리고 산화영신법(散花影身法)과 이 낙화십팔산수로 강북 무림을 질풍처럼 휩쓸고 다녔었다.

　그 유명한 낙화십팔산수가 준수한 용모의 심옥당의 손에 의해 펼쳐지자 마치 석년의 낙화수사 조옥린이 다시 사람들 눈앞에 다시 나타난 듯한 착각이 들었다.

　진산월의 주위는 온통 심옥당의 손 그림자에 뒤덮여 그의 모습조차 제대로 알아보기 힘들 정도였다. 진산월은 장쾌장권구식으로 맞섰으나 신형을 제대로 안정시키지 못할 정도로 뒤로 밀리고 있었다. 장쾌장권구식이 비록 종남파의 절기라고는 하나 낙화십팔산수의 맹렬한 위력을 막기에는 역부족이라고 할 수 있을 것이다.

파파팡!

다시 심옥당의 장력과 진산월의 주먹이 허공에서 빠르게 십여 번 격돌했다. 심옥당은 한 차례 신형을 휘청거린 반면, 진산월은 세 걸음이나 물러서고 있었다. 심옥당은 기회를 놓치지 않으려는 듯 더욱 신속하게 진산월을 향해 접근하며 양손을 질풍처럼 내질렀다. 낙화십팔산수의 절초들이 마치 구슬 다발처럼 줄기줄기 뿜어 나왔다.

진산월은 제대로 반격조차 하지 못하고 계속 뒷걸음질 치고 있었다.

심옥당의 두 눈이 횃불처럼 번뜩였다.

돌연 그의 신형이 허공으로 솟구치더니 한 바퀴 회전했다. 순식간에 그의 몸은 머리를 밑으로, 발을 위로 둔 형상이 되었다. 그와 함께 그의 두 손이 더욱 맹렬하게 움직이기 시작했다.

파파팡!

몸을 거꾸로 회전시키며 위에서 아래로 퍼부어지는 심옥당의 공세는 괴이하기 이를 데 없는 것이었다. 그것은 신응비회(神鷹飛廻)라는 신법이었다.

원래 신응비회는 회전력과 반탄력을 이용하여 공세의 위력을 증폭시키는 효능이 있으나, 일정 거리 이상 떨어지지 않으면 펼칠 수가 없어서 지금과 같은 가까운 거리상의 접근전에서는 좀처럼 사용하기 힘든 무공이었다. 하나 진산월이 뒤로 물러서는 바람에 순간적으로 간격이 벌어지자 심옥당이 기회를 놓치지 않고 신응비회를 펼친 것이다.

진산월은 그 충격을 감당하지 못하고 술 취한 사람처럼 비틀거리며 물러났다. 허공에 떠 있던 심옥당의 신형은 진산월과 격돌한 탄력을 이용해 다시 허공으로 솟구치더니 더욱 빠르게 떨어져 내렸다.

쉬아악!

매섭기 그지없는 경력이 무서운 기세로 진산월의 가슴을 압박해 들어갔다. 낙화십팔산수 중에서도 절초로 손꼽히는 심화봉혈(心花逢血)의 수법이었다. 이 초식은 상대의 심장 부근에 집중적으로 막중한 압력을 가해 상대의 숨통을 끊어 놓는 무시무시한 위력을 지니고 있었다.

진산월은 채 신형을 안정시키기도 전에 살인적인 공세를 당해 누가 보기에도 위태롭기 그지없는 상태였다. 종남파 고수들은 물론이고 좀처럼 침착함을 잃지 않던 상원건의 안색조차 핼쑥하게 변했다. 진산월이 피를 토하며 쓰러지는 광경이 눈에 선했던 것이다.

절체절명의 순간, 금시라도 쓰러질 듯하던 진산월의 신형이 갑자기 빠르게 회전하기 시작했다. 그와 함께 그의 주위에 수많은 손 그림자들이 나타났다. 그것은 두 개뿐인 그의 팔이 마치 수십 개로 불어난 듯한 모습이었다.

심옥당의 안색이 약간 변했다.

원래 심화봉혈은 인체의 심장만을 전문적으로 노리는 수법이기 때문에 그 위력이 막강한 반면에 공격 범위는 극도로 좁아지게 된다. 따라서 정확히 상대의 심장 부위를 가격하지 않으면 그 본

연의 위력을 발휘할 수 없었다. 심옥당은 진산월이 전혀 반격할 여력이 없다고 판단하여 자신 있게 심화봉혈의 수법으로 승부를 결정지으려 했던 것이다.

그런데 진산월이 몸을 선회하는 바람에 그의 가슴을 노리고 날아들었던 심화봉혈의 수법은 자연히 그 효능을 상실하고 말았다.

제 21 장
수상경변(水上驚變)

## 제21장 수상경변(水上驚變)

심옥당은 진산월의 가슴을 향해 후려쳐 가던 심화봉혈의 수법을 황급히 혈화표풍(血花飄風)으로 바꾸어 진산월의 전신을 노려 갔다. 하나 그때는 이미 삼사십 개로 늘어난 진산월의 수영(手影)이 심옥당의 앞으로 몰아쳐 오고 있었다.

콰쾅!

경기가 사방으로 날리며 심옥당의 몸이 처음으로 비틀거리며 뒤로 두 걸음 물러났다. 심옥당의 얼굴은 석상처럼 딱딱하게 굳어 있었다.

그가 신목령주의 휘하에 든 이래로 남과의 싸움에서 뒤로 물러난 것은 이번이 처음이었다. 더구나 절세의 절학인 낙화십팔산수를 펼쳐 절대적인 우세를 보이고 있다고 생각하는 순간에 벌어진 일이어서 심옥당이 받은 충격은 처음에 소맷자락이 찢어졌을 때와는 비교할 수도 없는 것이었다.

심옥당의 눈에 진산월이 다시 신형을 회전하는 광경이 들어왔다. 그와 함께 진산월의 양팔이 활짝 벌려진 채로 심옥당의 코앞으로 바짝 다가들었다.

심옥당은 이를 갈아붙이며 낙화십팔산수 중의 백화토예(百花吐蘂), 비화축전(飛花逐電), 도화수파(桃花隨波)를 연거푸 펼쳐 냈다. 이 초식들은 비단 날카롭고 강맹할 뿐 아니라 지금처럼 연이어 시전하면 더욱 무서운 효과를 발휘하기 때문에 낙화십팔산수 중에서도 최고의 연환삼식(連環三式)으로 손꼽히고 있었다.

지금도 심옥당의 손이 움직인다 싶은 순간, 장내에는 온통 그의 손 그림자로 휘감겨 버렸다.

파파파팍!

그 기세가 어찌나 강력했던지 회전하며 달려들던 진산월의 신형이 벼락을 맞은 것처럼 연신 휘청거리고 있었다. 하나 진산월은 몸이 태풍 앞의 가랑잎처럼 흔들리면서도 회전을 멈추지 않고 계속 선회하며 심옥당을 향해 다가들었다.

심옥당의 옷자락이 마구 펄럭거리며, 그의 관자놀이에 퍼런 힘줄이 툭툭 불거졌다. 심옥당은 지금이 승부를 판가름하는 중요한 시기임을 깨닫고 전신의 내공력을 모두 끌어 올린 것이다.

진산월 또한 조금도 물러서지 않고 두 팔을 풍차(風車)처럼 돌린 채 심옥당의 전면으로 육박해 들어왔다.

파스스……

진산월의 소맷자락 일부가 가공할 압력을 이기지 못하고 먼지처럼 바스러져 버렸다. 이것만 보아도 지금 심옥당이 뿜어내는 연환삼식의 위력이 어느 정도인지 여실히 짐작할 수 있었다.

콰쾅!

심옥당의 연환삼식이 회전해 들어오는 진산월의 몸과 정면으로 부딪혔다. 그 충격으로 진산월의 몸이 멈추며 그의 가슴팍이 환하게 드러났다. 심옥당의 눈이 먹이를 본 맹수처럼 무섭게 번뜩거렸다.

"이제 끝장이다!"

심옥당은 버럭 소리를 내지르며 활짝 열려진 진산월의 가슴을 향해 벼락처럼 일장을 내뿜었다. 아니, 내뿜으려 했다.

바로 그 순간, 멈춰졌던 진산월의 몸이 반대 방향으로 무섭게 돌아가는 것이 아닌가? 그와 함께 그의 신형은 회전하는 기세 그대로 무서운 속도로 심옥당을 향해 돌진해 들어갔다. 그것은 장내의 누구도 예상치 못했던 뜻밖의 상황이었다.

"엇?"

심옥당은 안색이 창백하게 변하며 내뻗으려던 손을 황급히 거두어 자신의 앞가슴을 보호하며 뒤로 물러났다. 하나 진산월의 돌진하는 기세가 그의 물러나는 속도보다 훨씬 더 빨랐다.

파파팡!

마치 거대한 가죽 북을 연거푸 두들기는 듯한 격타음과 함께 회전하는 진산월의 신형과 심옥당의 손이 격렬하게 허공에서 교차했다.

중인들은 눈에 불을 켜고 장내의 광경을 주시했으나, 두 사람의 신형이 워낙 빨라서 어찌 된 상황인지 좀처럼 알아볼 수 없었다.

파아앙!

갑자기 귀청이 떨어지는 듯한 폭음이 터지며 한 사람의 신형이 허공을 훌훌 날아갔다. 그 인영은 십여 장을 날아 바닥에 내려서서 한 차례 신형을 휘청거리더니 이내 다시 허공을 박차고 날아올라 장내에서 멀어져 갔다.

"오늘의 일은 절대로 잊지 않겠다……."

마치 씹어 뱉는 듯한 음성이 멀어지고 있는 인영에게서 흘러나왔다. 중인들이 멍하니 보고 있는 동안에 순식간에 그 인영은 아득히 멀리 사라지고 있었다. 실로 대단한 신법이라고 하지 않을 수 없었다.

중인들은 그때까지도 영문을 몰라 어리둥절해 있다가 황급히 장내로 시선을 돌렸다.

조금 전까지만 해도 격전이 벌어졌던 곳에는 한 사람이 우뚝 서 있었다. 그는 다름 아닌 진산월이었다. 진산월은 무언가 깊은 상념에 잠긴 듯한 모습이었다.

중인들은 그의 몸에 별다른 부상이 없는 것을 보고는 그제야 안도의 한숨을 내쉴 수 있었다.

"장문 사형, 무사하셨군요."

정해가 황급히 그에게로 다가왔다.

진산월은 힐끗 그를 돌아보고는 묵묵히 고개를 끄덕였다.

언제 정신을 차렸는지 낙일방이 붉게 상기된 얼굴로 다가오며 흥분한 음성으로 소리쳤다.

"장문 사형, 정말 대단했어요. 그 콧대 높고 건방진 놈을 보기 좋게 물리치셨군요."

진산월은 여전히 아무 말 없이 고개만 끄덕이고 있었다.

낙일방은 원래 동방건의 손에 낭패를 당하고 쓰러져 있다가 진산월과 심옥당의 싸움이 한참 절정에 다다랐을 때서야 간신히 정신을 차렸다. 그는 동방건에게 맥없이 당한 것이 너무도 분해 눈물을 글썽거리며 이를 악물고 장내의 격전을 주시하고 있다가, 일방적으로 몰릴 줄 알았던 진산월이 의외로 심옥당을 물리치자 그야말로 뛸 듯이 기뻐했다.

낙일방은 마치 자신이 승리하기라도 한 것처럼 두 눈을 반짝거리며 연신 미소를 그치지 않았다.

"장문 사형이 조금 전에 펼친 것은 장쾌장권구식이지요? 장쾌장권구식에 그런 위력이 있을 줄은 정말 몰랐어요."

낙일방은 신이 나서 계속 떠들어 댔다.

"처음에 펼친 것이 조운육환과 삼환투일(三環偸日)이고, 이어서 오강감계까지는 저도 알겠어요. 그런데 마지막에 펼친 게 뭐죠? 눈에 상당히 익은 초식인데 당최 모르겠군요."

진산월은 아무 말도 하지 않았다. 대신 입을 연 사람은 임영옥이었다.

"그건 천전만권이야."

낙일방이 그녀를 돌아보며 고개를 갸웃거렸다.

"그게 천전만권이라고요? 하지만 천전만권에는 그렇게 선회하는 방식이 없잖아요."

"그건 어떻게 응용하느냐에 달렸지. 대사형은 조금 전에 천전만권을 횡(橫)으로 변환시킨 것이다."

그 말에 낙일방은 무언가를 깨달은 듯 나직하게 탄성을 터뜨렸다.

"아!"

원래 장괘장권구식 중의 천전만권은 변화가 많고 빠른 초식이었으나 원래는 종(縱)으로 펼치는 것이었다. 그런데 진산월이 회선표(廻旋飄)의 신법으로 몸을 선회시키면서 옆으로 펼치자 또 다른 위력을 발휘했던 것이다.

낙일방은 지금까지 다른 건 몰라도 장괘장권구식만큼은 자신이 종남파의 문하들 중 가장 잘 익혔다고 은근히 자신하고 있었다. 그런데 조금 전에 진산월이 순전히 장괘장권구식만으로 신목령의 고수를 물리치는 광경을 보자, 자신이 익힌 것은 수박 겉핥기에 불과했다는 것을 깨달았다. 천전만권에 회선표신법과 횡의 변화를 가미하여 지금과 같은 위력을 발휘하리라고는 전혀 생각도 못했던 일이었다.

'난 아직 멀어도 한참 멀었구나…… 그런데 장문 사형은 대체 무슨 생각을 저렇게 하고 있는 것일까?'

낙일방은 생각에 잠겨 있는 진산월을 의아한 듯 바라보다가 더이상 참지 못하고 그의 몸을 툭 건드렸다.

"장문 사형."

진산월은 아무 일도 아니라는 듯 손을 한 차례 내저으며 빙긋 웃었다.

"녀석, 난 괜찮다. 너야말로 다친 곳은 없었느냐?"

낙일방은 그가 부상이라도 당한 것이 아닐까 은근히 걱정하다가 이내 하얀 이를 드러내며 활짝 웃었다.

"헤헤…… 저야 원래 맞는 건 이골이 났잖아요. 그런 솜방망이 같은 주먹은 아무리 맞아도 끄덕없다구요."

정해가 피식 웃으면서 그의 뒤통수를 가볍게 쳤다.

"조금 전만 해도 시체처럼 쓰러져 있던 놈이 큰소리치기는…… 그런데 그 심옥당인가 하는 자는 정말 치졸하군요. 의당 졌으면 약속을 지켜야 하거늘 그냥 내빼다니, 신목령의 고수답지 않은 행동입니다."

원래 심옥당은 진산월과의 대결에서 패하면 진산월을 살해하라고 부탁한 사람의 이름을 알려 주기로 했다. 그런데 그에 대해서는 일언반구 말도 없이 떠나 버렸으니 정해가 이렇게 말하는 것도 틀린 말은 아니었다.

하나 의외로 진산월은 고개를 내저었다.

"그는 약속을 어기지 않았다."

정해는 눈을 휘둥그렇게 떴다.

"예? 그게 무슨 말씀입니까?"

"그자는 떠나기 전에 내게 전음으로 자신에게 부탁을 한 사람의 이름을 알려 주었다."

정해는 자신도 모르게 급히 물었다.

"그자가 누굽니까?"

진산월은 대답 대신 주위를 둘러보았다.

"동중산은 어디에 있지?"

그 말에 중인들은 문득 생각이 난 듯 주위를 두리번거렸다.

그런데 아무리 주위를 둘러보아도 동중산은 보이지 않았다.

중인들은 귀신에 홀린 사람처럼 정신없이 주위를 둘러보았다. 그러다가 낙일방이 한곳을 가리키며 버럭 소리를 질렀다.

"앗? 저기……."

중인들의 시선이 일제히 낙일방이 가리키는 곳으로 향했다.

그들이 있는 강변에서 이십여 장 떨어진 강의 중앙에 언제 나타났는지 한 척의 나룻배가 있었다. 그런데 그 나룻배의 중앙에 동중산이 웃으며 서 있는 것이 아닌가?

대체 언제 나룻배가 나타났단 말인가? 그리고 동중산은 언제 그곳으로 올라탔단 말인가?

"하하…… 이거 미안하게 되었소. 아무래도 나는 종남파와는 인연이 없는 모양이오. 하하……."

동중산은 무엇이 그리도 우스운지 연신 어깨를 들썩이며 대소를 터뜨렸다.

그가 탄 나룻배는 서너 사람이 간신히 탈 정도로 좁고 협소했는데, 한쪽 끝에는 늙은 뱃사공 한 사람이 노를 잡고 있었다.

이제 보니 동중산은 우연히 이곳을 지나던 나룻배를 발견하고는 중인들의 시선이 온통 진산월과 심옥당의 싸움에 쏠린 틈을 타서 몰래 나룻배에 올라탄 모양이었다.

낙일방은 물론이고 종남파의 고수들은 모두 분기탱천하여 동중산을 노려보았다. 하나 동중산이 있는 나룻배와 강변은 이십여 장이 훨씬 넘게 떨어져 있어서, 제아무리 신법의 고수라 할지라도 나룻배로 올라탈 수가 없었다.

"동중산…… 네놈이 감히 이럴 수가……."

낙일방은 너무도 화가 치밀어 말을 제대로 잇지 못했다.

그도 그럴 것이 지금까지 자신들이 누구 때문에 이런 고생을 하고 있는가? 바로 동중산과 그가 지닌 물건 때문이 아닌가?

그런데 막상 당사자인 동중산은 중인들의 눈을 피해 몰래 혼자 서만 도망쳐 버렸으니 어찌 분노하지 않을 수 있겠는가?

동중산은 선상(船上)에 우뚝 선 채로 짐짓 포권을 해 보였다.

"그럼 불초 제자는 이만 가 보겠으니, 장문인을 비롯한 사문의 어른들께서는 그곳에서 편하게 쉬시기 바라오. 하하……."

그의 말은 비꼬는 빛이 역력했다.

낙일방은 분기를 참지 못하고 펄쩍펄쩍 뛰었다. 만약 정해가 막지 않았더라면 그는 동중산을 잡는답시고 강물 속으로 뛰어들고 말았을 것이다.

"놔요, 사형. 저런 놈은 도저히 용서할 수가 없어요……."

낙일방은 자신을 붙잡는 정해의 팔을 뿌리치려 했다.

정해는 낙일방의 팔을 끌어안은 채 그를 말렸다.

"참아라. 네가 아무리 자맥질에 능통하다 해도 어떻게 배를 쫓아갈 수 있겠느냐?"

낙일방은 솟구쳐 오르는 분을 눌러 참느라 준수한 얼굴이 시뻘 겋게 변했다.

그는 눈물마저 글썽이며 진산월을 돌아보았다.

"장문 사형…… 어떻게 이럴 수 있죠? 강호인(江湖人)들은 모두 저렇게 후안무치(厚顔無恥)한가요?"

진산월은 아무 말이 없었다.

정해를 비롯한 다른 사람들의 표정이 모두 어두워졌다. 심지어는 좀처럼 침착함을 잃지 않고 있던 임영옥마저 가는 한숨을 내쉬고 있었다.

단순히 동중산이 물건을 가지고 몰래 떠났기 때문에 그들이 이토록 침울해 하는 것은 아니었다.

어찌 되었건 동중산은 종남파의 제자였다. 그가 비록 위기를 모면하기 위해 임시방편으로 그런 길을 택했는지는 모르지만, 약식(略式)으로라도 입문 절차를 밟았으니 파문(破門)당하기 전까지는 누가 뭐라 해도 종남파의 문하인 것이다.

문하 제자가 장문인과 사문의 어른들을 속이고 혼자 도망쳤다는 것은 기사멸조(欺師蔑祖)의 죄를 저지른 것과 다름없었다.

다른 문파와 마찬가지로 종남파에서도 기사멸조의 죄인(罪人)은 엄벌에 처하게 되어 있었다. 그러지 않고서는 문규(門規)를 바로 세울 수 없기 때문이었다.

그런데 지금 동중산은 그들이 손댈 수 없는 곳으로 훌쩍 떠나고 있는 것이다. 이대로 그를 놓친다면 종남파의 명예는 땅에 떨어지고 말 것이 분명했다.

종남파의 고수들이 안타깝게 지켜보고 있는 가운데 동중산을 태운 배는 밤의 어둠 속으로 멀어져 가고 있었다.

한데 그때 뜻밖의 일이 벌어졌다.

배가 강심(江心)에 이르렀을 때, 배가 갑자기 기우뚱하며 금시라도 뒤집힐 듯 흔들렸다.

"엇?"

동중산이 깜짝 놀라 신형을 휘청거리는 순간, 노를 젓고 있던 뱃사공이 어느새 동중산을 향해 달려드는 것이 아닌가? 그 동작이 어찌나 민첩하고 재빠르던지 동중산은 제대로 대항도 해 보지 못하고 맥없이 뱃사공의 손에 혈도를 짚여 버렸다.

쿵!

동중산은 차가운 배의 갑판 위에 힘없이 나뒹굴고 말았다. 바닥에 쓰러진 채 뱃사공을 올려다보는 동중산의 얼굴은 그야말로 경악과 공포로 잔뜩 일그러져 있었다.

"다…… 당신은 누구요?"

뱃사공은 그를 내려다보며 히죽 웃었다.

"조금 전에 내게 배를 태워 달라고 사정했으면서도 내가 누구인지 모른단 말인가?"

그의 음성은 노인답게 부드럽고 온화했으나 말꼬리가 약간 비틀려져 있어서 왠지 듣는 사람의 마음을 불안하게 만들었다.

동중산은 표정이 더욱 창백하게 굳어지며 눈빛이 마구 흔들렸다.

그는 뱃사공의 음성에서 한 명의 무서운 인물을 떠올렸던 것이다.

얼마 전 용문석굴 앞에서 잠깐 보았던 화의 노인. 그자는 혁련삼의 옆에 조용히 서 있었지만 동중산은 힐끗 보는 섯만으로도 그가 누구인지 알고 있었다.

"다…… 당신은 변……."

동중산이 채 무어라고 말을 잇기도 전에 뱃사공은 불쑥 손을 내밀어 그의 아혈(啞穴)마저 짚어 버렸다.

"자네는 말이 너무 많네. 그것은 오래 사는 데 결코 도움이 되는 일이 아니지."

이어 뱃사공은 천천히 쓰고 있던 죽립을 벗었다.

드러나는 얼굴은 머리가 허옇고 얼굴이 붉그스름한 인자한 모습의 노인이었다. 사람 좋게 생긴 온화한 모습이었으나, 눈빛이 서릿발처럼 날카로워 보는 사람의 가슴을 섬뜩하게 만들었다.

노인은 고개를 돌려 강변에 서있는 중인들을 바라보았다. 그가 탄 배에서 강변까지의 거리는 삼십 장이 넘게 떨어져 있었지만, 중인들은 그 먼 거리에서도 번쩍이는 노인의 안광을 생생하게 느낄 수 있었다.

그것만 보아도 노인의 내공이 얼마나 정심한지 쉽게 짐작할 수 있는 일이었다.

노인은 입가에 부드러운 미소를 떠올렸다.

"허허…… 강바람이 찬데 이렇듯 많은 사람들이 노부를 배웅해 주니 고맙기 그지없군. 동중산은 노부가 잘 보관하고 있다가 털끝 하나 다치지 않고 돌려보낼 테니 너무 걱정하지 말게."

모르는 사람이 그의 말을 들었다면 점잖은 노문사(老文士)가 젊은 유생(儒生)들을 다독거리는 줄로 알았을 것이다.

중인들은 돌연한 사태에 놀라고 당황하여 망연자실한 표정들이었다. 그들은 배에 타고 있는 노인의 정체를 정확히 알지는 못했지만 그가 결코 동중산에게 호의를 품고 있지 않다는 것은 짐작하고도 남음이 있었다.

강호에서 경험이 풍부한 상원건조차도 미처 노인이 누구인지 알아보지 못했다. 거리가 너무 떨어져서 그의 날카로운 눈으로도 상대의 얼굴을 정확히 식별할 수 없었던 것이다. 만일 노인이 누구인지 알았다면 상원건은 그에게서 동중산을 되찾아야겠다는 생각 따위는 아예 하지도 않았을 것이다.

종남파의 고수들은 마음이 다급해졌지만 지금의 상황에서는 노인이 탄 배를 쫓아갈 방법이 없었다. 그들이 우두커니 지켜보고 있는 가운데 노인은 얼굴에 미소를 그치지 않으며 배를 반대편 강변으로 움직여가고 있었다.

그때 진산월이 갑자기 빙긋 웃으며 중인들을 둘러보았다.

"이제 되었다. 저자까지 갔으니 안심이구나."

상원건을 비롯한 모든 사람들의 얼굴에 어안이 벙벙한 표정이 떠올랐다.

안심이라니…… 도대체 진산월은 무슨 뜻으로 이런 말을 하는 것일까?

중인들은 멍하니 진산월을 바라보았으나, 진산월은 무엇이 그리 좋은지 입가에 드리운 미소를 그치지 않고 있었다.

낙일방이 더 이상 참지 못하고 진산월을 향해 바짝 다가가며 물었다.

"장문 사형, 그게 대체 무슨 말이에요? 이제 안심이라니……

왜 그런 말씀을 하는 거죠?"

진산월은 나직하게 웃었다.

"하하…… 저자가 동중산을 데리고 떠난 이상 앞으로는 우리에게 별탈이 없을 것이다. 그러니 어찌 안심하지 않을 수 있겠느냐?"

낙일방은 어이가 없어 자신도 모르게 거친 숨을 몰아쉬었다.

"아니…… 장문 사형! 그걸 말이라고……."

그는 더 입을 열었다가는 자신의 입에서 무슨 험악한 소리가 나올지 몰라 아예 입을 굳게 다물어 버렸다. 하나 그의 얼굴에는 분노와 함께 짙은 경악의 빛이 서려 있었다.

놀라기는 다른 사람들도 마찬가지였다.

상원건은 동중산이 귀찮은 존재이기는 했지만 설마 진산월이 이렇듯 노골적으로 말하리라고는 미처 생각지 못하고 있었기 때문에 놀란 와중에도 의아한 생각이 들었다.

'이자에게 이런 면이 있을 줄은 몰랐군. 그런데 이자는 왜 이런 말을 굳이 입 밖에 내는 것일까?'

동중산이 종남파에 들어오겠다고 할 때 중인들의 탐탁지 않은 시선을 아랑곳하지 않고 선뜻 받아들인 사람은 진산월이었다. 그런데 이제 와서 동중산이 떠나갔다고 기뻐한다는 것은 지금까지 진산월을 지켜보았던 상원건으로서는 쉽게 이해가 되지 않는 일이었다.

하나 남들이 어떻게 생각하건 말건 진산월은 계속 입가에 싱글벙글 미소를 짓고 있었다.

낙일방은 그런 진산월이 못마땅한 듯 인상을 찡그리며 고개를 돌리다가 무심코 강 쪽을 바라보았다. 그의 얼굴에 어리둥절한 빛이 떠올랐다.

"어? 저자는 왜 아직 가지 않았지?"

그의 목소리에 고개를 돌린 중인들의 얼굴에도 일제히 의아한 빛이 떠올랐다.

놀랍게도 이미 반대쪽 강변에 도착해 있을 줄 알았던 배가 그들에게서 불과 칠팔 장 떨어진 거리에 와 있는 것이 아닌가?

배 위에는 예의 노인이 우뚝 선 채 형형한 안광으로 그들을 쏘아보고 있었다.

중인들의 시선이 모두 자신에게 향했는데도 노인은 전혀 아랑곳하지 않고 오직 진산월만을 뚫어지게 바라보았다.

"조금 전에 자네가 한 말은 무슨 뜻인가?"

진산월은 그가 다시 돌아올 줄은 몰랐는지 짐짓 눈을 크게 떴다.

"아니…… 아직도 떠나지 않았단 말이오?"

노인은 그의 말에는 아무런 대답도 없이 신광(神光)이 이글거리는 눈으로 진산월의 얼굴을 뚫어지게 주시하고 있었다.

진산월은 그 눈빛이 부담스러운지 눈살을 살짝 찌푸리며 슬쩍 고개를 돌렸다. 노인의 눈에 괴이쩍은 빛이 번뜩거리며 지나갔다.

"당당한 일파의 장문인 입에서 그런 말이 나오다니. 실망이로군."

진산월은 시큰둥한 어조로 대꾸했다.

"나는 진실을 말했을 뿐이오."

노인은 그의 속마음을 꿰뚫어 보려는 듯 여전히 시선을 그의 얼굴에 고정시켰다. 하나 진산월의 얼굴에는 조금 귀찮아하는 빛만 떠올라 있을 뿐, 별다른 표정의 변화가 없었다.

노인은 한 차례 머뭇거리더니 무슨 생각이 들었는지 갑판 위에 쓰러져 있는 동중산에게로 다가갔다. 이어 재빠른 손길로 그의 품속을 뒤지는 것이었다.

곧, 노인은 동중산의 품속에서 하나의 물건을 꺼내 들었다.

그 물체를 손에 든 노인의 표정이 딱딱하게 굳어졌다. 동중산의 품에서 나온 물건은 다름 아닌 평범한 돌멩이였던 것이다.

노인은 돌멩이를 만져 보다가 다시 동중산의 품속을 뒤졌다. 하나 동중산의 품속에는 돌멩이 외에 다른 물건은 전혀 나오지 않았다.

노인은 자리에서 벌떡 일어나더니 날카로운 눈으로 진산월을 쏘아보았다.

"어디에 있나?"

진산월은 어리둥절한 얼굴로 되물었다.

"무엇이 말이오?"

"조금 전에 동중산에게서 받은 물건이 어디에 있느냔 말일세."

진산월의 손가락이 노인의 손에 쥐어져 있는 돌멩이로 향했다.

"지금 귀하가 들고 있지 않소?"

노인의 표정이 한층 더 냉엄하게 굳어졌다.

"지금 노부를 놀리는 건가?"

"나는 노인장을 처음 보는데 어찌 놀릴 수 있겠소? 동중산이 내게 준 것은 그 돌멩이였고, 나는 그것을 동중산에게 보관하라고 다시 건네준 것뿐이오."

노인의 표정이 다시 한 차례 변했다.

갑자기 그의 신형이 희끗거린다 싶은 순간, 그의 몸은 어느새 십 장을 날아 모래사장 위에 내려섰다. 그런데도 그가 탔던 배는 전혀 흔들리지도 않고 있었다. 실로 경인할 신법이 아닐 수 없었다.

노인은 다시 성큼 한 걸음을 내딛었다. 그러자 그의 몸은 삽시간에 진산월에게서 불과 사오 장밖에 떨어지지 않은 곳에 당도해 있었다.

"다시 묻겠네. 동중산이 동굴에서 꺼내 자네에게 건네준 진짜 물건은 어디에 있는가?"

그의 음성은 여전히 나직하고 부드러웠지만, 그 속에는 무어라 형용할 수 없는 괴이한 기운이 담겨 있어 듣는 이의 모골을 송연하게 만들고 있었다.

종남파의 고수들은 바짝 긴장하여 황급히 진산월의 앞을 가로막으려 했다. 하나 진산월은 손을 들어 그들을 제지한 후 담담한 음성으로 입을 열었다.

"조금 전에도 말했지만 나는 용문에 온 기념으로 동중산에게 모양이 괜찮은 돌멩이 하나를 구해 오라고 했던 거요. 그래서 동중산이 돌멩이를 구해 왔고, 나는 그것을 동중산에게 다시 건네주었는데 왜 내 말을 믿지 않는단 말이오?"

노인의 눈빛은 독사의 그것처럼 끈적끈적한 살기를 품은 채 진산월의 얼굴에 고정되어 있었다. 하나 진산월은 조금도 표정이 변하지 않았다.

우두둑…….

노인의 손에 쥐어져 있던 돌멩이가 가루로 변해 바닥에 부스스 떨어졌다.

손바닥에 돌멩이를 쥐고 가루로 만드는 것은 공력이 상당한 경지에 이르지 않고서는 불가능한 일이었다. 더구나 지금처럼 전혀 힘들이지 않고 그런 일을 한다는 것은 노인의 내공이 절정에 이르러 있다는 것을 여실히 나타내 주는 것이었다.

진산월은 감탄 어린 표정으로 고개를 끄덕였다.

"정말 심후한 내공이오."

그 말을 듣자 노인의 눈살이 거의 알아차릴 수 없을 만큼 살짝 찌푸려졌다. 겉으로는 감탄했다는 표정을 짓고 있지만, 진산월이 조금도 놀라거나 당황해 하지 않는 것을 알아차렸기 때문이다.

그의 마음속에 문득 의구심이 떠올랐다.

'내가 이놈의 의병지계(疑兵之計)에 당한 것이 아닐까?'

생각하면 할수록 그런 생각이 더욱 짙어졌다.

원래 노인은 애초에 동중산이 품속에 문제의 물건을 가지고 있지 않으리라고 생각하고 있었다. 동중산이 비록 용문을 내려오면서 몇 가지 기이한 행동을 하기는 했으나, 평소 동중산의 성격으로 보아 그토록 중요한 물건을 몸에 지니고 있을 리 없다고 판단했던 것이다.

그런데 자신이 동중산을 납치해서 끌고 가는데도 펄펄 뛰어야 할 진산월이 오히려 무거운 짐을 벗은 듯 웃고 있는 것을 보자, 갑자기 불쑥 의심이 치밀어 올랐다. 그는 일부러 강의 반대편으로 배를 모는 척 하며 사실은 공력을 잔뜩 끌어 올려 진산월의 음성에 귀를 기울였다.

그러다 진산월의 입에서 동중산이 없어져서 안심했다는 말이 나오자, 솟구쳐 오르는 의구심과 불안감을 참지 못하고 다시 배를 몰아 온 것이다.

그가 선뜻 배에서 뭍으로 뛰어내려 온 것도 물건이 이미 진산월의 수중에 있다는 확신이 들었기 때문이었다. 그런데 지금 생각해 보니 아무래도 자신의 행동이 성급했다는 후회감이 밀려들었다.

하나 그렇다면 동중산의 품에서 나온 돌멩이는 대체 무엇이란 말인가?

'그렇다면 이런 일이 있을 것에 대비하여 미리 그런 수작을 부린 것이란 말인가?'

노인은 가슴이 덜컥 내려앉음을 깨닫고 진산월의 표정을 유심히 살폈다. 하나 진산월의 얼굴은 차분하게 가라앉아서 있어 도무지 그 속을 짐작조차 할 수 없었다.

그는 순간적으로 어찌해야 할지 망설였다. 이대로 물러섰다가 만에 하나 진산월이 진짜 물건을 가지고 있으면서도 자신을 속인 것이라면 낭패스런 일이 아닐 수 없게 된다. 그렇다고 그를 윽박질러도 그가 정말로 물건의 행방을 모르고 있다면 자신은 헛수고를 하는 격이 아닌가?

더구나 조금 전에 보여 준 진산월과 종남파 고수들의 무공으로 보아 자신이 쉽사리 그들을 이긴다고 장담할 수도 없는 상황이었다. 다른 사람은 몰라도 진산월과 임영옥의 무공은 결코 자신의 아래가 아니었던 것이다.

하나 노인의 망설임은 짧았다.

노인은 이내 별빛처럼 차갑고 냉정한 눈으로 진산월을 쳐다보았다.

"자네의 심기는 제법 대단하군. 오늘은 내가 한 수 졌다는 것을 인정하지."

진산월은 담담한 얼굴로 그의 눈빛을 받았다.

"심기를 쓴 건 내가 아니라 귀하요. 내가 한 일이라고는 그저 동중산에게 돌멩이를 맡긴 것밖에는 없소."

"그런 건 아무래도 좋네. 자네는 나에게 다른 용무가 있나?"

진산월은 슬쩍 노인이 타고 왔던 배를 쳐다보다가 이내 빙긋 웃었다.

"귀하의 배에 본문의 제자 한 사람이 신세를 지고 있는 모양인데, 이왕 신세 지는 김에 우리도 함께 신세를 졌으면 좋겠소."

노인은 한 차례 어깨를 으쓱거렸다.

"그건 자네 마음대로 하게."

이어 그는 두 눈에 괴이한 신광을 뿜어내며 한동안 진산월을 응시하다가 천천히 몸을 돌렸다.

"별일이 없으면 나는 이만 가 보도록 하지."

그가 막 한 걸음을 내딛기도 전에 진산월이 그를 불렀다.

"잠깐."

노인은 천천히 몸을 돌렸다.

"무슨 일인가?"

진산월은 품속을 뒤적거리더니 작은 비단 주머니 하나를 꺼내 노인에게 던져 주었다.

노인은 영문을 몰라 무심결에 비단 주머니를 받았다.

"이게 무언가?"

진산월은 뒤통수를 긁적거렸다.

"얼마 되지는 않지만 뱃삯이니 받아 두시오."

노인의 얼굴에 한 차례 붉은빛이 떠올랐다가 사라졌다. 노인은 비수처럼 날카로운 눈으로 진산월을 쏘아보다가 이내 고개를 끄덕였다.

"고맙군."

이어 그는 휑하니 몸을 돌려 앞으로 걸어갔다. 그의 몸은 순식간에 어둠 속으로 사라져 보이지 않게 되었다.

진산월은 묵묵히 멀어져 가는 그의 몸을 보고 있었다. 그러다가 천천히 몸을 돌려 한 사람에게로 시선을 고정시켰다. 그의 시선이 향한 곳에는 녹의 미소녀가 서 있었다.

녹의 미소녀는 멍하니 노인의 뒷모습을 쳐다보고 있다가 진산월의 시선을 느꼈는지 움찔 놀라 그를 바라보았다. 달빛에 흔들리는 두 갈래로 땋은 머리와 유난히 반짝거리는 두 눈이 귀엽고 사랑스러워 보였다.

진산월은 담담한 눈으로 그녀를 응시하고 있다가 불쑥 물었다.

"낭자는 천봉궁에서 왔소?"

그가 불쑥 묻자 녹의 미소녀의 어깨가 다시 한 차례 움찔거렸다. 그녀는 이내 고개를 뻣뻣이 쳐들고 도발적인 자세로 양손을 가느다란 허리춤에 척 올려놓았다.

"그래요. 그런데 그걸 어떻게 알았죠?"

"낭자와 심옥당과의 대화로 짐작해 보았을 뿐이오."

그녀는 여전히 쌀쌀맞은 음성으로 쏘아붙였다.

"생긴 것과는 다르게 제법 눈치가 빠르군요. 그런데 본 낭자에게 무슨 볼일이 있나요?"

종남파 고수들의 얼굴에 어이없어 하는 표정이 떠올랐다.

낙일방은 속으로 투덜거렸다.

'적반하장(賊反荷杖)도 유분수지…… 우리가 너를 찾아왔냐? 네가 우리를 찾아왔지.'

하나 진산월은 조금도 화를 내지 않고 오히려 빙긋 웃었다.

"나는 물론 낭자에게 볼일이 없소. 낭자도 우리에게 별다른 용건이 없을 테니 우리는 이만 가 보도록 하겠소."

녹의 미소녀는 그가 이런 식으로 말할 줄은 미처 몰랐는지 안색이 가볍게 변했다.

"용건이 없다니…… 누가 그런 말을 해요?"

"그럼 낭자는 우리에게 다른 용건이 있단 말이오?"

그녀는 더 생각할 것도 없다는 듯 큰 소리로 말했다.

"그래요."

"그게 무엇이오?"

"그건……."

갑자기 그녀는 우물쭈물하며 말을 잇지 못했다.

사실 그녀는 천봉팔선자 중의 막내로, 옥봉(玉鳳) 누산산(婁珊珊)이라 했다. 그녀는 평소에 천봉팔선자 중에서도 남봉 엄쌍쌍과 특히 친했는데, 얼마 전에 엄쌍쌍에게 모종의 부탁을 받고 진산월 일행의 뒤를 따라왔던 것이다.

하나 그 부탁이 무엇인지는 그녀의 입으로 차마 말할 수가 없었다. 엄쌍쌍이 비밀을 지키라고 신신당부했기 때문이다.

누산산의 시선이 자기도 모르게 일행 중 제일 뒤에 서 있는 낙일방에게로 향했다. 낙일방은 못마땅한 표정으로 입을 삐쭉 내밀고 있다가 그녀가 자신을 빤히 쳐다보자 어리둥절한 얼굴로 우두커니 그녀를 바라보고 있었다.

누산산은 입술을 삐죽거리며 재빨리 고개를 돌렸다.

'생긴 건 멀쩡한데 멍청하기 짝이 없군. 엄 언니는 저런 멍청이가 뭐가 좋다고…….'

그녀는 커다란 눈망울을 이리저리 굴리다가 갑자기 냉랭하게 코웃음을 쳤다.

"흥. 뭐긴 뭐예요? 동중산인가 뭔가 하는 작자가 훔쳐간 물건 때문이지."

진산월은 담담한 음성으로 물었다.

"그럼 낭자도 그 물건을 노리고 왔단 말이오?"

누산산은 고운 아미를 찡그리며 성난 표정을 지었다.

"물건을 노리다니…… 그건 원래 본 궁의 물건이란 말이에요."

그녀의 말에 모든 사람의 표정이 일제히 변했다. 사실 그들 중 동중산이 가지고 있는 물건이 무엇인지 정확히 알고 있는 사람은 아무도 없었다. 단지 그것이 무림의 많은 고수들이 눈에 불을 켜고 찾는 것으로 보아 절학을 얻을 수 있는 무림의 기보가 아닐까 하고 짐작하고 있을 뿐이었다.

그런데 그것이 천봉궁의 물건이라니…….

중인들로서는 어리벙벙할 수밖에 없었다.

진산월은 무언가 생각에 잠긴 표정이었다. 누산산은 쌀쌀맞은 음성으로 쏘아붙였다.

"설마 당당한 명문 세가라는 종남파에서 남의 물건을 슬쩍할 생각은 아니겠죠?"

낙일방은 아까부터 그녀의 버르장머리 없는 말투에 기분이 언짢아 있다가 이 말을 듣자 더 이상 참지 못하고 자신도 모르게 퉁명스런 음성을 내뱉었다.

"그게 천봉궁의 물건인지 어떻게 믿는단 말이오?"

누산산은 번개같이 몸을 돌려 표독스런 눈으로 그를 쏘아보며 앙칼지게 소리쳤다.

"뭐라고요? 이 불한당 같으니…… 지금 그걸 말이라고 하는 거예요?"

낙일방은 그녀가 자신을 불한당이라고 하자 화가 치밀어 무어라고 대꾸하려다 그녀의 살기등등한 표정을 보자 마른침을 꿀꺽 삼켰다. 제아무리 천하에 다시없는 마두(魔頭)라 해도 두려워할 낙일방이 아니었으나, 상대가 천방지축으로 날뛰는 버릇없고 깜찍한 소녀이고 보면 무작정 그녀와 말싸움을 할 생각이 별로 일어나지 않았던 것이다.

그는 한풀 기가 꺾인 음성으로 나직하게 중얼거렸다.

"제길…… 내가 틀린 말을 했나? 그럼 아무나 그 물건이 자기 것이라고 달라고 하면 무조건 내줘야 한단 말인가?"

누산산의 얼굴이 푸르뎅뎅하게 변했다.

"당신 지금 뭐라고 했어요? 이 기생오라비 같은 작자가 보자 보자 하니까 정말……."

그녀는 화가 나서 씩씩거리다 하마터면 '엄 언니만 아니었으면 가만 놔두지 않았을 거다.' 라는 말을 내뱉을 뻔했다.

낙일방은 누산산이 금세 날카로운 손톱을 앞세우며 달려들 것 같아 더 이상 대꾸하지 못하고 슬쩍 정해의 뒤로 물러났다.

낙일방이 세상에서 제일 두려워하는 것이 바로 누산산처럼 버릇없고 사나운 여자와 싸우는 일이었다. 낙일방은 천하에서 사매인 방취아보다 더 상대하기 어려운 여자가 있으리라고는 상상도 못했었다.

누산산은 아직도 화가 풀리지 않았는지 표정이 붉으락푸르락하게 변한 채 암팡진 눈으로 계속 낙일방을 노려보았다.

"내가 할 일 없어서 야밤에 이 먼 곳까지 와서 거짓말을 하는 줄 알아요? 대체 천봉팔선자를 어떻게 보고 그따위 소리를……."

낙일방은 더 대꾸할 생각이 없는지 그냥 한 차례 어깨만 으쓱거렸다. 한데 그녀는 그런 모습에 더욱 약이 오르는 모양이었다.

"불만이 있으면 뒤로 숨지 말고 어디 한번 덤벼 보시지. 함부로 입을 놀리지 못하고 혓바닥을 뽑아 버릴 테니……."

남에게 이런 말을 듣고도 참는다면 낙일방이 아닐 것이다. 아무리 상대가 여자라고 해도 말이다. 과연 낙일방의 준수한 얼굴이 시뻘겋게 물들며 거친 숨이 흘러나왔다. 그는 금시라도 그녀를 향해 뛰쳐나갈 듯 어깨를 들썩거렸다.

그때 때마침 진산월의 음성이 들려왔다.

"그 물건이 정말 천봉궁의 것이오?"

막 몸을 날리려던 낙일방의 몸이 주춤거렸다.

누산산은 낙일방이 달려들면 본때를 보여 주어야지 하고 벼르고 있다가 진산월이 불쑥 입을 여는 바람에 낙일방이 달려들지 않자 심통이 났는지 싸늘하게 코웃음을 쳤다.

"흥! 정말 당신네 종남파 사람들은 위아래 할 것 없이 남의 말은 지독히도 안 믿는군요. 당신은 그 물건이 무언지 알기나 해요?"

아마도 코웃음을 치는 것은 그녀의 오래된 습관인 모양이었다.

진산월은 그런 그녀의 모습이 귀엽다는 듯 빙그레 웃으며 고개를 저었다.

"모르오."

누산산은 진산월이 이렇게 솔직하게 말할 줄은 미처 몰랐는지 코를 움찔거리다가 다시 붉은 입술을 빠르게 나불거렸다.

"그럼 당신들은 동중산이 가진 물건이 뭔지도 모르면서 지금까지 이 고생을 했단 말이에요?"

"문하 제자를 지키기 위한 것이니 고생이라고 할 것까지는 없소."

그녀는 진산월의 태연한 말에 어처구니없다는 표정을 지었다.

"정말 대단한 장문인이로군요. 당신은 정말 동중산이 종남파가 좋아서 가입한 줄 아세요?"

"그가 본 파를 좋아하든 좋아하지 않든 그건 중요한 게 아니오."

"그럼 뭐가 중요한 거죠?"

진산월은 조용한 음성으로 입을 열었다.

"그는 스스로의 의사로 본 파에 들어왔으며, 본 파에서는 그를 제자로 받아들였다는 거요. 누가 뭐라고 하든 그는 본 파의 제자이니 장문인인 나로서는 그를 지켜 주는 게 당연한 일이오."

누산산은 순간 말문이 막힌 듯 멍하니 그를 쳐다보고 있다가 코끝을 귀엽게 찡긋거렸다.

"말은 제법 그럴듯하군요. 하지만 당신들은 언제고 동중산 때문에 큰코다칠 일이 있을 거예요."

진산월은 담담하게 웃었다.

"그런 일이 없기만을 바라야지."

"흥. 아무튼 본 낭자가 분명히 말하건대, 그 봉황금시(鳳凰金匙)는 누가 뭐래도 본 궁의 물건이에요. 그러니 순순히 그것을 내놓으세요."

"봉황금시? 그게 그 물건의 이름이오?"

누산산은 여전히 허리에 손을 올려놓은 재 고개를 까닥거렸다.

"그래요. 이름만 봐도 본 궁의 물건인지 알 수 있잖아요."

"이름에 '봉(鳳)' 자가 들었다고 무조건 천봉궁의 물건이라고 할 수는 없지 않소?"

누산산은 발을 탕 굴렀다.

"아무튼 그건 원래 본 궁의 물건이었단 말이에요. 그러니 당신은 쓸데없는 고집 부리지 말고 어서 물건을 내게 넘겨요."

"그게 천봉궁의 물건이라는 확실한 증거를 알려 주면 동중산을 타일러서 물건을 내놓도록 하겠소."

누산산의 아미가 하늘 끝까지 치켜 올라갔다.

"증거라니…… 내가 말했잖아요? 당신은 설마 내 말을 못 믿는단 말인가요?"

그녀의 말은 무례하기까지 했으나 진산월은 조금도 화를 내지 않고 빙긋 웃기만 했다.

"내가 낭자의 말을 믿고 못 믿는다는 문제가 아니오. 동중산이 납득할 수 있느냐 하는 것이 더 문제지."

"흥! 그 두더지 같은 작자가 납득을 하든 말든 그게 무슨 상관이죠?"

"그 물건이 원래 누구 것이었든 지금의 소유자는 동중산이오. 그러니 그가 순순히 납득을 하고 물건을 내놓지 않는다면 나로서도 그에게 강요할 수 없는 일이오."

누산산은 마치 억울한 일이라도 당한 사람처럼 안색이 새파랗게 변하며 벌컥 성을 냈다.

"당신이 정말 이렇게 앞뒤가 꽉 막힌 사람인 줄 몰랐어요. 왜 자꾸 되지도 않는 억지를 부리는 거예요?"

종남파 고수들의 얼굴에 쓴웃음이 떠올랐다. 도대체 누가 억지를 부리고 있는지 삼척동자라도 알 수 있는 일이 아닌가?

진산월도 이번에는 그녀의 말에 아무런 대꾸도 하지 않고 묵묵히 서 있기만 했다. 누산산은 그가 자신을 무시한다고 생각했는지 숨결이 거칠어지며 두 눈에서 표독스런 빛이 흘러나왔다.

"좋아요. 정 물건을 내놓지 않겠다면 내가 실력으로 빼앗아 가겠어요."

그녀는 금시라도 진산월을 향해 달려들 듯한 자세를 취했다.

그때 갑자기 어디선가 여인의 음성이 들려왔다.

"산매, 또 쓸데없는 일을 벌이려 하는구나."

누산산은 막 양손에 공력을 주입시킨 채 진산월을 향해 몸을 날리려다 그 음성을 듣자 반색을 하며 몸을 획 돌렸다.

획!

중인들의 눈앞에 무언가 희끗한 인영이 어른거리는 순간, 장내에는 언제 나타났는지 황의를 입은 훤칠한 키의 미녀가 우뚝 서 있었다.

(군림천하 3권에서 계속)